SPERDUTA TRA LE NEVI

SARAH A. DENZIL

TRADUZIONE DI
ALESSANDRA LORENZONI

Cover Design by Damonza

DELLA STESSA AUTRICE:

Thriller psicologici:

Un perfetto colpevole

April è scomparsa

La figlia silenziosa

Il posto perfetto

La figlia eletta

Il viso dell'innocenza

Sperduta tra le nevi

Serie Il bambino silenzioso:

Il bambino silenzioso, libro uno

La bambina smarrita, libro due

Aiden's Story, a novella

LA SPOSA
NATALE

Aprì gli occhi. Un vento gelido le sputava in volto fiocchi di neve ghiacciati. Gli occhi le bruciavano e faticava a mettere a fuoco. Lentamente, si rese conto che il parabrezza dell'auto non era dove avrebbe dovuto essere. Aveva schegge di vetro sparse in grembo, scintillanti sul vestito di seta bianco. Un ramo di albero spezzato attraversava l'abitacolo, separandola dall'autista con una punta rozza, affilata come un coltello. Emise un lungo sospiro tremante.

Era il giorno del suo matrimonio.

Spazzolò via i vetri dal vestito e slacciò la cintura di sicurezza. Sentì un dolore irradiarsi dalle costole. Dopo un testacoda sulla strada ghiacciata, l'auto era finita in un campo e aveva colpito una grande quercia incurvata. Si ricordò che al momento dell'impatto la cintura di sicurezza le si era stretta addosso, togliendole il respiro. Delicatamente, premette una mano sulle costole dolenti e sussultò. Ammaccate o rotte? Non era sicura.

Dal posto dell'autista giunse un gemito e lei si girò di scatto verso quel suono. L'uomo sollevò il volto dal volante con un lamento di dolore. La vista le fece stringere lo stomaco: il sangue gli scorreva sulle labbra e sul mento, sgorgando dal posto in cui una volta si trovava il naso. Ora si poteva a malapena definire un naso. Un grumo senza forma era più corretto. Aveva la bocca aperta e la saliva rossa gorgogliante gocciolava dal labbro inferiore.

"Aiutami."

Lei lo fissò ad occhi spalancati, senza riuscire a chiudere le palpebre, impassibile e inebetita. Lui sollevò una mano e la allungò verso di lei, le dita tremanti e insanguinate. Lei spostò lo sguardo sulla portiera distrutta dalla parte dell'uomo: l'auto aveva colpito il tronco a un'angolatura strana e la carrozzeria si era piegata verso l'interno, intrappolandogli le gambe. Una scheggia di metallo lunga e sottile gli usciva dallo stomaco.

"Ti prego."

Invece di chiedersi se poteva sopravvivere, lei si chiese se sarebbe morto.

La mano dell'uomo ricadde sul sedile e la testa si piegò all'indietro. Lei prese una decisione sul da farsi e, compiuta la scelta, si sentì più leggera.

All'inizio accennò un sorriso, le labbra solo leggermente contratte, mentre si allungava sopra al ramo verso di lui. Ma poi successe qualcosa. Forse lui notò il barlume di sinistra decisione negli occhi di lei o forse si sentiva già vicino alla morte. In ogni caso, lei si sentì più tranquilla quando si accorse che l'uomo chiudeva gli occhi, emettendo un sospiro leggero e rassegnato. Gli premette la mano sulla bocca e su quel grumo schiacciato di naso, spingendo forte. Come previsto, lui era troppo debole per lottare. Cercò di spostare la testa da una parte e dall'altra, ma lei lo sopraffece con facilità e dopo poco lo vide restare immobile. Per essere sicura, aspettò venti, trenta secondi. Poi gli rovesciò la testa in modo che sembrasse soffocato nel proprio sangue. Si pulì le mani macchiate di rosso nella giacca di lui, poi gliela tolse e se la avvolse intorno alle spalle per riscaldarsi, infine gli controllò il polso.

Era morto.

Aprì la portiera e si guardò intorno in cerca di un telefono. Era fastidioso che gli abiti da sposa raramente avessero le tasche:

il suo telefono era in una borsettina incredibilmente piccola, decorata con perline, con la sua quasi-suocera. Ma quello di lui... Si ricordò che era volato fuori dal veicolo. Doveva essere lì. Da qualche parte.

All'esterno, sentì pizzicare la pelle nuda per il gelo pungente. Le scarpe con il tacco alto erano chiuse in punta, ma comunque sussultò appoggiando i piedi nella neve. Si strinse la giacca intorno alle spalle, aggirandosi davanti all'auto in cerca di quel telefono. Lo trovò a circa sei metri di distanza, con il vetro incrinato. Sembrava mezzo rotto ma rispose al suo tocco. Stava per chiamare il 999 quando notò il fumetto di un messaggio non aperto e provò a trascinare in basso la notifica per leggerlo. Ci riuscì. Diceva: UCCIDERÒ QUELLA STRONZA DELLA TUA FIDANZATA e il mittente era anonimo.

Disgustata, cancellò il messaggio e digitò 999. C'era una tacca di segnale, una sola tacca... Il telefono suonò. Si fece venire le lacrime agli occhi, tremando per il gelo. La sua voce si spezzò mentre il pianto le rigava il volto e spiegava all'operatore cos'era successo. Erano per strada e stavano cercando un'anziana invitata alle nozze che si era smarrita nella neve. Avevano perso il controllo ed erano andati a sbattere contro un albero. L'autista non ce l'aveva fatta. Lei stava bene ma si gelava...

"Dove si trova?" Chiese l'operatore.

"Non conosco il nome della strada. Sono a qualche chilometro da Rookthwaite. La neve continua a scendere e riesco a malapena a vedere la strada. E ho tanto freddo."

"Può restare in auto?" Chiese l'operatore.

"No, il parabrezza è distrutto, mi congelerei."

"Le mandiamo qualcuno appena riusciamo, ma questa tempesta sta causando problemi. Dobbiamo contattare il centro di ricerca e soccorso," disse l'operatore. "Ci vorrà del tempo. Riesce ad andare in qualche posto caldo?"

Lei si ricordò di aver visto un volantino sopra al cruscotto nella macchina. Tornò indietro di corsa e lo prese. Aveva visto quei foglietti dappertutto in albergo e dentro avevano una mappa. La wedding planner aveva parlato tanto di un vecchio casotto per cacciatori ed escursionisti, nascosto da qualche parte lì intorno.

"C'è un rifugio," disse. "Non dovrebbe essere lontano. Ho una mappa. Forse riesco a seguirla nella tempesta."

"Va bene," disse l'operatore. "Deve restare al caldo e tenere il telefono acceso."

Lei riagganciò, si strinse la giacca intorno alla gola e cominciò a camminare nell'oscurità immacolata.

COLLEEN
NATALE

Colleen percorreva nervosamente avanti e indietro la reception dell'albergo, stringendo tra le dita un telefono portatile. Controllò lo schermo per la quinta volta. Nessun segnale. Provò a salire la scalinata principale, anche se sapeva che era inutile.

Almeno il generatore di riserva funzionava, altrimenti l'intero edificio sarebbe piombato nell'oscurità. Aveva organizzato tre feste di matrimonio con alloggio in loco, era in corso la peggiore tempesta di neve in trent'anni, non c'era segnale telefonico, nemmeno la linea fissa, e metà degli ospiti erano fuori alla ricerca di una vecchietta scomparsa.

Ah, ed era Natale.

In vent'anni di organizzazione di matrimoni, dodici per Wilder House, non le era mai capitato di avere così tanti elementi che congiuravano verso il disastro. Era riuscita più volte e senza problemi a gestire tre matrimoni lo stesso giorno nel corso degli ultimi dodici anni, scaglionando leggermente i tempi e suggerendo alle spose di scegliere menu che potessero favorire la cucina. Il tentativo di farne tre il giorno di Natale poteva essere sembrato ambizioso, ma raramente nevicava così forte a dicembre nel Lake District. Colleen rabbrividì. Speriamo che non molli anche il riscaldamento. Sarebbe stata l'ultima goccia.

"Mi scusi."

Colleen si sporse dal corrimano e vide un uomo alto e abbronzato che la fissava. Aveva gli occhi spalancati e una cascata di capelli argentati che si agitavano sul colletto della camicia. "Mi può dire cosa sta succedendo, per favore?"

"Subito, signor Rodriguez." Affrettò il corpo cinquantenne giù dalle scale, quasi inciampando sul tappeto rosso sotto i suoi piedi. Il signor Rodriguez era il padre di uno degli sposi, un bell'uomo più o meno della sua età con un forte accento ispanico. Era stato il fascino personificato all'inizio... finché non avevano perso sua madre. "La tempesta sembra aver interrotto i cavi del telefono da qualche parte. Non ho segnale in nessun punto della casa. Ma la maggior parte dello staff è fuori alla ricerca di sua madre. La troveremo presto, glielo assicuro."

"Fa freddo lì fuori," disse lui. "Si congelerà a morte. Non potete fare altro?"

"Certamente cercherò..."

"Scusa? Colleen?"

Colleen si girò e si trovò di fronte Adrianna, una delle spose, il vestito che strisciava sulle piastrelle mentre le scarpe ticchettavano. Aveva raccolto la maggior parte del tessuto di pizzo tra le braccia, ma ad ogni passo ne cadeva una parte.

"La mia fidanzata, Claire, è scomparsa," disse Adrianna senza fiato.

"Allora..." iniziò Colleen, sentendosi sprofondare.

"È urgente," insistette Adrianna. "È in pericolo."

Colleen spalancò la bocca e poi la richiuse, sotto shock. "Cosa..."

"In questo momento manca metà degli ospiti," interruppe il signor Rodriguez. "Mio figlio, la sua fidanzata... Anche nell'altro matrimonio... non ho visto lo sposo, né la fidanzata. Lei sa dove sono *tutti*? Sa cosa sta succedendo là fuori? Mia madre potrebbe essere ferita. Come avete potuto lasciare che una vecchia signora se ne andasse in quel modo? Come avete potuto?"

Mentre Colleen guardava il signor Rodriguez che le puntava contro il dito, Adrianna si allontanò di scatto, probabilmente alla ricerca della sua fidanzata, Claire. A Colleen non era mai capitato di avere voglia di scappare e nascondersi come in quel momento. L'uomo aveva ragione. Mancavano tre spose e tre sposi. Per quello che sapeva erano tutti alla ricerca della ottantaseienne confusa, Dolores Rodriguez, che era fuori in mezzo alla neve. Ma ora si preoccupava che potesse esserci altro: cos'era la storia che Claire Rivers era in pericolo?

Lentamente, si allontanò dall'uomo stizzito e scosse la testa. "Proverò il telefono nel mio ufficio. Abbiamo bisogno della polizia." Deglutì a fatica. Nel suo ufficio, aveva una bottiglia di gin nascosta nel mobiletto dell'archivio. Il telefono non avrebbe funzionato, ma un drink forte l'avrebbe aiutata a non perdere la testa.

Il padre dello sposo rimase lì esterrefatto vedendola allontanarsi, lasciandosi alle spalle molti degli ospiti che vagavano increduli davanti alla reception. Colleen fece in modo di evitare qualunque contatto visivo. Forse avrebbero dovuto contarsi. In ufficio aveva una lista degli ospiti, con quella si poteva restringere il numero di quelli che mancavano. Perché era andato tutto così storto? Arrivata al suo studio, vi si infilò e sbatté la porta, lasciandosi immergere nella beatitudine del silenzio. Le mancava solo che qualcuno morisse, poi tutto quello che poteva andare male sarebbe andato male.

PARTE PRIMA

QUATTRO SETTIMANE PRIMA DEI MATRIMONI

MILA

Guardava il suo bel fidanzato, un uomo con volto e corpo che sembravano una scultura, e sorrideva mentre lo ascoltava. La gente intorno al tavolo del bar era rapita dalle sue parole e reagiva al suo sguardo scintillante, al modo in cui muoveva le mani, la linea decisa della mandibola, i profondi occhi marrone e il ciuffo di capelli ricci da ragazzino. Ridevano e sorridevano nei momenti giusti, avvicinandosi a lui quando la sua voce si abbassava, allontanandosi e tornando ad avvicinarsi, come un'onda.

"Mi ha cambiato." Rafael lasciò cadere lo sguardo verso il tavolo, le lunghe ciglia che accarezzavano la pelle delicata. Poi sollevò il mento, lasciando intravedere il luccicore acquoso dell'emozione negli occhi. "In modo così profondo che non pensavo potesse essere possibile. Sono una persona piuttosto ordinaria, sapete? Lo sono sempre stato." Strinse il ginocchio di Mila e lei mosse il corpo verso di lui in risposta. Lei percorse con un dito il bordo del bicchiere di vino, pigramente, in modo sensuale. "Cercavo una bella donna con cui condividere la vita, un buon lavoro, figli, cose così. Ma dall'incidente vedo il mondo con occhi diversi. Ovviamente desidero le stesse cose, ma prima avevo paura di tutto. Ora non più. Non ho paura. Abbiamo fatto paracadutismo il mese scorso." Tutti ansimarono rumorosamente. Mila combatté il bisogno di alzare gli occhi al cielo. "Diving nelle caverne. Bungee jumping. Dite voi. Non c'è niente da temere dalla morte. Niente. Io l'ho vista."

"Hai visto la luce alla fine del tunnel?" Chiese Felicia, la moglie di Peter, uno dei migliori amici di Rafael. Erano tutte uguali, queste mogli. Capelli color caramello, pelle luminosa, labbra ritoccate. I loro volti si fondevano.

"L'ho *vista.*" Gli occhi di Rafael si fecero vitrei. Mila aveva già notato questa particolare espressione, molte volte, quando raccontava questa storia. Dozzine di volte, in effetti. E di sicuro anche Peter aveva già sentito il racconto. "Non ricordo di essere stato in macchina, ma era capovolta e io ero appeso. In ospedale sentivo voci intorno a me. Dottori, infermieri, nel panico, cercavano di tenermi in vita. Tutte le voci sbiadivano nel nulla. Le luci dell'ospedale si allontanavano delicatamente. Io camminavo nell'oscurità, un bambino sperduto in un tunnel, spaventato e solo. Finché arrivò la luce, proprio alla fine del lungo tunnel, e lì c'era mio nonno che mi aspettava. Giovane, bello, in abito da sposo. Agitò la mano e mi chiamò in spagnolo." Sussurrò *nietastro* e Mila vide Felicia rabbrividire nel suo vestito con lo scollo all'americana. La graziosa ragazza dai capelli color caramello si morse il labbro inferiore, evidentemente eccitata. "Hai camminato verso la luce?"

Rafael scosse la testa. "No, ho sentito la seconda voce."

"E chi era?" Chiese Felicia.

"Allora non lo sapevo, ma ora sì. Era Mila." Rafael si girò a guardarla e Mila si sentì invasa da un calore che sperava la facesse risplendere anche all'esterno.

"Ma pensavo vi foste conosciuti dopo l'incidente." Disse di nuovo.

"È così." Continuò Rafael. "Sei mesi dopo, quando ho ricominciato a camminare, ho conosciuto Mila ed è stato amore a prima vista. La promessa di lei, della mia futura moglie, è quello che mi ha riportato indietro dalla morte quel giorno. Mila mi ha salvato la vita senza nemmeno saperlo."

Felicia batté le mani e poi se le portò al petto. "Oh, è meraviglioso. Non è meraviglioso, Peter?"

"Sì." Peter scoccò a Rafael un'occhiata che diceva: *cosa diavolo hai fatto a mia moglie?* Mentre annuiva.

Gli uomini nel gruppo di amici di Rafael avevano un aspetto simile e omogeneo. Camicie con il colletto aperto, qualche volta con giacca sportiva, quasi sempre con i jeans e i capelli con la riga da una parte. Profumavano di Paco Rabanne o Chanel Bleu e tenevano la barba di due giorni, la lunghezza prevista dagli stilisti.

"Ordiniamo un giro di qualcosa, vi va?" Suggerì Peter. "Così possiamo brindare alla coppia felice. Ormai manca poco al matrimonio."

Rafael ridacchiò e strinse Mila vicino a sé, piazzandole un bacio sulla testa mentre lei gli accarezzava la gamba con affetto. "Shot di tequila? Offro io?"

"Questo sì che è parlare." Peter si strofinò le mani.

Rafael e Peter lasciarono Mila sola con Felicia, che cominciò a parlare del suo bimbo di nove mesi, Oscar, il più dolce e adorabile bambino del mondo, a sentire lei. Ma più Felicia parlava, più Mila notava le crepe, come le tracce di ombre blu sotto l'abbondante correttore, i denti stretti quando il sorriso diventava immobile e la risata con toni alti, innaturali.

"È un tesoro, il mio Oscar," diceva. "Dorme tutta la notte. Nessun lamento."

Mila sorseggiò il suo vino. Sapeva che Felicia stava mentendo e questo le sembrava strano. Perché ammettere che fare i genitori era difficile doveva essere qualcosa su cui mentire? Mila mentiva in continuazione, ma lei aveva i suoi motivi. Far finta di essere una madre perfetta per salvare la faccia e le sembrava una stupidata.

"Comunque," disse Felicia guardandosi alle spalle per vedere se i loro compagni stessero ritornando. Non era così. Anzi, non avevano nemmeno ancora ordinato i drink. Peter stava mimando qualche sorta di mossa di calcio con un tappetino da birra. "Ora basta parlare di me. Come va l'organizzazione del matrimonio?"

Mila alzò le spalle. "Tutto bene. Ad essere sinceri, ho assunto una società e fanno tutto loro. Voglio dire, che mi importa dei coprisedia e dei centrotavola?"

"Oh. Beh, suppongo che sia un modo di..."

"Non voglio essere una di quelle spose stressate che si lamentano sempre, sai? Sono stronzate."

"E il vestito?" Chiese Felicia.

Mila buttò giù il vino. Annoiata. Irrequieta. "La madre di Rafael lo sceglie per me."

A questa affermazione Felicia sembrò disgustata ma anche un po' allegra. I grandi occhi e la bocca stupida divennero brillanti e sorridenti. Poi si ricompose e tutta l'emozione scomparve dalla sua espressione. "Si tratta di... è qualche genere di abitudine spagnola?"

"Non che io sappia," disse Mila. "Ma volevo che si sentisse coinvolta. E poi ha buon gusto. Ho lasciato che mi prendesse le misure e me lo porterà il giorno..."

"Il giorno del *matrimonio*?"

"Sì, praticamente."

"Wow, tanto di cappello. Io non credo che mi sarei fidata così tanto di mia suocera."

"È solo un vestito. Senti, sai che adoro il tuo rossetto? Che tonalità è?"

Felicia prese un tubetto dalla borsetta. "Sugar Plum. È il mio preferito. A dire il vero questa tonalità non la fanno più e questo è l'ultimo che ho. È lo stesso colore che usava mia madre. Ogni mattina, si sedeva alla toeletta e si metteva questo rossetto. È uno dei ricordi preferiti che ho di lei."

"Oh," disse Mila portandosi una mano sul cuore. "Mi dispiace, tua madre non c'è più?"

Felicia annuì. "Due anni fa. Cancro al seno." Si rigirò il rossetto tra le mani, una, due volte e poi lo rimise nella borsetta.

"Dev'essere difficile occuparsi di un neonato senza che la tua mamma ti possa aiutare."

"È così." Per una volta, la sua voce aveva un tono sincero, pieno di tristezza, a malapena udibile sopra la musica jazz che arrivava dal bar alla moda. Poi cambiò di nuovo. "Almeno, lo sarebbe se Oscar non fosse così perfetto. Mi auguro che presto anche tu e Rafael abbiate un figlio!"

Mila ridacchiò. "Non vedo l'ora di avere dei bambini. Adoro sentir parlare dei figli degli altri. Non mi basta mai." Si fermò, sentendo che il sarcasmo cominciava a trapelare dal suo tono. *Controllati.*

"E sono sicura che sarà un bellissimo matrimonio," disse Felicia. "Sinceramente, Mila. Sono così eccitata all'idea di questo evento. E il giorno di Natale... che romantico."

"Sono contenta che veniate," rispose Mila, il sorriso incollato sul volto. "Non è facile chiedere alle persone di venire il giorno di Natale, soprattutto con un bambino piccolo a casa." In effetti, uno dei motivi per cui aveva scelto il giorno di Natale era che sperava di accorciare la lista degli invitati. Sfortunatamente, diversi amici lo avevano trovato ancora più romantico e affascinante. "Sarà una giornata fantastica. Abbiamo scelto questa residenza straordinaria e isolata nella zona dei laghi. Sul menù ci sarà un pudding natalizio. E tacchino, ovviamente." Mila vuotò il suo bicchiere. Aveva lo stomaco annodato e, più pensava al matrimonio, più se lo sentiva stringere.

"Non vedo l'ora Mila. Siete una coppia splendida."

"È vero, no?"

Mila incrociò una gamba sull'altra e richiamò con gli occhi l'attenzione del suo fidanzato al bar. Lui la notò, si girò e le lanciò un bacio. Almeno, lei poteva affermare che lui la amava più di ogni cosa.

LUCY

Lucy si tirò sulle spalle il cardigan di lana, guardando il cielo invernale imbrunire fino a diventare grigio scuro. Era seduta al tavolo da pranzo e cercava di lavorare, quando fu distratta dalla brezza gelata che filtrava dalla porta esterna. La sentì chiudersi di colpo, lasciando fuori il vento, e sentì il suo fidanzato, Henry, sbuffare e soffiare mentre si toglieva le scarpe in corridoio. Poi entrò nella stanza e gettò una lettera sul tavolo con un sospiro. Lucy lo osservò attentamente, la borsa a tracolla e il cappotto ancora addosso. Senza dubbio le sue scarpe erano abbandonate in mezzo al corridoio di ingresso. Non voleva fare domande sulla lettera, anche se sapeva di dovere. Sorseggiò il tè e si fece forza.

"Tutto a posto, amore?"

Henry si sfilò borsa e cappotto, lasciando cadere la prima per terra e gettando il secondo sullo schienale di una sedia. "Tre tentativi."

Le labbra di Lucy si serrarono. Immaginava che riguardasse il figlio di Henry, Jacob. Di certo non si trattava del suo lavoro all'università o del matrimonio (Lucy ne aveva fin sopra la testa)... no, doveva trattarsi di Jacob perché nient'altro nella loro vita provocava Henry in modo da fargli fare *quella* faccia... da cane bastonato, da sedere sculacciato o da uno che ha guardato troppo a lungo controvento. E lei sapeva cosa stava per succedere.

"Di nuovo problemi con la scuola?" Lucy picchiettò il manico della tazza, improvvisamente carica di energia nervosa.

"Sembra che abbia scritto un tema che ha turbato tutti. Probabilmente tanto casino per niente." Henry si accomodò su una sedia al tavolo, di fronte a Lucy. "Ho una lezione domani mattina presto e il preside vuole un incontro."

"Lavoro anch'io, sai," disse Lucy. Avrebbe voluto evidenziare che Jacob non era nemmeno suo figlio, ma sapeva che sarebbe stato crudele. Tra quattro settimane *sarebbe* stato suo figlio, più o meno. Figliastro, se non altro. "Potrei lavorare da casa ma..."

"Per favore, Lucy," disse lui, con voce esausta. Henry era più vecchio di quindici anni e lei di solito non ci faceva caso. Poi ogni tanto se ne rendeva conto, come in quel momento. "Ho un quintale di ricerche da fare e devo incontrare i laureati."

Gli occhi di Henry si muovevano per la stanza, evitando lo sguardo di lei. Un segnale che rivelava che non aveva ancora detto tutto.

"C'è... dell'altro..." disse lui. "Il tema... parla di te."

Eccolo. "Di me?"

Henry abbassò la testa e la chiazza pelata in cima alla testa sbucò tra i capelli grigio scuro. "Dovresti leggerlo prima di andare. Devi essere preparata. E... beh, meglio che parli tu con l'insegnante a causa del soggetto."

Lucy sentì il volto diventare rosso. Non le era piaciuto il modo in cui aveva detto *a causa del soggetto*. Lasciò andare la tazza, non aveva più bisogno del suo calore, anzi, desiderava qualcosa di fresco. "Henry, dimmelo. Cosa ha scritto nel tema?"

Henry spinse la busta attraverso il tavolo con un'unghia. Poi si alzò e cominciò ad affaccendarsi in cucina, accendendo il forno, prendendo delle verdure dal frigo, mormorando una canzone. Lucy strappò la busta e ne prese due fogli di carta. Rabbrividì. A quindici anni, Jacob faceva concorrenza a un uomo delle caverne per numero di parole pronunciate al giorno. A dire tutta la verità, dentro di sé Lucy non lo sopportava e sapeva che anche il ragazzo la odiava. Per prima cosa, lei aveva trent'anni e a lui dava fastidio che fosse così più giovane del padre. Poi, Jacob aveva quel genere di occhi piccoli e luccicanti che potevano snervare una persona, facevano venire la pelle d'oca. Non guardava spesso negli occhi ma, quando lo faceva, Lucy si trovava a strofinarsi la pelle e cercava il suo maglione più comodo e caldo.

Spiegò la lettera.

Gentile signor Farrah,

Mi dispiace doverla informare della sospensione di Jacob, dovuta all'ultimo tema, che allego. Credo che Jacob l'abbia scritto a proposito della matrigna e lo trovo estremamente inappropriato. Jacob e la sua classe dovevano fare un tema riguardante un personaggio storico cattivo in un contesto moderno. Tuttavia, come può vedere, lui non ha seguito le indicazioni e invece ha scritto alcune cose davvero preoccupanti. Forse è il caso che lo legga personalmente.
Jacob dovrà presentarsi per un colloquio domani mattina presto e dovrà essere accompagnato da un tutore.

E proseguiva su questo tono.

Lucy si accigliò. Non suonava affatto bene. Un *personaggio cattivo*. E oltretutto dov'era Jacob? La scuola doveva essere finita da più di un'ora. Henry non era un padre molto premuroso. Forse l'aveva lasciato andare a casa di un amico per giocare al computer. Almeno non avrebbe dovuto vedere la sua espressione mentre leggeva il tema.

Fece un respiro profondo e aprì il secondo foglio.

Un cattivo di oggi, di Jacob Farrah

Ve ne darò uno.
Il suo nome è Lucy e vive in casa mia. Dorme nel letto di mio padre, dove una volta c'era mia madre, e prende i suoi soldi. È per questo che sta lì, per i soldi. È una puttana. Dorme con mio padre perché sa che lui pagherà per i suoi vestiti e il parrucchiere alla moda.

Lucy prese fiato di colpo alla parola puttana. Le si seccò la gola e deglutì prima di continuare.

È una vampira. Succhia via il divertimento dalla stanza, svuotandoci fino all'ultima goccia con quella cazzo di voce acuta. Brontola tutto il giorno e mugola sotto mio padre tutta la notte. Una brutta, schifosa vampira.
Se ci fosse giustizia a questo mondo, e non c'è perché mia madre è morta e Lucy è viva, qualcuno le toglierebbe a schiaffi quel sorriso compiaciuto da quel brutto muso. Forse lo farò io un giorno. Sogno di farlo. Sogno tante cose. Prendere a schiaffi Lucy, spingerla giù, sbatterle un pugno in faccia. Se lo merita.
Mia madre muore e lui sceglie lei? Lui è troppo per lei. Lui è intelligente. Lei è stupida. Lei ha uno schifo di lavoro di amministrazione. Non fa niente di utile. Continua a parlare tutto il giorno del suo matrimonio.
Quindi, ecco qui il vostro cattivo. Non è Gengis Khan ma il

mondo sarebbe migliore senza di lei. Qualche volta essere una patetica donna insignificante rappresenta tutta la cattiveria.

Le dita di Lucy tremarono quando appoggiò il foglio sul tavolo. Il senso di calore che le aveva percorso la pelle era svanito rapidamente come era arrivato. Ora era tutto freddo, il volto senza sangue. Una fitta di dolore le colpì il fondo del naso, per le lacrime che spingevano, ma era troppo traumatizzata anche per piangere. Quelle parole. Quelle odiose parole. La rabbia le fece accelerare il respiro e battere rapidamente il cuore. Alzò lo sguardo verso il fidanzato, sperando che potesse confortarla. Lui la ignorò di proposito. Stava evitando di doverla consolare? Non sembrava nemmeno notarla.

Mancavano quattro settimane al matrimonio e non solo Lucy si ritrovava a prendere il posto di una moglie e madre morta, ma il figliastro sognava di farle del male e il fidanzato faceva finta di niente.

"L'hai letto?" Chiese, la voce tremante.

"Sì." Aprì una busta di carote e ne prese una dalla confezione.

"E ti va bene quello che dice?"

"No," disse Henry. "Non mi va bene."

"Hai detto che avevano alzato un polverone per niente."

Lui sospirò. "Lucy non fare così. Non ti agitare. Conosco mio figlio. Sta ancora elaborando il lutto, lo sai."

"Questa... questa è una minaccia per me. E se mi facesse del male?"

Alla fine, Henry si girò verso di lei. "È un adolescente. È arrabbiato, triste e sta facendo una scenata. Cerca di attirare l'attenzione e non è assolutamente reale. Lui non ti odia, odia la situazione. Risolveremo tutto in tempo, te lo assicuro."

"Henry..." cominciò, ma non sapeva cosa dire. Invece, scosse la testa e deglutì, ricacciando indietro le lacrime.

Henry fece qualche passo verso il tavolo e sospirò. "È una

fase. Passerà. Vai con lui a scuola domani: vedrai che stare seduto vicino a te e rendersi conto di cosa ha fatto lo farà riflettere."

"Io penso che dovrebbe essere punito da te," disse Lucy. "Avrebbe più significato."

"Lo farò." Il bollitore fischiò e Henry si girò, tornando alla cucina.

Lucy guardò un'altra volta verso il foglio, rileggendo l'ultima riga: *Qualche volta essere una patetica donna insignificante rappresenta tutta la cattiveria*. Lui odiava lei, non la situazione, *lei*.

La porta si aprì e le si tese la spina dorsale. Ripiegò la lettera in tre parti uguali e aspettò che Jacob entrasse. Era alto e grosso per essere un teenager e non aveva ancora finito di crescere. Le spalle avevano quell'aspetto spigoloso di ragazzo, ma un giorno avrebbe avuto una presenza potente. In quel momento era solo a metà strada ma comunque la intimidiva.

"Jacob, vieni qui per favore," disse Henry, versando l'acqua bollente in una padella. "Devi delle scuse a Lucy."

Lui apparve sulla soglia e i muscoli di Lucy si tesero. Non riusciva a guardarlo. Continuava invece a fissare il foglio piegato davanti a sé.

"Cos'è quello?" Disse Jacob, fingendo di non aver sentito il padre.

Con la coda dell'occhio, Lucy vide i capelli biondo sporco del ragazzo cadergli sugli occhi.

Henry si rivolse al figlio. "Chiedi scusa a Lucy per il tema."

"Scusa," borbottò Jacob.

Henry sospirò. "Domani andrai con Lucy dal preside."

"Va bene."

"Poi mi aspetto una scusa migliore." Henry usò la sua voce da insegnante, ma anche alle orecchie di Lucy non sembrava molto convinto.

Jacob alzò le larghe spalle e girò loro la schiena, lanciando un'occhiata in direzione di Lucy prima di uscire. Lei sollevò lo sguardo e incrociò quello del giovane. Nero come il cielo di fuori e ugualmente vuoto.

CLAIRE

Si svegliò esagitata, le gambe irrequiete, pronte a correre. Gettò via il piumone e appoggiò i piedi sul pavimento di legno bianco. Il freddo del legno le diede stabilità, portandola via da quel posto tremendo: l'incubo che la perseguitava dal processo.

L'istinto di Claire le diceva di correre sotto la doccia e immergersi nell'acqua calda, ma si sforzò di restare ferma. Poco per volta il battito del cuore rallentò e i pensieri confusi si calmarono. Si girò a guardare il letto, dove Adrianna riposava intrecciata al piumone, un braccio che pendeva verso terra, i riccioli sparsi su entrambi i cuscini. La fece sorridere. Adrianna era la peggiore "ladra" di coperte. Dormiva a quattro di bastoni per la maggior parte della notte. Claire era l'esatto opposto, rannicchiata in posizione fetale per tutte le sette ore di sonno.

Si diresse al bagno in camera. Le sembrava ancora una cosa di lusso. Dall'università, aveva più che altro condiviso appartamenti, facendo odiosi lavori part time per pagarsi la laurea in biblioteconomia. Ma ora vivevano a Manchester e, per la prima volta nella sua vita, lei aveva un lavoro fisso all'università, mentre Adrianna si faceva in quattro nella divisione risorse umane. In pratica, era il lavoro di Adrianna che consentiva loro di pagare la nuova costruzione nei sobborghi.

Ma anche se tutto stava andando bene i sogni non la lasciavano in pace. Senza quelli, la sua vita sarebbe stata perfetta. Eppure, la perfezione non esiste, no? C'è sempre qualche inghippo. Qualcosa che scombina le carte.

Dopo la doccia, Claire preparò toast e tè prima di controllare i messaggi, guardare i social media e così via. Era il suo rituale della domenica mattina mentre Adrianna, che amava far tardi la sera, continuava a dormire.

La wedding planner le aveva mandato ancora altre foto della splendida biblioteca all'interno di Wilder House. Le si riempì il cuore di gioia e le salvò sul telefono per mostrarle più tardi ad Adrianna. La biblioteca era stata quella che l'aveva convinta a scegliere Wilder House, dato che erano entrambe grandissime divoratrici di libri. Avevano avuto diverse discussioni sulla possibilità di trasformare lo spazio in una sala per banchetti stile Grande inverno o di vestirsi entrambe come Belle oppure di organizzare un matrimonio a tema *Orgoglio e pregiudizio* con abiti in stile reggenza e tè e pasticcini per la colazione. Alla fine, avevano deciso di restare sul semplice e rimanere sul tema libri in generale. La progettazione delle decorazioni era stata la parte migliore. Cuori di carta appesi ai faretti. Piccole pile dei loro libri preferiti come centrotavola. Schede della biblioteca invece dei cartellini con il nome. Ridacchiò mentre mordeva un toast con la marmellata e sfogliava Pinterest.

Quando la notifica della posta elettronica comparve sullo schermo, la aprì senza esitazione.

Non aveva notato chi fosse il mittente, vide un allegato .jpg e immaginò che Adrianna le avesse inviato nuove informazioni sul matrimonio. Ma quando si caricò la foto, i nervi le si tesero come fili elettrici. Sussultò, fece cadere toast e telefono contemporaneamente e spinse la sedia indietro. Chiuse gli occhi, sperando di far sparire quello spettacolo ma era inciso sulle sue palpebre, orribile immagine residua.

Era tremenda. Sanguinosa. Violenta. Il corpo di una donna spezzato e squartato, sangue schizzato su pareti e soffitto. E non era la prima volta che la vedeva. Aveva già quell'immagine fissa nella mente. La stanza tetra. La luce del flash evidenziava la pelle pallida della vittima. Se la sognava ogni notte. E ora, qualcuno gliel'aveva spedita. Chi?

Tre mesi prima, Claire aveva ricevuto una lettera che la informava che era stata scelta per far parte di una giuria. Prima dell'inizio del processo, aveva scherzato con Adrianna sul fatto di aver a che fare con piccoli delinquenti. Magari qualcuno che rubava nei supermercati o forse uno spacciatore, se il caso era più interessante. Invece, si era trovata in mezzo a un processo per omicidio, con fotografie della scena del crimine così raccapriccianti che era quasi svenuta in tribunale. Era stato un caso difficile, non solo per la violenza del crimine ma perché la difesa aveva messo in piedi la storia di un uomo innocente invischiato in una relazione con la vittima. Gli avvocati volevano far credere che Kevin Botham, che aveva già un passato violento, era stato incastrato per un crimine che non aveva commesso. Erano riusciti a giustificare tutte le prove circostanziali, e anche quelle fisiche, emerse durante il processo. Alcuni degli altri membri della giuria si erano lasciati convincere ma alla fine il verdetto era stato di colpevolezza.

Lei non era mai stata convinta dalla difesa. Claire aveva guardato nei freddi occhi di Kevin Botham ogni giorno del processo. Aveva ascoltato gli esperti che parlavano di prove del DNA e osservato ogni secondo delle riprese delle TV a circuito chiuso. Sapeva di aver messo in prigione l'uomo giusto.

"Claire?"

Non si era nemmeno accorta che Adrianna era entrata nella stanza e ora, alzando gli occhi, vide la fidanzata in piedi sulla soglia, le sopracciglia corrugate. "Va tutto bene?"

"Non riesco a capire," disse Claire, ancora sotto shock. "Come fa a sapere il mio indirizzo e-mail?"

"Di cosa stai parlando?"

Claire indicò il telefono, conscia del fatto che in quel modo avrebbe confuso Adrianna ma non in grado di formulare le parole per una spiegazione. "Qualcuno me l'ha spedita."

Adrianna raccolse il telefono e digitò la password di Claire. Conoscevano entrambe le reciproche password per una quantità di cose. Erano fatte così, erano aperte e amavano condividere, eppure Claire aveva perlopiù tenuto per sé gli incubi. Come mai?

"Gesù... è una di quelle foto della scena del crimine? Dal processo?"

Claire annuì con la testa. "Chi me l'ha mandata?"

"C'è indirizzo e-mail piuttosto strano: Dovresti Nasconderti, da ymail.com."

Il volto di Claire impallidì.

"Per te ha un significato?" Chiese Adrianna.

"L'assassino, Kevin Botham. L'ha detto in tribunale. Si è arrabbiato per il verdetto, si è girato verso noi della giuria e l'ha sussurrato. Dovreste nascondervi."

"Non me l'hai mai detto." Adrianna fissò l'immagine sul telefono. "Dio, è raccapricciante. È..." Scosse la testa come se non ci fossero parole per esprimerlo.

"È una minaccia," disse Claire. All'improvviso le scoppiò un mal di testa da farle venire le vertigini. "Non è così?"

Adrianna posò il telefono sul tavolo e si allontanò come se fosse radioattivo. "Penso che dovremmo chiamare la polizia."

Un'ondata di nausea minacciò la colazione di Claire. "Certo. Sì."

Adrianna prese il proprio telefono dalla tasca dei jeans, lasciando l'immagine visibile sullo schermo di quello di Claire. Eccolo lì, il suo incubo. Forse l'aveva preparata per quel momento. Per tutto il tempo, il suo inconscio le diceva che sarebbe accaduto qualcosa di brutto. Tornò con la mente al processo. Per quel caso, aveva dovuto andare fino a Londra, all'Old Bailey. Ma i crimini erano stati commessi a Macclesfield, non molto lontano da Manchester. Simon Botham, fratello di

Kevin, viveva ancora lì per quello che lei ne sapeva... ed era troppo vicino per stare tranquilla.

L'aveva notato tra il pubblico in aula. Aveva gli stessi occhi azzurro ghiaccio del fratello. Pieno di rabbia, trascinato via due volte dal tribunale per aver causato problemi. Ogni notte lei sognava lui e Kevin che uccidevano donne, che andavano a caccia delle loro vittime in strade buie, con il sangue che copriva i volti selvaggi. In effetti, per tutto il processo si era chiesta se Simon Botham fosse cattivo come il fratello. E ora questa minaccia diretta proprio a lei. La foto doveva averla inviata Simon Botham. Doveva essere stato lui. Stava venendo a prenderla.

LA SPOSA
NATALE

Da qualche parte lungo la strada, il vento aveva strappato via il velo dalla riccia acconciatura da sposa. Non si era preoccupata di fermarsi a raccoglierlo, l'aveva lasciato steso sulla neve. Forse si sarebbe congelato fino a diventare rigido. Per sempre leggermente incurvato come una conchiglia di pizzo.

I piedi intorpiditi a ogni passo le davano la sensazione di trascinare due bistecche nella sabbia fredda. I capelli, il volto e i vestiti erano inzuppati dalla neve che continuava a cadere. Eppure, era tutto trascurabile in confronto alla sensazione formicolante di qualcuno che la stava seguendo.

Periodicamente si girava a controllare dietro di sé, accigliandosi, confusa dal suo istinto. Perché le sembrava che qualcuno la osservasse? Non aveva visto nessuno, ma del resto non sarebbe stato possibile in quelle condizioni. A meno che non si trovasse proprio di fronte a lei. Mentre attraversava la campagna si era resa conto che interpretare la mappa era praticamente impossibile.

Le tornò in mente che gli umani hanno un buon istinto riguardo l'essere seguiti. La sensazione solleticante alla base del collo indica un predatore nell'angolo cieco. Il volto confuso notato con la coda dell'occhio, uno spettatore che osserva in modo inquietante. Non poteva ignorare quella sensazione, per quanto potesse sembrare infondata.

A causa della grigia oscurità apparentemente infinita, quasi inciampò proprio nel casotto. Ma ce l'aveva fatta. In qualche modo era riuscita a percorrere il sentiero nonostante il clima e ora aveva un posto in cui aspettare il termine della tempesta di neve.

Si tolse le scarpe e la giacca inzuppata non appena entrata in quello spazio angusto. Strofinandosi le braccia diede un'occhiata alla stanza. C'era un caminetto, grazie a Dio, e una pila di coperte sopra un piccolo divano. Si avvolse una coperta intorno alle spalle. Anche la lana era fredda al tatto, ma sapeva che si sarebbe riscaldata presto.

Trovò dei legnetti e subito cercò di accendere il fuoco. Non l'aveva fatto spesso e non era molto pratica. Dapprima fece una pila alta con i legnetti, poi cambiò idea e ne tolse un paio, infine diede fuoco a un pezzo di carta. Quando il fuoco cominciò a bruciare, sollevò le mani e lasciò andare una risata.

Era fatta?

Tutto sistemato?

Era finita?

Si sedette per un po' accanto al fuoco. Poi quando vide che aveva preso bene, ci gettò sopra un ciocco. Le braci saltavano su dalle fiamme schioccando e cadendo sul pavimento di fianco alle sue ginocchia. Lei si tirò indietro e mise il parafuoco davanti al caminetto, lasciandosi sprofondare sul divano. Ora che era nascosta nel casotto, quella sensazione di essere osservata era gradualmente svanita. Uno scherzo della sua immaginazione, niente di più e niente di meno. Ovviamente, era un po' scossa dopo essere sopravvissuta a un incidente stradale... Beh, forse senza pensare a quello che aveva fatto. Almeno, non ancora.

Il casotto era carino. C'erano letti a castello di legno sulla parete lontana e un piccolo lavandino. Notò una lanterna su un ripiano e si chiese se ci fosse il gas. Si alzò sui piedi stanchi e frugò nei mobiletti, cercando qualcosa di utile. Trovò qualche barretta di granola e un paio di pantaloni da uomo, calze pulite e un maglione pesante.

"Scarponi," sussurrò. "Fai che ci siano degli scarponi."

Le sue preghiere furono esaudite nel mobile successivo. Tre paia di stivali Wellington erano allineati vicino a uno scopettone e un grande paio di scarponi da trekking. Li osservò tutti e scelse quelli più piccoli, li capovolse sul pavimento per far uscire eventuali ragni, e portò tutto vicino al caminetto. Si sfilò il vestito bagnato. Mentre era parzialmente svestita controllò le sue condizioni. Le costole erano ammaccate. Notò una striscia lungo il corpo che stava diventando blu, nella posizione in cui si trovava la cintura di sicurezza. Ma era fortunata, nessun osso rotto. Qualche taglietto dovuto ai vetri del parabrezza e basta. La camminata non aveva peggiorato di tanto la situazione. Arrivando lì, si era abituata a mali e dolori finché non li aveva più sentiti.

Soddisfatta, si mise i vestiti asciutti. Era tutto troppo grande. I pantaloni le stavano a malapena sui fianchi, gli stivali erano di almeno una taglia in più, ma potevano andare. Tornò al ripostiglio e cercò una cintura o un pezzo di corda. Alla fine, trovò un rotolo di fune da giardinaggio e un paio di forbici. Andava bene. Fece passare la corda nei passanti della cintura e la strinse forte. Decise di tenere a portata di mano le forbici e le portò al divano, dove si sedette a mangiare le barrette di granola.

Finalmente cominciò a scaldarsi le ossa. Fissò il vestito da sposa sul pavimento di pietra e non provò niente. Avrebbe dovuto provare *qualcosa*, ma non era così. Appoggiò la testa all'indietro e chiuse gli occhi per un secondo. E poi sentì un passo.

La tempesta di neve continuava a soffiare intorno al casotto e lei sapeva che quello che aveva udito non era lo scrocchiare della neve, ma il rumore di una scarpa sulla pietra. *Il sentiero*. Qualcuno aveva seguito le sue tracce lungo il sentiero di pietra ed era fuori dalla porta.

Balzò in piedi, mise in tasca le forbici e l'ultima barretta di granola e fissò la porta. Chi c'era fuori? Muovendosi rapidamente ma in silenzio, raccolse la giacca dal pavimento e cercò il telefono nelle tasche. Il messaggi di testo, pensò. La minaccia. Chiunque l'aveva mandato doveva essere instabile, e di sicuro non era qualcuno che lei desiderava incontrare.

Poteva essere l'uomo che si era presentato non invitato al suo matrimonio? Provò una scossa di adrenalina e seppe che doveva scappare o lottare. Non c'era serratura alla porta del casotto e non aveva molto tempo. Corse alla finestra dall'altra parte della stanza, la spalancò più silenziosamente che poteva e si arrampicò uscendo nel gelo polare. Fortunatamente i pantaloni non le caddero. Aveva messo la giacca sopra al maglione pesante per stare più calda e così si avventurò di corsa nella tempesta.

Dato che il casotto era nascosto nella valle, sarebbe stato facile trovare un punto di vantaggio. A metà strada salendo sulla collina, individuò un grande albero vicino al quale si poteva accoccolare. Con il respiro che grattava i polmoni, si trascinò intorno al tronco in modo da poter osservare la piccola costruzione più sotto.

Scorse il volto di un uomo alla finestra.

Lo vide sollevare un oggetto lungo e sottile.

Un fucile.

MILA

Rafael percorreva a grandi passi il soggiorno. Mila girava il tè, guardando il fidanzato dalla cucina e sentendolo sospirare e parlare in spagnolo. Lo vide fermarsi, alzare le spalle, sollevare le braccia e riprendere a camminare, alzando la voce. All'altro capo della linea c'erano i suoi genitori, che volevano far firmare a Mila un accordo prematrimoniale per essere sicuri che lei non ficcasse le sue manacce da cercatrice d'oro nei soldi della famiglia.

Lei non avrebbe firmato quell'accordo.

Diavolo, no.

"Tesoro." Rafael tornò in cucina mentre Mila si stava rinfrescando il rossetto Sugar Plum. "Era papà. Vuole che ceniamo con lui la prossima settimana. Va bene?"

"Certo." Gli piazzò un bacio sulla guancia, poi sorrise e gli pulì il rossetto rimasto. Ma quando lei si allontanò, lui le circondò la vita con un braccio e si avvicinò per un lungo bacio sulla bocca.

"Questo cavolo di lavoro," le mormorò nell'orecchio, con la voce bassa e roca. "Se non avessi avuto la riunione con mio padre ti avrei presa su questo tavolo, in questo preciso momento."

"Mmm," disse lei. "Tuo padre e farlo con me sul tavolo in

una sola frase. Sai come eccitare e infastidire una ragazza, Raf." Gli fece l'occhiolino e andò verso il lavandino.

Lui le si avvicinò, la abbracciò e si appoggiò a lei, premendo il volto nei lucidi capelli neri della donna. "Sul serio, non vedo l'ora che tu sia mia moglie. Non vedo l'ora, Mila. Tu sei il mio mondo, lo sai."

Lei si abbandonò contro di lui, premendo il corpo negli spazi in cui sapeva di poterlo fare. Lui gemette. "Ma..."

"Niente ma."

"Invece sì, c'è e inizia con la lettera P."

Lui sospirò. "La vita sarebbe molto più semplice per noi se tu lo firmassi."

"No."

"Tesoro..."

Lei si girò mettendoglisi di fronte. "Ti ho detto come mi sento riguardo gli accordi prematrimoniali. O ti fidi di me oppure non ti fidi. E no, non me ne uscirò da questo matrimonio con niente se ti viene voglia di scoparti la segretaria o..."

Lui si tirò indietro, il volto rosso e gonfio. "Mi chiedi di fidarmi di te e poi mi dipingi in questo modo?"

"No, Raf, non è quello che intendevo. Non *penso* che mi tradirai ma allo stesso tempo penso a quello che mi chiedi di fare. Mi chiedi di non avere nessuna garanzia. Guarda, io sono una ragazza tradizionale..."

Lui sbuffò ma stava quasi per ridere. "Tradizionale? Tu? Ma dai!"

"Lo *sono*, lo giuro." Rise insieme a lui finché si baciarono di nuovo. Lei si allontanò per prima. Era sempre lei la prima. Sapeva come lasciarlo desideroso di altro. "Io credo che moglie e marito dovrebbero condividere la vita, compresi i soldi. Sai bene che, se la situazione fosse capovolta io condividerei tutto con te. Lascia stare. Vai. Ne parleremo più tardi."

Lui le piazzò un bacio sulla fronte e si affrettò fuori di casa con una giacca appoggiata su un braccio e la valigetta nell'altra mano. Mila pulì la sua tazza, poi frugò nella credenza in cucina, con tutte le pentole e padelle che Rafael non usava mai, e ne prese una scatola di cioccolatini mezza mangiata.

Da quando si era fidanzata con Rafael, aveva lasciato il suo lavoro di agente immobiliare ed era diventata casalinga a tempo pieno. Solo che Raf aveva una donna per le pulizie e Mila comprava sempre pasti facili da cucinare, perciò non restava molto da fare durante il giorno. Qualche volta guardava la TV. Qualche volta film porno. Qualche volta mangiava cioccolatini e leggeva un libro.

Quel giorno stava controllando le e-mail mentre si spostava in soggiorno portando i cioccolatini e il caffè in equilibrio con una mano. Spam riguardo al matrimonio. Di nuovo spam sul matrimonio. Voleva una manicure Vinylux o Shellac? Lavanda o gigli? Si sedette sul divano e spedì risposte veloci a tutti finendo il resto dei cioccolatini. Solo a quel punto si accorse di una e-mail anonima.

Paga 10.000 sterline o pubblico le foto.

Stava per ignorarla e leggere le successive ma notò che c'erano allegati dei documenti che riportavano il suo nome. Si raggelò. I documenti non avevano il nome di Mila Davidson, ma il suo vecchio nome. Il suo *vero* nome. Toccò lo schermo.

Vuoi che il tuo fidanzato Rafael sappia chi eri prima? Forse glielo dirò io se non mi paghi.

Mila aprì gli allegati e si mise quasi a ridere. Erano foto di lei nuda, di tanto tempo prima. Si ricordò di averle scattate in camera da letto, quando aveva diciotto anni. Mila aveva scoperto presto che la bellezza era un bene prezioso. L'aveva imparato dai video musicali e dalla rivista *GQ*.

Anche allora non era difficile trovare uomini soli che volevano parlare a una bella ragazza giovane, che pagavano bene per un po' di foto e una chiacchierata. Non c'era OnlyFans ma lei comunque riusciva a trovare chi aveva una buona disponibilità economica. In ogni caso, aveva fatto quello che doveva per tirarsi fuori da quella casa misera e non se ne vergognava. Forse avrebbe potuto far credere a Rafael che si trattava di *revenge porn* e lui sarebbe stato comprensivo, soprattutto se lei avesse pianto e gli avesse detto quanto ne era imbarazzata. Forse se la sarebbe cavata anche dicendo che non aveva nemmeno diciotto anni. Ma era rischioso. La polizia avrebbe potuto ricavare una data?

Se non firmava l'accordo prematrimoniale e con i genitori di lui che la odiavano, l'ultima cosa di cui aveva bisogno era che lui scoprisse quello che aveva fatto.

Ed era un problema anche il fatto che il ricattatore sapeva il suo vero nome, un nome che doveva tenere nascosto a Rafael e alla sua famiglia, a qualunque costo.

Si morse il labbro e rimase un momento a riflettere. Si ricordava gli uomini a cui aveva mandato le foto. Aveva ancora gli indirizzi e-mail? Alcuni erano rimasti anonimi. Altri erano stati meno prudenti. Ma quello che lei doveva scoprire era se avessero altre foto e se avevano la prova del suo vero nome.

Si schiarì la gola e rispose: **Bel tentativo. Non pagherò un centesimo. Ma so chi sei e te ne pentirai.**

Mila sapeva bluffare, l'aveva fatto per tutta la vita. Sapeva come mentire e come attraversare indenne situazioni che avrebbero spezzato altra gente. Ci vollero dieci minuti abbondanti per l'arrivo della risposta e a quel punto il suo corpo fremeva di eccitazione.

Tic toc, Millie. Aspetta che il tuo fidanzato scopra che non sei altro che una puttana e una bugiarda.

Le prudevano le dita e avrebbe voluto rispondere subito ma sapeva che non era il caso. Trasformò la rabbia bruciante in ghiaccio. Era l'ora di mettersi al lavoro. Non avrebbe sprecato energie in collera o paura di cosa sarebbe potuto succedere. Doveva pensarci bene.

Prima di tutto, quella persona l'aveva chiamata Millie. Era interessante. Aveva cambiato legalmente sia il nome che il cognome, scegliendo Mila perché suonava molto più intrigante di Millie e non era un gran cambiamento. Millie si poteva spiegare a Rafael ma non il suo vero cognome. Quindi, per prima cosa doveva controllare con quale nome aveva intrattenuto quegli scambi, perché non se lo ricordava. Poi doveva verificare gli indirizzi e-mail degli uomini a cui aveva spedito le foto. Per questo le servivano i suoi vecchi dati di login.

Mila mise da parte il portatile e si prese un momento per calmarsi. Stava per fare un viaggio indietro nel tempo e non sarebbe stato facile.

Arrivò un altro messaggio. **Hai un giorno.**

Lei rispose: **Non farmi ridere. Ti farò sapere. Con i miei tempi.**

LUCY

Giocherellava con il braccialetto mentre la signora Novak parlava in tono calmo ma severo. La mente di Lucy continuava a distrarsi, come su un'onda. Vedeva il suo buonsenso galleggiare verso il mare finché si costringeva a ritornare in quella stanza.

"E il signor Farrah prenderà le opportune misure, spero?" Chiese la signora Novak.

"Sì," disse Lucy. "Ha chiesto a Jacob di scusarsi."

"Beh, mi dispiace ma dobbiamo vedere un miglioramento nel tuo atteggiamento, Jacob, prima che tu ritorni a scuola. Voglio sapere che stai prendendo questa faccenda sul serio. Devo essere sicura che ci proverai. Ti abbiamo fatto delle concessioni lo scorso anno. Eri un ragazzo brillante prima che mancasse tua madre e so quanto è stato difficile per te da quel momento." L'insegnante bionda volse gli occhi brillanti e intelligenti verso Lucy. "Ho suggerito un percorso di counseling al signor Farrah, ma né lui né il figlio sembra lo vogliano seguire."

Jacob, che era rimasto seduto imbronciato, con le braccia incrociate, per diversi minuti, alla fine disse: "Non ho bisogno del counseling."

"Il tuo comportamento fa pensare di sì," disse la signora Novak.

Lui girò gli occhi al cielo e le labbra della direttrice si assottigliarono.

"Ne parlerò al signor Farrah," disse Lucy, sentendo la necessità di intromettersi. Si sentiva colpevole. La direttrice della St. Martin's Prep School era una donna ragionevole. Lucy l'aveva incontrata ormai tre volte e l'aveva sempre trovata corretta e calma. Anzi, aveva spesso desiderato avere la capacità della signora Novak di condurre una conversazione e le invidiava un po' la voce dotata di autorità che a lei mancava. La voce di Lucy aveva più spesso il tono della domanda, come se non fosse mai sicura delle proprie opinioni.

"Jacob, ti ho dato tanti suggerimenti nell'ultimo anno e non li hai mai accettati. Ma ora ti dico che è necessario, prima che tu intraprenda una certa strada sulla quale non vorrei mai vederti. Segui il counseling. Parla del tuo dolore. Qualunque cosa cerchi di nascondere finirà solo con il controllarti."

Lucy si girò verso Jacob nella speranza di cogliere un segnale di comprensione, ma lui era rimasto nella sua posizione difensiva, con le braccia incrociate e la testa piegata verso il basso. Non aveva nemmeno guardato la sua insegnante. Lucy ringraziò la signora Novak e uscì dalla stanza, conscia del fatto che Jacob la seguiva. Trascorsero il viaggio in macchina verso casa in silenzio. Non appena entrarono dalla porta, Jacob andò di sopra. Per la prima volta in quella giornata a Lucy sembrò di poter respirare.

* * *

Passò una settimana sulle spine, sperando di riuscire a dormire con un occhio solo. Jacob, che lei ora percepiva come una presenza pesante e oscura nella sua vita, passava la maggior parte del tempo in camera, giocando al computer con volume altissimo. Henry trascorreva l'intera giornata all'università, nonostante gli studenti fossero ormai a casa per le vacanze di Natale, e di conseguenza Lucy era costretta a lavorare al computer sul tavolo della cucina mentre il figliastro teenager covava in silenzio nella sua stanza. Che genere di giochi faceva? Dal rumore sembravano violenti. Le tremende esplosioni delle armi da fuoco si sentivano anche attraverso il soffitto. E se quei giochi brutali avessero contribuito alla sua aggressività?

Raramente si parlavano. Prima, lei l'avrebbe chiamato o gli avrebbe andato un messaggio quando si faceva il tè per sapere se ne volesse anche lui. Ma ora no. Lei non voleva guardarlo, figuriamoci rivolgergli la parola. Ogni giorno all'ora di pranzo lei afferrava la borsetta e andava a fare una lunga camminata fino al più vicino negozio di panini. Le sue giornate trascorrevano regolari. Parlava ai clienti al telefono, scusandosi per l'eccessivo rumore di sottofondo, si crucciava per le decorazioni del matrimonio e la playlist del DJ per il ricevimento, poi correva fuori di casa ogni volta che sentiva i passi pesanti del ragazzo scendere le scale.

E Henry? Quello che succedeva lo preoccupava? Lo spaventava? Ne avevano parlato una volta, la sera dopo che lei aveva portato Jacob dalla signora Novak.

Henry si era tolto gli occhiali e li aveva appoggiati sul tavolino, poi si era di nuovo accomodato sul divano. "Gli parlerò," disse. "Non può continuare a trattarti così, non è corretto."

Lucy era stata parzialmente sollevata, perché il suo tono era rimasto cupo, ma allo stesso tempo, non le sembrava che lui avesse davvero compreso. Si era avvicinata a lui sul divano e si era seduta in modo che si trovassero uno di fronte all'altra. Doveva farglielo capire. "Io ho *paura* di lui, Henry. Dentro di lui c'è dell'odio che non capisco. E ora sarò qui dentro da sola con lui finché è sospeso. Non puoi lavorare da casa per un po'?"

"No," disse. "Ho troppi incontri in questo momento. Senti, ha *quindici* anni. È un ragazzino. Non ti farà alcun male."

"I quindicenni possono essere violenti."

"È mio figlio!" Henry si era alzato in piedi, aveva ficcato le mani nelle tasche e si era messo a camminare per il soggiorno. "Scusa, è che... conosco mio figlio. So cosa c'è nel suo cuore. È un bravo ragazzo. Davvero. L'ho cresciuto da quanto era piccolo. Ho visto il suo volto illuminarsi quando apriva i regali di Natale. L'ho visto curare un merlo fino a farlo stare bene dopo che un gatto l'aveva aggredito."

Lucy sapeva quanto Jacob fosse importante per lui. Si alzò e lo abbracciò e gli disse che sarebbe andato tutto bene, ma nello stesso tempo disse a sé stessa che lui non riusciva a vedere la persona che Jacob stava diventando. Non *voleva* vedere.

Camminava. Il morso del vento le colpiva il naso e le guance. Si immaginò il volto che le diventava rosso, il naso rosso da Rudolph che indicava la strada. Avevano scelto di sposarsi a dicembre perché costava meno e poi il giorno di Natale era sembrato così romantico. Ma con la situazione tesa che si era creata con Jacob si sentiva... Non voleva dire che ci stava ripensando. Invece sì. Ci stava ripensando. Si sentiva male ad ammetterlo ma era così. Ci stava decisamente ripensando.

Henry le aveva chiesto di sposarlo in giugno, durante un fine settimana a Parigi. Avevano trascorso la maggior parte del viaggio mangiando paste, visitando i monumenti e passeggiando. Lucy non si era mai considerata un tipo acculturato, non era mai stata un'accademica. Aveva voti mediocri e aveva frequentato il college e non l'università. Ora lavorava per una società di ricerca di personale e il suo lavoro consisteva principalmente nel fare telefonate e organizzare colloqui. Ma Henry, beh... Henry conosceva storia, arte e letteratura e quando l'aveva portata al Louvre lei era rimasta affascinata. Lui era più grande della vita per lei. Più tardi, al tramonto, mentre bevevano vino rosso e condividevano un dolce in uno splendido caffè sulla strada, lui le aveva preso la mano e le aveva chiesto di sposarlo.

Come avrebbe potuto rifiutare?

Nel negozio di panini a Manchester, per sfuggire al vento

gelido invernale, Lucy aveva ordinato un panino con maiale arrosto su pane bianco con tutti i condimenti. Poi aveva indicato il brownie al cioccolato più grosso e lo aveva aggiunto all'ordine. Quattro mesi prima si era messa a dieta, seguiva il metodo del digiuno intermittente che Deepa, una vecchia compagna di scuola, le aveva consigliato. Ma ora si stava ufficialmente lasciando andare.

Aveva un buon motivo per la dieta, oltre al fatto di entrare nel vestito da sposa. Da un po' di tempo, stavano cercando di avere un figlio. Henry era d'accordo, anche se non entusiasta quanto Lucy, e avevano fatto di tutto per provarci. Tenendo conto dell'endometriosi di cui soffriva, Lucy aveva provato a perdere qualche chilo per vedere se aiutava. I dottori le avevano sempre raccomandato di perdere peso, prima. Ma era una cosa che odiava e, in più di un'occasione, si era chiesta se questi medici di sesso maschile sapevano davvero di cosa stavano parlando.

Attraversò un piccolo parco alla fine della strada e si sedette su una panchina da cui si vedeva la città. In dicembre, la vista da quel punto poteva essere di un azzurro così limpido da consentire di ammirare il panorama per chilometri o di un grigio nebbioso che nascondeva anche gli edifici più vicini. Quel giorno era azzurro limpido. Il genere di colore pastello che poteva utilizzare un artista. Divorò il panino, del tutto cosciente di mangiare per lo stress. Poi si appoggiò allo schienale e incrociò le caviglie, godendosi la solitudine.

"Lucy."

Scioccata, girò la testa Jacob stava camminando verso di lei, le mani cacciate nelle tasche dei jeans.

Si tirò indietro. "Come facevi a sapere...? Mi stai seguendo?"

Lui si sedette sulla panchina vicino a lei, curvandosi. "Sì."

"Perché?" Si allontanò leggermente da lui, le mani strette insieme.

"Volevo scusarmi per il tema."

"Ah." Si pulì le briciole dalle labbra e si sforzò di sorridere. "Grazie per averlo detto. Lo apprezzo molto."

"Ho intenzione di migliorare." Abbassò lo sguardo. "Lo prometto."

Lei non avrebbe mai pensato di rimanere commossa da lui, ma era così. Forse voleva aprirsi con lei. Essere vulnerabile. Pensò se dovesse prendergli le mani nelle sue, ma invece si stirò solamente le dita. "Miglioreremo entrambi."

"È bello qui," disse lui. "Tranquillo."

Lucy annuì.

"Non c'è nemmeno tanta gente in giro. Vieni qui spesso?"

"Ogni tanto vengo qui a pranzare."

Lui guardò l'incarto del panino. "Pensavo fossi a dieta per il matrimonio."

Lei strizzò l'occhio. "Non dirlo a tuo padre."

"Non lo farò," disse lui. E dopo quello, si alzò e se ne andò.

Lucy lo fissò mentre si allontanava, chiedendosi se si era immaginata l'intera conversazione. Era così? La loro relazione finalmente aveva raggiunto una svolta?

Più tardi quel giorno, Jacob sedette con loro a cena e sorrise per tutto il tempo. Lucy aveva fatto le lasagne vegetali e lui le fece i complimenti. Henry ridacchiava da orecchio a orecchio, sentendo le storie di Jacob su come lui e Lucy avevano fatto la pace.

"Abbiamo pranzato insieme," disse Jacob.

"Oh, è splendido." Henry si allungò e prese la mano di Lucy.

Lucy riuscì solo ad annuire. *Pranzo?* Suppose che molto lontanamente si poteva chiamare pranzo. A che gioco stava giocando Jacob?

Lui infilzò un broccolo con la forchetta. "Ora siamo amici."

"Ottimo. E la prossima settimana torni a scuola. Possiamo dimenticarci di tutto l'incidente ora, vero Lucy?"

Lei sorrise. "Certo."

Ma dentro, le si contorse lo stomaco. Jacob continuò a sorriderle mentre masticava i broccoli. Le sembrava che i suoi occhi le penetrassero l'anima. Aveva in mente qualcosa e stava portando il padre dalla sua parte. Lucy non aveva più fame ma non sopportava l'idea di dargli la soddisfazione di notarlo. Si sforzò di mandare giù diversi altri bocconi di lasagne.

"Saremo una vera famiglia," disse Henry, del tutto ignaro della tensione.

CLAIRE

L'agente Raj Deol, ancora con la giacca ad alta visibilità, appoggiò la tazza di tè vicino al caschetto, sul tavolo di cucina. "Ottimo." Ridacchiò, lisciando la carta del blocco per appunti. "Bene, quindi lei era nella giuria di un processo per omicidio?"

Claire annuì. "Kevin Botham. Ha stuprato e ucciso una donna."

Raj emise un fischio tra i denti. "Brutta storia, quella. Posso vedere le foto dell'e-mail?"

Lei girò lo schermo del portatile per fargli vedere le foto in tutta la loro gloria. Lui rabbrividì e scosse la testa. "Terribile."

"Non le sembra una minaccia?" Chiese lei. Percepì lo sguardo di Adrianna cadere sul punto in cui si stava stropicciando la manica del top. C'erano dei fili dove aveva tirato il bordo con le unghie. Lanciò ad Adrianna uno sguardo colpevole e coprì la manica con la mano.

"Il linguaggio è minaccioso ," disse l'agente. "Ma questo non significa che abbiano intenzione di fare altro, oltre a mandare questa schifosa e-mail, d'accordo? Prendiamo le minacce sul serio, ma spesso queste cose non evolvono."

Claire annuì. Voleva provare sollievo ma non ci riusciva.

Aveva continuamente davanti agli occhi il corpo ferito, percosso e mutilato della vittima di Kevin. *Qualcuno vuole fare la stessa cosa a me.* Era il pensiero intrusivo che non riusciva ad allontanare. Era sicura che l'arrivo di quella e-mail, quella orrenda, terribile e-mail, significava che qualcuno voleva violentarla e ucciderla. E poi sarebbe stata la sua, la foto della scena del crimine usata al processo. Portò alla gola una mano tremante ed emise un sospiro di raccapriccio.

"Vedremo se riusciamo a tracciare l'indirizzo IP di questo indirizzo e scoprire chi è il mittente."

"Oh," disse Adrianna. "Ci ho provato. Hanno usato un servizio di reindirizzamento."

Raj strizzò l'occhio. "Facciamo un altro tentativo e vediamo cosa scopriamo. Va bene?"

Se ne andò con il portatile sotto il braccio, lasciando i suoi dati di contatto alla porta. Claire sentì che i polmoni le si svuotavano e le spalle cascavano mentre la fidanzata girava la chiave e metteva la catena alla porta. Adrianna poi fece passare un braccio attorno le spalle di Claire, si abbracciarono e respirarono il reciproco calore.

"Non posso credere che stia succedendo questo."

"Andrà tutto bene."

"Davvero?"

"Sì! Ascoltami. Siamo troppo forti per lasciare che questa schifezza malata ci tocchi. Oltretutto, magari il poliziotto ha ragione. Forse questa persona ha avuto il suo divertimento da vigliacco e ora sparirà in quello sporco piccolo buco da cui è strisciato fuori e ci lascerà in pace."

"Spero maledettamente di sì." Si sciolse dall'abbraccio di Adrianna. "E tutto perché ho accettato di far parte della giuria. Gesù."

* * *

Di ritorno al lavoro il giorno successivo, Claire si tenne occupata con uno dei suoi compiti preferiti: rimettere libri e riviste sugli scaffali della biblioteca. Amava in modo particolare qualunque lavoro che le tenesse le mani attive mentre la mente vagava e Nate, il responsabile della biblioteca, le lasciava portare le cuffie e ascoltare la musica. Il rap di Cardi B le faceva compagnia mentre sistemava le riviste accademiche.

Il ritorno al lavoro le consentiva di lasciare che il senso di normalità tornasse piano piano nella sua vita. Stava iniziando a pensare che Adrianna avesse ragione e che chiunque le avesse mandato la fotografia, che fosse Kevin o il fratello, Simon, o qualche altro cretino, avesse deciso di lasciarla in pace. Questo però non impediva ai pensieri negativi di infilarsi di soppiatto nella sua mente mentre si teneva impegnata.

Kevin Botham aveva stalkerato la sua vittima per due settimane prima di attaccarla. Si era introdotto nel suo appartamento e le aveva rubato della biancheria. Aveva anche preso dei gioielli dalla sua camera da letto e li aveva regalati alla moglie. L'aveva seguita per la strada, senza perderla di vista, stando a qualche metro di distanza. Dopo aver studiato questo caso, di notte Claire gridava vedendo sé stessa in sogno che camminava lungo una strada al buio senza alcun sospetto di essere seguita. Kevin Botham la raggiungeva, afferrandole con le dita i capelli neri. Ma poi il suo volto si trasformava in quello di Simon Botham.

Alzò il volume, scacciando il ricordo del volto affilato e spigoloso di Kevin Botham che si trasformava nei contorni più morbidi di quello del fratello. Ci volle un po', ma alla fine riuscì a perdersi nella musica e nella sua attività. La musica ad alto volume faceva svanire la libreria e gli studenti. Ma quando qualcuno le toccò una spalla, fece un salto e gridò.

Arrossendo, Claire vide gli studenti di tutto il piano inferiore della biblioteca sollevare la testa e girarsi per fissarla. La ragazzina dai capelli rossi che le aveva toccato la spalla la guardava stupita, con gli occhi spalancati. Claire si tolse le cuffie e rabbrividì.

"Scusa, io... io volevo solo sapere se potevo prendere quello..." La ragazza indicò una rivista di psicologia che Claire stava per rimettere a posto.

"Oh, sì, certo." Le passò la rivista e cercò, senza riuscirsi, di nascondere l'imbarazzo. Non era sicura di quanto aveva gridato forte ma, vista la reazione della biblioteca, doveva essere stato un urlo piuttosto penetrante.

Si rimise veloce al lavoro, abbassando un po' il volume in modo da non lasciarsi sorprendere di nuovo. Ma per il resto della giornata continuò a rabbrividire, rendendosi conto che, anche se la persecuzione era finita, la sua ansia era ancora ben presente. E quel giorno, lasciando l'università e salutando Nate e gli altri, stava ancora tremando.

L'autobus era affollato e, volendo evitare che qualcuno la sorprendesse alle spalle, si sedette in uno dei posti laterali, vicino all'autista. I suoi pensieri turbinavano. Una trottola che non cadeva mai ma continuava a girare. Il suo tentativo di ritorno alla normalità non aveva funzionato.

E poi si chiese... e gli altri? C'erano altri undici membri nella giuria: Simon poteva aver minacciato anche loro? Doveva tenerlo in considerazione. Se non aveva mandato le foto a nessun altro, beh, lei si ritrovava con un bersaglio sulla schiena: dopo tutto era stata lei a convincere tutti a emettere un verdetto di colpevolezza.

Durante le lunghe ore di discussione, avevano esaminato le prove diverse volte. Kevin Botham e il fratello avevano entrambi la fedina penale sporca, dai furti allo spaccio di droga fino all'aggressione. Vivevano vicino alla vittima e la difesa aveva raccontato che Kevin aveva derubato la vittima dopo un appuntamento con lei ed era per quello che sua moglie era in seguito entrata in possesso della collana, non perché la stava seguendo e l'aveva uccisa. Secondo la difesa, Kevin aveva una relazione con la donna, non la stava stalkerando, ma non c'era nessuna prova *evidente* di questo. Nessuna foto e né amici né familiari riconoscevano Kevin o l'avevano visto con la vittima. Tuttavia, il suggerimento era sembrato sufficiente agli altri giurati per dubitare della colpevolezza. Era stata Claire a convincerli del contrario.

Se Simon Botham lo sapeva, allora doveva conoscere qualcuno della giuria.

Chi in quell'aula aveva avuto contatti con i Botham? Chi poteva lavorare con loro? A meno che la causa di tutto non fosse la sua paranoia. Claire si mordicchiò l'unghia del pollice. Ora che ci aveva pensato, doveva decidere cosa fare. Doveva essere sicura di non essere l'unica giurata presa come bersaglio.

COLLEEN
NATALE

Rimise la bottiglia nel cassetto in basso dell'archivio e mangiò una mentina. Quanto aveva bevuto quel giorno? Abbastanza da superare il limite se le avessero fatto la prova del palloncino? Comunque, non avrebbe guidato in nessun caso quel Natale, di certo non con quella tempesta di neve che vorticava all'esterno. Ma doveva rimettersi in sesto e rapidamente. Tre ricevimenti di matrimonio aspettavano che lei risolvesse il casino. E invece lei era lì, nascosta nel suo ufficio, a scolarsi del gin.

Bussarono alla porta. Si alzò dalla sedia e zoppicò verso la porta. Il ginocchio era tornato a darle fastidio con quel freddo terribile.

Aprì la porta e si trovò di fronte Adrianna, la sposa del matrimonio Rivers-Williams.

"Senti, dobbiamo trovare Claire. Lei è... vulnerabile." Adrianna entrò decisa nella piccola stanza, trascinandosi dietro il pesante abito da sposa.

Un'altra parte di Colleen si accartocciò e morì. La giornata era un completo e totale disastro.

"Cosa intendi?"

"Ha problemi mentali. I suoi attacchi di panico tendono a

essere particolarmente debilitanti." Il luccichio delle lacrime riempì gli occhi di Adrianna. "Non la trovo da nessuna parte. E, beh, qualcuno la stava minacciando. Forse sono venuti al matrimonio, non so. Siamo state entrambe stalkerate per settimane."

"Stalkerate?" Colleen si portò una mano al petto, dove sentiva ancora il calore del gin. Il suo cuore continuava a battere troppo forte. Fece un respiro profondo. Ora aveva più senso. Claire Rivers le aveva chiesto di controllare i nomi dei loro ospiti prima di lasciarli entrare. Sul momento le era sembrata un po' paranoica. "Va bene, verrò ad aiutarti. Mi dispiace, ma la maggior parte del personale è fuori alla ricerca della signora Rodriguez, non so se riesco a mettere insieme una squadra di ricerca. Colleen si morse il labbro mentre uscivano in corridoio. Stava per chiudere a chiave l'ufficio ma rientrò di corsa per afferrare un sottile raccoglitore ad anelli. Le liste degli invitati. "Devo anche fare un conto di tutti gli ospiti che abbiamo qui."

"Per favore, facciamo in fretta. Alcuni familiari stanno cercando nelle stanze ma non capiamo dove possa essere andata."

"Siete sicuri che sia ancora nell'hotel? Potrebbe essere uscita con gli altri alla ricerca della signora Rodriguez?"

"Non so." Le lacrime alla fine cominciarono a scendere dagli occhi di Adrianna e Colleen le si avvicinò per strofinarle le spalle.

"Non preoccuparti, la troveremo. Troveremo tutti."

"Lo spero."

Arrivata nell'ingresso, fermò una delle cameriere del catering, Nina, una ragazza magra con i capelli color topo, che riusciva a mettere gli ospiti a proprio agio con la sua presenza discreta. "Ho bisogno del tuo aiuto, cara. Abbiamo diverse persone scomparse in questo momento. Ho bisogno che tu chieda a ogni singolo ospite il nome e faccia un segno vicino al loro nome sul foglio." Lanciò il raccoglitore ad anelli nelle mani della giovane. "Questa è una lista degli ospiti che non sono venuti a causa del tempo." Appoggiò il foglio sopra gli altri.

Le sopracciglia di Nina si avvicinarono. "Ogni singolo ospite?"

Colleen annuì. "Sì, tutti quanti. Io tornerò tra una mezz'ora per vedere come te la cavi." Si girò verso Adrianna. "Va bene. Proviamo prima nelle camere da letto. È una casa vecchia e grande, potrebbe essersi persa."

Adrianna osservò tristemente il suo abito. "Dovrei cambiarmi. Non penso che qualcuno si sposerà, oggi."

"Penso che tu abbia ragione," disse tristemente Colleen. "Che giornata terribile. Mi sento male per la signora Rodriguez, e ora manca una sposa. E c'è anche la tempesta."

"Oltretutto il segnale del telefono va e viene," aggiunse Adrianna. "Avete una linea fissa in albergo?"

"Sì, ma è interrotta," disse. "Penso che siano caduti i fili. Qualche volta succede durante le tempeste. Se trovi il segnale, magari prova a chiamare la polizia. Il mio telefono non prende da nessuna parte in hotel."

"Va bene," disse Adrianna. "Proverò nell'ingresso."

Con sollievo di Colleen, Adrianna riuscì a trovare il segnale e telefonare alla polizia. Colleen spiegò che l'hotel era isolato e mancavano degli ospiti ma la risposta era quella che si aspettava: ci sarebbe voluto un po' prima di poter mandare qualcuno dato che le strade non erano percorribili. Quindi si diressero al piano di sopra, bussarono alle porte degli ospiti e controllarono i ripostigli. La maggior parte degli invitati era nell'ingresso e tutti i ripostigli erano chiusi a chiave. Poi si recarono nel salone da ballo, che doveva ospitare il ricevimento dei Rodriguez, al giardino d'inverno, riservato alla cerimonia dei Farrah e infine in biblioteca, dove entro mezz'ora Claire e Adrianna avrebbero dovuto sposarsi.

"Non è qui." Adrianna appoggiò le mani sui fianchi e sospirò.

"Forza," disse gentilmente Colleen. "Proviamo in cucina, al ristorante e all'altro bar."

Il vestito di Adrianna frusciava e crepitava mentre lei camminava. Avevano girato tanto e il ginocchio di Colleen pulsava. Notò la leggera patina di sudore sulla fronte di Adrianna.

"Cosa stavi dicendo a proposito delle minacce?" Chiese Colleen.

"Claire ha fatto parte della giuria in un processo per omicidio qualche mese fa. Da allora, qualcuno la sta stalkerando e potrebbe essere il fratello del criminale." Le tremò il mento. Colleen notò che qualunque cosa fosse successa prima del matrimonio aveva esaurito la poveretta. "Abbiamo avuto un brutto litigio ieri sera. Ci siamo dette cose terribili." Si asciugò qualche lacrima. "Le ho detto che non volevo farlo, che volevo andare a casa."

"Non preoccuparti, la troveremo." Colleen faceva del suo meglio per infondere positività al suo tono di voce. "Ma sembra che non sia al ristorante." Si guardò intorno nella stanza semi vuota. A uno dei tavoli c'era un uomo seduto da solo che dava loro le spalle. Non avrebbe dovuto essere lì, con il ristorante chiuso, ma Colleen decise di non dire niente. L'ingresso era già abbastanza affollato.

Si girarono e tornarono indietro, passando per la cucina e il bar. Claire non era da nessuna parte.

"Pensi che possa essere uscita?" Chiese Colleen.

"Forse ha cercato di andarsene. Dopo quello che ho detto non posso biasimarla. E se... E se si fosse fatta male o...?"

"Non lo sappiamo. Cerca di non perdere la testa. So che è naturale e io farei lo stesso. È molto più facile stare qui e dirti di calmarti ma..."

Nina le raggiunse correndo. "La signora Rodriguez... L'hanno trovata."

Coleen si strinse le braccia al petto. "Oh, grazie a Dio. Sta bene?"

"Sta bene, solo un po' scossa. Ho la lista che mi ha chiesto."

"Fantastico, grazie cara." Prima di ritornare all'ingresso per controllare la signora Rodriguez, si fermò a dare un'occhiata veloce alla lista degli ospiti. "Non può essere corretto."

"Cosa c'è di sbagliato?" Chiese preoccupata la cameriera.

"Mancano ancora tre spose e due sposi?"

"Sì. Lucy Greyson, Henry Farrah, Claire Rivers, Mila Davidson e Rafael Rodriguez."

"E questi nomi vicino ai quali hai fatto due segni?"

"Beh," disse la giovane. "Questa è la cosa più strana. Almeno due degli ospiti mi hanno dato un nome che avevo già segnato. E dato che la penna è la stessa, immagino di averli segnati io la prima volta."

"Quindi qualcuno degli ospiti ha mentito sul proprio nome?" Chiese Colleen. Accanto a lei sentì Adrianna inalare di colpo a denti stretti.

"Io... io immagino di sì," rispose Nina.

"Ti ricordi che aspetto avevano?"

"Beh, uno degli uomini era per conto suo al ristorante..."

Prima che Nina potesse finire la frase, Colleen e Adrianna si girarono e tornarono indietro per la strada appena percorsa.

MILA

Non aveva mai avuto una famiglia, almeno questo è quello che Mila diceva a sé stessa. Tempo prima c'erano dei genitori che vivevano nella sua stessa casa, ma non avrebbe detto che l'avevano cresciuta. No, non avrebbe dato loro una simile soddisfazione. Non l'avevano vestita né nutrita; erano mediamente troppo fatti. Tuttavia, c'era stato Christopher.

Più vecchio di undici anni, si era preoccupato che lei mangiasse, andasse a scuola e avesse i libri che le servivano. Quando i genitori si addormentavano sul divano, lui rubava i soldi dal portafogli della madre e comprava del cibo. Faceva tre lavori da quando aveva sedici anni, tutto per aiutare Mila.

Ma quando Mila aveva tredici anni se ne era andato e a quel punto lei aveva dovuto imparare a sopravvivere da sola. Non l'aveva mai biasimato per essersene andato. Lo squallore permeava quella casa, dalle fondamenta alla cima del camino inutilizzabile. Lei sapeva che lui meritava di più di quello che avevano lì. Ma lei aveva tredici anni, due genitori che non la guardavano e solo i soldi che Christopher le aveva lasciato.

A tredici anni, una cosina tutta pelle e ossa, iniziò a rubare. Più che altro nei negozi e di solito cibo. Crescendo cominciò a rubare anche trucchi e vestiti e divenne anche popolare a scuola perché aveva imparato a mettersi il rossetto prima delle altre ragazze.

Non fu molto dopo che cominciò a notare qualcosa. Sguardi. La gente la fissava, soprattutto gli uomini. Quando si accorciava la gonna e si slacciava un bottone della camicetta quegli sguardi diventavano famelici.

Christopher le aveva comprato un portatile economico per la scuola e la cosa successiva che Mila aveva imparato era come si comportavano gli uomini online. I genitori non erano in grado di assicurarsi che la sua esperienza online fosse sicura. Sul computer non c'era alcun tipo di blocco o password. Quando Mila compì diciotto anni, cominciò a vendere online immagini del suo corpo a uomini vogliosi con disponibilità economica. E questo significava che non aveva idea di chi potesse ricattarla ora. C'erano troppe possibilità.

Per prima cosa si autenticò sul vecchio indirizzo di posta elettronica e tornò indietro a quel periodo oscuro. Sarebbe saltato fuori qualcuno di quei nomi? Cominciò a copiare e incollare i contatti in un foglio elettronico che avrebbe potuto usare come riferimento insieme alla prova. Poi li cercò su Google, Facebook, Instagram e Twitter. Due erano morti, uno si era suicidato e l'altro per il cancro. Tre avevano l'apparenza di essere benestanti e lei non riuscì a immaginarli come ricattatori. Restavano due nomi che sentiva di poter controllare. Entrambi avevano le pagine dei social media private. Fissò le immagini sorridenti dei profili e si chiese cosa fare.

Decise di cercare su LinkedIn un profilo professionale e sorrise a sé stessa quando risultò essere una mossa geniale. Questo genere di uomini non poteva evitare di vantarsi dei risultati raggiunti. Tutto quello che doveva fare era creare un profilo falso usando un'immagine pubblica e scoprire dove lavoravano e cosa facevano.

Il primo, Roger Smythson, cinquantacinque anni, era un manager di medio livello all'università. Non aveva avuto una promozione da più di dieci anni, cosa interessante. Nessun aumento di stipendio, Roger? Sapeva che il settore dell'educazione aveva patito molto dalla crisi finanziaria del 2008, con il risultato che le paghe erano state congelate per diversi anni. Forse Roger si era sentito privato di un diritto, era deluso dalle sue scelte e dal non aver concluso niente nella vita. Forse guardando nella casella di posta aveva ritrovato le foto di Mila. Forse aveva cercato un po' di informazioni e aveva scoperto che era fidanzata a un uomo ricco. Era possibile. Copiò l'e-mail di lavoro e prese nota dell'indirizzo del dipartimento.

Il secondo uomo, Dominic Harding, aveva un'azienda di contabilità. Ma quando Mila cercò maggiori dettagli vide che si trattava di sole tre persone. Aprì il sito web e trovò un vecchio blog in WordPress che non veniva aggiornato da anni. Il volto tondo e sorridente di lui comparve sullo schermo e lei se lo immaginò rosso e sudato a guardare le foto di lei nuda. Non la faceva vergognare né sentire disgustata. Invece decise che quegli errori del passato ora le davano potere. Sperava che fosse così. L'alternativa non era nemmeno da considerare. In nessun modo i Dominic Harding del mondo potevano portarle via il potere. No. Lo possedeva lei. Ora doveva pensare a come usarlo.

Questi due uomini mediocri sembravano ottimi candidati e ora doveva schiacciarli prima che uno di loro schiacciasse lei. Si masticò l'interno della guancia, rimuginando su queste cose.

Al tempo in cui Mila aveva tredici anni e il fratello, Christopher, se ne era andato di casa, lei aveva imparato nel modo peggiore che l'autoconservazione aveva la precedenza su tutto, nella vita. E in qualche modo, da tutta la merda in cui era stata sepolta era germogliata come un fresco fiore di primavera. Con Rafael si era costruita una nuova vita, una vita che le dava delle possibilità, la libertà. Una vita con uno scopo. Non ci avrebbe rinunciato, nemmeno se tutti gli idioti dalla faccia rossa avessero cercato di ricattarla.

* * *

Mila aspettò in una caffetteria di fronte al dipartimento di legge dell'Università di Leeds. Indossava una maglietta bianca, una gonna a portafoglio scozzese, calze scure e tacchi alti. Non voleva essere in incognito, voleva essere notata e assomigliare alla versione adulta della ragazza che un tempo vendeva le sue foto a uomini di mezz'età. Si era lisciata i capelli e si era messa un rossetto rosa acceso. Aveva anche pensato a scarpe da tennis bianche e codini, ma non voleva essere ovvia. E poi non era sicura che a Roger piacessero ancora le ragazzine, così aveva reso la somiglianza con un'uniforme scolastica più sottile.

Faceva avanti e indietro da Leeds ormai da alcuni giorni, aveva detto a Rafael che aveva degli appuntamenti con il catering per discutere il menu del matrimonio e invece aspettava all'esterno del dipartimento universitario di Roger. Il primo giorno Mila, appostata nella sua auto con un gelato di Greggs, lo aveva visto entrare nella caffetteria e ordinare un panino per pranzo. Il secondo giorno aveva fatto la stessa cosa. E ora lei lo stava aspettando, sorseggiando un frappuccino. La pioggia ghiacciata di dicembre aveva bagnato le lastre del marciapiede all'esterno ma lei sentiva l'esigenza di raffreddarsi.

Controllò il telefono. Le 12:20. Il giorno prima era andato alla caffetteria alle 12:05. Cinque minuti di passeggiata dal dipartimento di legge a qui, suppose. E ora lui era in ritardo. E se avesse avuto una riunione? Oppure aveva deciso di pranzare alla scrivania?

Poi raddrizzò la schiena. Lo vide attraversare la strada. Indossava pantaloni troppo stretti, con la cintura che tagliava la carne sotto la pancia. Portava la cravatta e scarpe decisamente usate. Si era infagottato per ripararsi dalla pioggia. Non si era portato un ombrello. Lei cercò di riportare il pensiero a quando aveva ancora diciotto anni, delicata sotto la spessa corazza che mostrava al mondo. Ripensò alle e-mail di quell'uomo. Era stato gentile? La sua gentilezza aveva qualcosa a che fare con la manipolazione. Alcuni degli uomini avevano provato a convincerla a vedersi di persona. Forse Roger era uno di quelli.

Lui entrò e la scorse subito. Lei guardò, muovendo pigramente la cannuccia con la lingua. Lui arrossì. Per la paura o l'attrazione sessuale? Lei scrutò il suo volto cercando di capire se l'avesse riconosciuta, ma apparentemente no. Invece, Roger si leccò le labbra e si recò rigidamente al bancone. Mila si alzò e lo seguì, standogli proprio alle spalle. Notò una traccia di sudore alla base del collo.

"Oh, no!" Disse lei ad alta voce.

Un momento sospeso nell'aria. Poi Roger si girò, non del tutto ma abbastanza per guardarla.

"Mi dispiace tanto," disse Mila con la sua voce più dolce. "Ho lasciato a casa il bancomat e non ho abbastanza soldi per il caffè. Sarei terribile se le chiedessi di prestarmi 20 centesimi?" Lascia che l'uomo sia un cavaliere bianco. Lascia che corra al salvataggio.

"Ma certo," disse lui recuperando una manciata di monetine dalla tasca. Lei si accertò di toccargli la mano mentre prendeva i venti centesimi.

"Giuro, di solito non faccio queste cose. Sono così imbarazzata!" Disse. "Ma tra un'ora ho un colloquio di lavoro e non ce la posso fare senza un'altra tazza."

Lui rise nervosamente. "Sono solo venti centesimi."

"Ehi, perché non mi fa compagnia?"

"Davvero?" Gli occhi di lui si illuminarono. Screziati di azzurro e iniettati di sangue.

"Sicuro. Mi farebbe bene chiacchierare con qualcuno. Sono così nervosa."

"Va bene, accetto."

Ordinarono le bevande e le portarono al tavolo di Mila. Il cuore le si fermò per un attimo. Non aveva deciso come giocarsela. Aveva un asso nella manica, come spesso le piaceva, ma l'avrebbe usato o avrebbe seguito l'istinto e gestito la situazione come veniva? Mentre si sedevano, lei osservò Roger nel tentativo di confrontare l'uomo di adesso con quello di allora. Ma, di nuovo, non ci fu ritorno da parte del tipo che comprava foto di nudo da una ragazzina di diciotto anni.

"Mi chiamo Roger," disse.

"Millie, rispose lei, sperando che a lui tornasse in mente il nome. A quel tempo usava l'indirizzo e-mail Millieminx@ymail.com. *Ti viene in mente qualcosa, Rog?* Pensò lei fissandolo negli occhi azzurri.

"Per che lavoro devi fare il colloquio?"

"All'università, un posto in amministrazione."

"Io lavoro al dipartimento di legge. Forse ti posso dare qualche suggerimento."

"Oh, wow, sei davvero gentile!"

Per dieci minuti lo lasciò parlare di come "Parlare di sé ma nello stesso tempo dare l'impressione di essere umile". Le chiese dove avesse lavorato e lei si inventò qualche bugia sul momento. Raccontò che aveva lavorato da un chirurgo dentista finché il dentista l'aveva spinta in un angolo e aveva approfittato di lei. Fece in modo di sembrare un perfetto fiore delicato che ha bisogno di protezione. Gli occhi di Roger caddero sul primo bottone della sua camicetta.

Arrivò il panino per lui e l'odore le fece girare lo stomaco. I panini pronti avevano tutti un odore particolare: pane troppo dolce e formaggio di plastica.

"Sei sposato, Roger?" Gli chiese.

"Divorziato," rispose lui.

Mila notò la fede. Bugiardo.

"Hai figli?"

"No, purtroppo no."

Bugiardo. Mila aveva visto un'immagine di una ragazzina sull'intestazione del profilo Facebook di Roger. L'intera famiglia era in posa all'esterno di un hotel in una località turistica con il sole che tramontava alle loro spalle. E sul profilo della moglie c'era una foto di rose rosse con la didascalia: dal mio maritino per il nostro anniversario. Era un mese prima.

"Avresti voluto dei figli?"

"Sì," disse lui. "Certo."

"Una femmina?"

Lui sorrise. "O un maschio. Non sono difficile."

"Ormai sei troppo vecchio, immagino."

Il volto di Roger si fece rosso fuoco.

"Funziona ancora?" Mila indicò le sue parti intime sotto il tavolo.

"Scusa..."

"Non sei stato tu, vero?" Disse lei, fissandolo.

Dopo averlo ascoltato blaterare sui colloqui di lavoro, era abbastanza sicura che non fosse lui l'uomo che la ricattava. Roger non poteva essere un attore così bravo. Non aveva idea di cosa stesse succedendo.

"Non sono stato io a fare cosa?" Chiese lui, gli occhi che si guardavano rapidamente intorno nel locale, probabilmente preoccupato che qualcuno avesse sentito il commento sul suo cazzo che non funzionava.

"Roger Smythson, cinquantacinque anni. Usavi l'indirizzo e-mail rogerrabbitroger@unet.com e mi hai pagata più che altro tramite PayPal. Erano gli inizi, credo. O almeno era da poco che era diventato popolare. Ti piaceva che posassi con un coniglio di pezza tra le gambe."

Il volto di Roger sbiancò.

"Ah, ora mi riconosci. Ti è tornato in mente il nome Millie, vero?" Lei sospirò. "Non penso che sia tu l'uomo che mi ricatta ma, nel caso tutto questo non sia che una recita, voglio che tu sappia una cosa: ho ancora quelle e-mail, Roger. Ho stampato le schermate delle transazioni PayPal con il tuo nome. Eri più giovane allora, ma comunque troppo, *troppo* vecchio per desiderare le teenager. Quindi, se decidessi di condividere le foto con chiunque altro, manderò tutte le prove a tua moglie, a tua figlia e al tuo capo. È chiaro?"

Annuì con il capo.

"Grazie per i venti centesimi, Rog." Si alzò e uscì dalla caffetteria.

LUCY

Con l'iPhone in equilibrio tra la mandibola e la spalla, spiegava alla wedding planner, Colleen, che la vecchia prozia aveva necessità di accedere con la carrozzina, mentre il cugino era celiaco. Nel frattempo, parlando alla velocità della luce per riuscire a dire tutto quello che aveva in mente, mescolava il sugo all'arrabbiata per la pasta.

Henry aveva invitato un paio dei suoi studenti del corso post-laurea a casa per cena. Lucy era stata avvisata solo all'ultimo momento e quindi stava preparando un sugo al pomodoro piccante, petto di pollo e spaghetti.

"Grazie, Coll," disse, mentre il cucchiaio di legno girava in senso orario nel cibo. "Penso sia tutto quello che dovevo dirti sugli ospiti. Ti manderò l'ordine per il centro tavola domani."

Riagganciò, si asciugò il sudore dalla fronte e si chiese se avrebbe avuto tempo di cambiarsi prima dell'arrivo degli ospiti. Henry non le aveva detto i nomi e lei suppose di non averli mai incontrati prima: il fidanzato era solito scegliere il più dotato fra i suoi studenti a cui fare da mentore. Un lato generoso che Lucy amava. Il problema era che lei non riceveva più come prima l'attenzione incondizionata di Henry. Odiava ammetterlo, ma le premure di cui l'aveva coperta erano uno dei motivi per cui inizialmente si era innamorata.

Era singolare che si fossero conosciuti online, su una app di dating. Henry era ancora in lutto per l'improvvisa morte della prima moglie, lei ancora fragile dopo aver lasciato un fidanzato violento. Le piaceva pensare che erano guariti insieme, in modi diversi. E mentre Lucy si rendeva conto che Henry non lasciava quasi mai fuori dalla porta l'insegnante che era in lui e che gli piaceva essere il più anziano, quello con saggezza ed esperienza, lei si mostrava volontariamente ingenua, a volte esagerando un po'.

"Ti serve una mano?"

Jacob era apparso sulla soglia come per magia. Come riusciva a muoversi per la casa così in silenzio? Stava scomposto, con le mani cacciate in fondo alle tasche dei jeans oversize. Sollevò la testa, scostando una ciocca di capelli dagli occhi.

"Certo." Lucy appoggiò il cucchiaio di legno su un tagliere e gli fece segno di avvicinarsi. La vista del suo futuro figliastro la metteva sempre un po' in tensione, ma era decisa ad andare avanti se lui era sincero nel cercare di diminuire la distanza tra loro. "Continua a mescolare così vado a cambiarmi. Ci metto un attimo."

Non appena Lucy si girò per uscire, sentì Jacob che diceva: "Lo sai che se la scopa?"

Tutto il sangue lasciò il suo volto, Si girò lentamente per mettersi di fronte a lui. "Cosa?"

"Papà. Lo sai che si scopa la sua studentessa?"

Le cadde la mandibola e rimase di sasso, cercando una risposta appropriata ma non trovando le parole. Scosse lentamente la testa e Jacob cominciò a ridere.

"Dio, avresti dovuto vedere la tua faccia," disse.

"Cosa?"

Lui rise di nuovo, una risata terribile, priva di emozione e derisoria, continuando a girare il sugo. "Sto scherzando con te, Lucy. Papà non ti tradirebbe. Ti ama, non è vero?"

Lei scosse di nuovo la testa, cercando la forza di farsi valere di fronte al ragazzino. Perché era così difficile? Perché ne era così intimidita? "Ma certo che non lo farebbe. Jacob, non puoi...Non era divertente. Non parlarmi in quel modo. Devi trattarmi con rispetto, ok?"

"Certo, *mamma*," disse lui, con gli occhi sulla pentola davanti a lui. Lucy notò che le labbra del ragazzo si alzavano ai lati, un sorriso che lui non riusciva a trattenere.

Le tremavano le gambe mentre si allontanava. Si afferrò con forza al corrimano barcollando per salire le scale. Ecco come quel ragazzo intendeva mettere da parte le schermaglie del passato e andare avanti. A meno che davvero non si fosse reso conto di quanto era stato sgarbato. Non avrebbe saputo dirlo. In camera da letto, si infilò un vestito azzurro al ginocchio e si spruzzò sui polsi un profumo floreale. In un lampo, tornò in cucina, ringraziò Jacob per l'aiuto, grattugiò il parmigiano e mise insieme un'insalata per contorno. Aveva già preparato dei brownies per dessert. Una cosa semplice, ma dopo tutto erano degli studenti. Non gli interessava il cibo raffinato. O almeno così sperava.

Con sorpresa di Lucy, Henry arrivò a casa con Sunil, il ragazzo a cui faceva da mentore da più tempo e che lei aveva già incontrato diverse volte. Un po' dei suoi muscoli tesi si rilassarono. Ma poi, entrò una giovane donna con i capelli corvini, una splendida pelle ambrata e occhi nocciola. Era piccolina, non più alta di uno e sessanta, con jeans a zampa e un top corto che mostrava qualche centimetro di addominali ben definiti.

Henry la baciò sulla guancia e sollevò le sopracciglia vedendo il cibo. "Pasta, perfetto. Sofia è italiana."

Lucy osservò la bella giovane nella sua cucina. "Oh, cielo, l'ho messa insieme alla meglio, dovrai scusarmi se non è autentica."

La ragazza sorrise con sincerità. "Ha un profumo squisito. Non preoccuparti."

"Vivi da molto nel Regno Unito?" Chiese Lucy.

"Da quasi sei anni," rispose lei facendo passare i capelli oltre la spalla.

Henry versò da bere e condusse gli ospiti in sala da pranzo mentre Lucy toglieva dal forno il pane all'aglio, mortificata dal fatto di dover servire pane all'aglio comprato in negozio e riscaldato a un'italiana. Mentre portava tutto nell'altra stanza, notò Jacob seduto a tavola, in silenzio. La fece quasi sorridere. In presenza di estranei, tutta la sbruffoneria di Jacob spariva. Tornava a essere un teenager impacciato con niente da dire. E per una volta, Lucy si concesse di godere del suo disagio.

Si mise a sedere accanto a Henry, di fronte a Sunil, e indicò a tutti di servirsi.

"Come sta andando l'organizzazione del matrimonio, Lucy?" Chiese Sunil prendendo una forchettata di spaghetti.

"È incredibile a quante cose ci siano da definire," disse lei. "Mi capita di svegliarmi di notte pensando alle coperture delle sedie e ai centro tavola."

"Cosa sarebbero le coperture per le sedie?" Chiese Sunil.

Lei sorrise, contenta di poter partecipare alla conversazione, una volta tanto. Inevitabilmente quelle cene avevano come argomento l'università e per questo restava esclusa. "Beh, sono copertine con i lacci che si mettono sulle sedie per renderle più belle." Sorseggiò il vino. "Sono sicura che scoprirai tutti questi particolari in un futuro non troppo lontano. Esci ancora con quella ragazza carina che ho conosciuto alla festa del dipartimento?"

Sunil abbassò lo sguardo ai piedi prima di rispondere. "No, purtroppo no. Ha accettato un lavoro a New York."

Mortificata, Lucy si portò una mano al petto. "Dio, mi dispiace, Non ne avevo idea. Non riuscite a mantenere una relazione a distanza?"

Sunil alzò le spalle. "Io sono un tipo che vuole tutto o niente."

Subito dopo, Henry portò la conversazione sui fondi del dipartimento per i corsi post laurea e la mente di Lucy tornò a vagare verso le cose da fare per il matrimonio. I suoi occhi si volgevano ogni tanto verso Jacob che, sempre seduto in silenzio dall'altra parte del tavolo, girava la pasta senza mangiare molto. Nel pomeriggio lui le aveva mostrato ancora una volta il suo lato crudele, ma alla fine si rivelava solo un adolescente emotivamente poco dotato che piangeva la morte della madre. Avrebbe dovuto perdonarlo per quello? Avrebbe dovuto lasciar correre? La risposta era complessa e non l'avrebbe trovata a una cena, dopo un paio di bicchieri di vino.

Mentre gli altri continuavano a chiacchierare, Lucy tolse i piatti sporchi, compresi gli avanzi di Jacob, e portò in tavola brownies e gelato. Sofia si esaltò per la bellezza dei brownies, ma dopo due morsi allontanò il piatto con il dolce. Sunil le riempì più volte il bicchiere di vino e il calore le arrossì le guance. Ogni tanto, il giovane cercava di coinvolgere Lucy nella conversazione, chiedendole cosa ne pensasse di un autore che stavano studiando all'università o se avesse letto qualcuno dei libri di cui avevano parlato. Era gentile ma spesso non faceva altro che ricordare a Lucy quanto poco aveva a che fare con il lavoro di Henry all'università. Continuò a versarsi del Pinot Grigio e alla fine, quando si alzò per sparecchiare i piattini, si accorse di avere le gambe molli.

"Lascia che ti aiuti a sistemare." Sunil impilò le ciotole e la aiutò a portarle in cucina.

Lucy lanciò un'occhiata verso la sala da pranzo e vide Sofia e Henry vicini a parlare, presi dalla conversazione. Forse era colpa del vino, ma si sentì percorrere da un lampo di rabbia accecante. Appoggiò con forza le ciotole sul bancone della cucina.

"Sono impazzita?" Scoppiò. "Sono fuori di testa?"

Sunil, mentre sciacquava le posate, aggrottò la fronte. "Non mi sembra di averlo notato. Stai bene?"

"Perché ho la sensazione che ci sia qualcosa tra Sofia e Henry?"

Sunil lasciò cadere le posate sul bancone e piegò la testa, come per valutarla, cercando di farsi un'idea. Poi le si avvicinò e le prese l'avambraccio. "Lucy, dai. Perché dovrebbe tradirti? Sei fantastica."

Lucy si sentì bruciare, dalla fronte ai piedi. Provava calore soprattutto dove lui le aveva toccato il braccio ed era sbagliato, ma lei era ubriaca e Sunil aveva occhi marroni così gentili e il suo fidanzato le aveva a malapena parlato per tutta la sera.

Sunil si avvicinò ancora e abbassò la voce. "Lo sei. Sei adorabile. Splendida. Dieci volte più di Sofia. E sei una cuoca bravissima, incredibilmente gentile. Calda..." Le strinse il braccio.

Lei non riusciva a distogliere lo sguardo da quello di lui. Sapeva che avrebbe dovuto, sentiva tutti i campanelli d'allarme ma era come ipnotizzata. Il suo cuore rallentò, il tempo si fermò e lei *ancora* fissava il giovane di fronte a lei. Poi si accorse che lo spazio tra loro stava diminuendo. L'aria sembrava spessa. Lui si sporse verso di lei, le labbra dischiuse, e nella mente di lei i campanelli d'allarme suonarono al massimo. Le loro labbra si sfiorarono brevemente. Lei colse la dolcezza e provò il morbido calore del corpo del ragazzo contro il suo. Poi il suo cuore ebbe un balzo. Si svegliò e appoggiò delicatamente una mano sul petto di Sunil. Lui si fermò subito e si allontanò, togliendo la mano dal braccio di lei.

"Scusa," fu tutto quello che disse. Si girò e uscì dalla cucina, urtando con il fianco una sedia mentre si allontanava.

Lucy si appoggiò al bancone della cucina, aspettando che il battito del cuore rallentasse. Si premette le mani sulla bocca sperando di pulire via tutto quello che era successo.

Un movimento dall'altra parte della stanza attirò la sua attenzione e, quando sollevò lo sguardo, vide che Jacob si era infilato nell'angolo della porta e si era fermato lì. Era nella stessa identica posizione in cui si trovava prima. Non disse una parola ma sulle sue labbra si allargò un sorriso maligno.

Un secondo. Questo fu il tempo che impiegò Lucy a passare da caldo bollente a freddo gelido. Un secondo, dopo aver visto quel riso malevolo sul volto del ragazzo.

CLAIRE

A tre settimane dal matrimonio, lei e Adrianna dovevano pensare solo agli ultimi dettagli: preparare i festoni, rifornirsi di vasi di marmellata per metterci dei mazzolini di fiori, creare segnaposti a tema libri e gli omaggi per i partecipanti. In quel momento avrebbe dovuto più che altro provare una tensione nervosa allo stomaco. Il terrore non era previsto. Invece di occuparsi dei posti a sedere e dell'inaffidabile padre di Adrianna, che forse non si sarebbe presentato, Claire aveva in fondo alla mente il pensiero fisso di Simon Botham. Fissò il vestito da sposa, cercando di immaginarsi mentre lo indossava, con i capelli arricciati e le guance rosa. Solo qualche giorno prima era eccitatissima al pensiero, ma in quel momento non provava altro che paura.

Fece un salto quando la porta d'ingresso si chiuse sbattendo e poi emise un sospiro di sollievo sentendo Adrianna che la chiamava dalle scale. In un attimo si rese conto che la fidanzata non poteva vedere l'abito da sposa prima del grande giorno, così si alzò veloce e rimise il vestito di seta e pizzo nella sua custodia.

"Ciao tesoro, ho trovato il biglietto che... Oh, mio Dio. Hai sbirciato, vero?"

Claire si girò verso la fidanzata, fingendo orrore. "No!"

"L'hai fatto!"

"Stavo guardando il *mio*."

Adrianna fece qualche passo avvicinandosi all'armadio e controllò il cartellino sul porta abiti. "Va bene, ti credo." Ridacchiò.

Claire si appoggiò una mano sul fianco. "Aspetta un po'. Hai davvero pensato che avrei potuto spiare il tuo vestito? Hai un'opinione così bassa di me, eh?" Puntualizzò, scherzando.

"Beh, sì. Penso che la donna che ha messo sotto sopra la camera da letto per cercare i suoi regali di compleanno avrebbe potuto voler dare un'occhiata."

"L'ho fatto una sola volta! Una sola!" Avvolse le braccia intorno al collo di Adriana e si sciolse in un bacio. "Aspetta, cosa stavi dicendo quando sei entrata?"

"Oh." Adrianna si sciolse dall'abbraccio, raccogliendo la borsa buttata sul letto. "Ah, sì, ho preso un biglietto per il compleanno di tua nonna. Deve essere qui dentro da qualche parte." Adrianna frugò nello zaino, tirando fuori una spazzola e un portafogli. "Baby, mio Dio! Non avresti dovuto. Cos'è questo? Quando l'hai messo nella mia borsa?"

Claire provò una fitta allo stomaco vedendo in mano ad Adrianna una scatoletta di velluto nero.

"Gioielli? Gesù e io non ti ho preso niente. È per il matrimonio? Devo metterlo con il vestito?"

"No," disse Claire a bassa voce. "No, non... non aprirlo."

Ma era troppo tardi, il coperchio della scatoletta si sollevò con un cigolio e all'interno rivelò un medaglione a forma di cuore con una semplice catenina d'oro."

"Io... io non l'ho messo lì dentro, Ade."

Claire non riusciva a guardare il volto di Adrianna che si illuminava. Le fece male ammettere che in realtà qualcun *altro* aveva messo quella collana nella borsa di Adrianna. Lentamente, Claire notò che la sua fidanzata stava prendendo atto della realtà. Vide il suo sorriso tendersi e sparire in un momento. Il colore lasciarle le guance.

"Non essere sciocca," disse con calma Adrianna. "Chi altro...?"

Claire non ebbe bisogno di rispondere alla domanda, sapevano entrambe che era la stessa persona che le aveva mandato le foto della scena del crimine. "Sarà meglio chiamare la polizia."

Mentre Adrianna prendeva il telefono, Claire si sentì attirata dalla scatoletta di velluto, che era rimasta sul letto. La prese e la curiosità ebbe la meglio. Delicatamente tolse il medaglione dorato dalla carta e premette il pollice sulla chiusura. L'interno rivelò due fotografie. Sulla sinistra, qualcuno aveva stampato la foto del suo profilo Facebook e l'aveva infilata nel medaglione. Lei e Adrianna durante una passeggiata, i capelli in disordine e ampi sorrisi che occupavano quasi tutti i volti, gli occhi socchiusi per proteggersi dal vento.

L'altro lato del medaglione fece venire a Claire voglia di vomitare. Riconobbe il volto tumefatto e deturpato della vittima di Kevin e le tremarono le mani. Gettò la collana sul letto, disgustata dalla seconda immagine e prese la carta in cui era avvolto. Ora che sapeva che non era pieno di polvere di antrace o qualche altra sostanza tossica, decise di controllarne ogni millimetro. Doveva sapere perché l'avevano presa di mira. Il fratello di Kevin sapeva che era stata la prima della giuria a motivare la sua colpa? E in quel caso, come faceva a saperlo?

Un bigliettino cadde dalla scatola e lei trattenne il fiato. Eccolo. Era arrivato il momento. Lo girò e trovò un messaggio stampato: *Buon matrimonio*.

"L'agente Deol sta arrivando." Adrianna prese il bigliettino e lo lesse. "Buon matrimonio? Cazzo." Lo gettò di nuovo sul letto con un'espressione disgustata. "Non posso credere che qualcuno me l'abbia infilato nella borsa. Hanno fisicamente toccato la mia borsa e..." Si portò la mano alla bocca.

Claire si sentì in bocca un gusto amaro. L'intera stanza aveva un odore aspro, come se la paura fosse uscita loro dai pori. "Dove sei stata oggi? Scrivilo. Annota ogni volta che hai lasciato la borsa incustodita."

"Non l'ho mai fatto," disse lei. "Ma mi sono scontrata con qualcuno. Una donna. Stavamo girando entrambe l'angolo di una strada in centro e siamo andate dirette una contro l'altra. Pensi che sia stata lei a mettere la scatola nella mia borsa?"

Claire si fissò per un momento le mani tremanti. Una donna? Non sembrava possibile. A meno che non fosse stata pagata per mettere lì la collana. "Dimmi esattamente cos'è successo. C'erano persone intorno?"

"Sì, c'era folla. Io stavo camminando lungo il marciapiedi e ho girato l'angolo per andare verso la stazione. Forse mi sono distratta leggendo sul telefono in quel momento. Non l'ho vista per niente e ci siamo letteralmente scontrate. Non come quando ci si urta la spalla. Io ho barcollato all'indietro e ho lasciato cadere il telefono." Adrianna si mise le mani sui fianchi e fissò fuori dalla finestra per un po', come per ricordare altri dettagli. "Ho appoggiato la borsa per terra perché a lei erano caduti dei libri e l'ho aiutata a raccoglierli."

"La borsa l'avevi accanto a te o era alle tue spalle?"

"Dietro di me."

"Quindi immagino che o la donna è coinvolta ed è venuta a sbattere contro di te di proposito o l'uomo che ci perseguita ha approfittato della situazione." Claire afferrò il telefono e caricò un'immagine da Google di Simon Botham ai tempi del processo. "Lo hai visto mentre camminavi?"

Adrianna scosse la testa, gli occhi lucidi per le lacrime. "No, no. Gesù, Claire, è spaventoso. È così... così..."

Claire si alzò di scatto e cinse Adrianna con le braccia. "Lo so. Mi dispiace. È tutta colpa mia." Asciugando le lacrime dal volto di Adrianna, non riusciva a smettere di pensare a quanto la persona che amava era stata vicina a *lui*. Era convinta che lui la seguisse."

"Quando smetterà?" Chiese Adrianna con una vocina debole.

Poi a Claire venne in mente una cosa. "L'avranno ripreso con la TV a circuito chiuso. Ha fatto casino. O hanno fatto casino, se la donna era d'accordo con lui. Non c'è modo di camminare per Manchester senza essere ripresi da una videocamera."

Adrianna fece segno di sì con la testa, sulle guance stava tornando un po' di colore. "Spero che tu abbia ragione."

"Non ce l'ho sempre?"

Adrianna si lasciò andare a una risatina. "Dio, mi hai fatto venire in mente Nigel, al lavoro. Mi ha chiesto se dopo il matrimonio saremmo diventate entrambe la signora 'Ho sempre ragione'." Si asciugò le lacrime dalle guance e rise di nuovo.

"Questo perché è uno stronzo."

Claire rise di sé stessa, quasi sollevata all'idea di una mini-aggressione di cui poter ridere. Prese la collana ed entrambe scesero al piano di sotto per farsi una bevanda calda e aspettare la polizia. Con il calore confortante delle tazze di tè alla menta tra loro, Adrianna scrisse tutto quello che si ricordava dell'incidente. Dal percorso verso la stazione, all'ora degli eventi, a una descrizione dettagliata della donna che l'aveva quasi buttata a terra.

Così quando arrivò l'agente Deol, gli spiegarono tutto e gli lasciarono il foglio per portarlo alla stazione di polizia.

Adrianna strinse la mano di Claire e le offrì un debole sorriso. "Stanno prendendo la faccenda sul serio. Per fortuna."

"Lo so. Ma è comunque spaventoso." Dopo che l'agente se ne fu andato, controllarono ogni serratura della casa. Guardarono anche le riprese della videocamera sul campanello in cerca di eventuali attività sospette, ma non trovarono niente. Claire si sentiva completamente esausta, ma comunque restò alzata più di Adrianna, con il computer in equilibrio sul bracciolo del divano. Digitò il nome di ogni giurato di cui si ricordava, trascrivendo il maggior numero di informazioni che poteva. Fece lo stesso per Kevin e il fratello Simon, cercando qualcosa in comune. I volti larghi di Kevin e Simon Botham le fecero accapponare la pelle e si mise uno scialle. Qualcuno li stava aiutando. Chi?

LA SPOSA
NATALE

Aspettò lì per circa trenta secondi, forse qualcosa in più, guardando l'uomo con il fucile avvicinarsi alla finestra. Aveva visto il suo fidanzato camminare intorno all'albergo imbracciando un'arma simile quando aveva provato il tiro al piattello. Lo sconosciuto doveva averlo rubato dall'armeria. E ora le dava la caccia.

Indossava un completo, quindi doveva essere ospite al matrimonio. Era snello e le sembrò che fosse alto circa un metro e ottanta, anche se non era facile stabilirlo, dato che lei si trovava più in alto sulla collina. Non riusciva a vedere il volto perché portava un cappello da baseball e teneva la testa bassa. Perché qualcuno avrebbe dovuto indossare un cappello da baseball con un completo da matrimonio? Era evidente che l'aveva messo di proposito perché non voleva essere riconosciuto.

Perché te ne vai in giro con quel fucile? Pensò tra sé. Lo vide sporgersi dalla finestra e guardare fuori. Lei si spostò e si nascose tutta dietro l'albero, schiacciandosi contro la ruvida corteccia. *Merda, merda, merda, merda*. L'aveva vista? L'unica arma che aveva erano le forbici. Non molto utili contro un fucile.

Non osò tornare a guardare il casotto, corse fuori in quella che sperava fosse una linea dritta su per la collina, cercando di tenersi riparata dalla vista dell'uomo. Ma andava lenta. Le sembrava di trascinarsi attraverso le sabbie mobili, con la neve che le risucchiava i piedi nel terreno soffice. Almeno le sue impronte sarebbero state coperte rapidamente, anche se era probabile che lui potesse scorgerne qualcuna.

Maledizione, non avrebbe dovuto indugiare. Maledetta curiosità. Voleva sapere chi la stava seguendo. Aveva dei sospetti, ovviamente, ma fermarsi per averne la conferma l'aveva solo messa in maggior pericolo e ora doveva allontanarsi.

La collina sembrava infinita. Nonostante il freddo polare, il sudore le colava lungo le tempie e sentiva il bisogno fermarsi per riprendere fiato. *Forza, forza, forza*. Ad ogni passo si costringeva ad andare avanti. Quello non era il giorno in cui sarebbe morta. No. Quel giorno era tante cose, ma non il giorno in cui sarebbe morta.

Il suo inseguitore poteva essere vicino, ma lei non voleva perdere tempo a controllare. Se l'avesse fatto, sarebbe morta. Se solo avesse vissuto con quella filosofia anche in passato. Si era guardata indietro troppo spesso, consentendo talvolta agli eventi trascorsi di consumarla.

In cima alla collina, quasi crollò in ginocchio. In qualche modo riuscì a tenersi in equilibrio, respirando a fatica nell'aria gelata. Una, due boccate d'aria e partì di nuovo, questa volta correndo giù dall'altra parte e allontanandosi da lui.

Non si vedeva quasi niente e lei continuava a inciampare e dimenarsi con la neve che scrocchiava sotto i piedi. Ma almeno, scendendo lungo la collina, la gravità era a suo favore. L'uomo avrebbe dovuto stare molto più attento, dato che aveva il fucile, mentre lei poteva correre senza sforzo. Lasciando andare le gambe e con le braccia in fuori per tenersi in equilibrio, caracollava verso il basso, prendendo slancio. Ma le nuvole basse le impedivano la vista e quando all'improvviso si ritrovò un filo spinato che spuntava dal nulla quasi cacciò un urlo. Dovette portare il peso all'indietro e piantare i talloni nel terreno irregolare per rallentare la corsa. Il grido le nacque nel petto e si annodò in gola. Di tutti i modi per morire, aggrovigliata nel filo spinato non era un bel modo.

Oggi non è il giorno in cui muoio. Si lasciò cadere all'indietro, continuando a scivolare ma con il corpo completamene immerso nella spessa e fredda coltre di neve. Lanciò in fuori un braccio e finalmente rallentò. Il cuore le martellava in petto quando urtò il filo spinato muovendosi come al rallentatore e la tasca della giacca si impigliò in una punta. Tremando, strappò il tessuto e lanciò uno sguardo ansioso alle sue spalle. Il suo inseguitore non poteva in alcun modo sapere dove si trovava lei ora. Ma allo stesso tempo, nemmeno lei ne aveva idea. In qualunque momento avrebbe potuto fare un passo nella nebbia spessa e trovarsi di fronte la canna di un fucile.

Ricominciò a camminare. Non c'era altro da fare. I suoi vestiti erano bagnati per la caduta e lei tremava, anche se il suo sangue scorreva ancora caldo per l'adrenalina. Aveva i capelli fradici e le mollette che la parrucchiera le aveva messo per tenere a posto i ricci le si stavano ficcando nella cute. Pensò di strapparle via, ma poi quelle ciocche bagnate le sarebbero ricadute sulla faccia e decise di non farlo. Ora non aveva più niente che la facesse somigliare a una sposa. Il mascara le era colato in faccia, il rossetto era sbavato sulle guance, come sangue intorno alla bocca. Era stata fortunata a non aver perso uno stivale e a non essersi conficcata le forbici in una gamba dopo quella caduta. Quando controllò le tasche, non le trovò più. Le aveva perse nella caduta e ora era disarmata.

Costringendosi a riprendere velocità, seguì il filo spinato, sperando di scoprire qualche genere di riparo. Un altro casotto? Improbabile. Forse un riparo per gli animali. Anche un anfratto tra le rocce o un grande albero cavo. La neve copriva tutto. Ogni muscolo del suo corpo era teso e l'adrenalina le dava energia. Aveva la sensazione di essere osservata, ma non c'era modo di saperlo con certezza.

MILA

Non riusciva a impedirsi di ripensare all'immagine di Roger Smythson seduto al tavolo traballante sotto una luce fredda. Sorrise a sé stessa ricordando il momento in cui era sbiancato in volto. Il momento in cui aveva capito chi era lei. E questo aveva reso la cena con i parenti di lui infinitamente più sopportabile.

La casa della famiglia Rodriguez sembrava più un albergo che un'abitazione. Soffitti alti e abbondanza di bianco, quasi ospedaliero, ma in versione elegante. Arte alla moda adornava le pareti, scelta da un arredatore professionista, non per passione. Ogni foto di famiglia aveva l'aspetto di una finzione. La famiglia sorridente da una cornice d'argento, volti perfettamente a fuoco con sfondi neutri come per le foto editoriali. Era un posto in cui José doveva impressionare, e intimidire, le conoscenze professionali. D'estate organizzavano feste, cercando connessioni per gli affari e avevano programmato con il figlio una tipica cena domenicale.

Le assicurazioni R&R coprivano aziende di alto profilo e si appoggiavano a grandi clienti. A merito di José, bisogna dire che aveva costruito la società dal nulla ed era certamente bravo in quello che faceva. Qualche volta a Mila dispiaceva che quell'uomo non avesse un figlio con le stesse capacità in affari. Rafael aveva dedicato gran parte della sua vita da adulto alle feste e ai viaggi. Aveva trascorso più tempo cacciandosi roba tossica su per il naso che a imparare il mestiere alla R&R. Ultimamente era cambiato molto e a Mila dava fastidio che non le si riconoscesse un po' di influsso. Gli aveva dato il supporto di cui aveva bisogno per dare un senso alla sua vita dopo l'incidente d'auto. L'aveva incoraggiato a lavorare all'impresa di famiglia e a imparare dal padre.

A metà del delizioso coniglio brasato, il padre di Rafael cominciò a parlargli in spagnolo. E dagli sguardi furtivi che Rafael le lanciava, Mila capì che parlavano di nuovo dell'accordo prematrimoniale. Lei sospirò e bevve un sorso del suo Rioja.

"So di cosa state parlando," disse Mila. "E no, non l'ho firmato."

Ana Maria e José si girarono verso di lei. Due paia di occhi stretti per la rabbia. Lei fece un sorriso falso e bevve un altro sorso di vino. A capotavola, la nonna di Rafael, Dolores, sedeva silenziosa, le labbra strette per il disappunto. Non c'erano alleati lì dentro. Rafael era figlio unico e ogni volta che Mila lo andava a trovare, sentiva sulle spalle il peso delle vecchie generazioni.

Rafael rise. "Mila sta ancora pensandoci. Presto si adatterà al nostro modo di fare."

"No, non lo farò, Raf. Per me è una cosa importante." Portò l'attenzione verso i futuri suoceri. "Mi dispiace, non voglio mancare di rispetto, ma se dopo tutto questo tempo pensate ancora che io vada a caccia di soldi, forse non ci dovremmo sposare per niente."

"Sono d'accordo," disse José.

Mila si sforzò di riempirsi gli occhi di lacrime. "È davvero *oltraggioso* che pensiate che potrei *mai* far del male a vostro figlio. Per me lui è più importante di qualunque altra cosa al mondo. Avete intenzione di ferire i miei sentimenti? Io sono venuta in questa famiglia con il cuore aperto e ogni volta voi mi chiudete la porta in faccia."

"Stiamo cercando di proteggere la nostra famiglia," disse José. "Questa storia d'amore si è evoluta in fretta e noi dobbiamo essere sicuri. Mio padre ha lavorato più duro di tutti per tirarci fuori dalla povertà. Gli affari di famiglia sono tutto. Rafael per noi *è* tutto. Se ti importasse davvero di lui, firmeresti l'accordo."

"Anche per me lui è tutto. E se vi importasse un minimo di me non me lo chiedereste nemmeno." Mila si asciugò le lacrime dagli occhi e si alzò. Il suo sguardo andò in direzione di Ana Maria, che rimaneva sempre in uno stoico silenzio ogni volta che la conversazione prendeva quella piega. "Forse dovrei andare. Posso prendere un taxi, Raf..."

"No, non ce ne andiamo. Dobbiamo risolvere questa questione una volta per tutte," disse Rafael.

"Come?" Mila aprì le braccia per dimostrare quanto fosse impossibile. Si rese conto che avrebbe potuto ignorare quello che José aveva detto in spagnolo, finire la cena e andare avanti. Ma se non avesse parlato, avrebbe perso il suo fidanzato. Le famiglie disfunzionali ingoiavano i propri dolori per mantenere la pace. Le relazioni disfunzionali sobbollivano e fermentavano finché non finivano. No, se Mila voleva ottenere quello che desiderava, doveva affrontare il problema. Doveva prenderlo di petto. Doveva discutere fino a diventare viola.

Ma il problema principale sedeva a tavola di fronte a lei, ancora in silenzio, con le braccia delicatamente incrociate appoggiate sul tavolo. Ana Maria. Era lei che aveva il potere e ora si alzava da tavola raccogliendo i piatti, senza preoccuparsi del fatto che nessuno aveva finito di mangiare.

"Lascia che ti aiuti, Ana," disse Mila sorridendo. Prese il suo piatto e quello di Rafael e li portò in cucina. Gettando i resti nella pattumiera osò parlare alla matriarca. "Mi dispiace per il mio sfogo. Sono ospite in questa casa ed è stato maleducato da parte mia perdere il controllo."

La donna non disse niente. Aprì il rubinetto per sciacquare le posate.

Mila tornò in sala da pranzo e raccolse le zuppiere, ancora

ricolme di cibo. Silenziosamente, prese i tupperware dalla credenza e vi divise i resti. Ana Maria la guardava, la testa un po' piegata, occhiate di traverso, con le labbra serrate.

"Vorresti parlarne?" Chiese Mila. "Io non sono una che si tiene le cose dentro. Forse questa è una delle cose che Raf ama di me."

"Tu non sai niente di Rafael," disse Ana Maria.

"Beh, non sono d'accordo. So che la nostra relazione è stata piuttosto breve ma ho conosciuto Raf in un momento difficile della sua vita e credo che questo ci abbia legati in modo più intenso rispetto a una relazione tradizionale.

"Intenso." Si mise a ridere. "Le fiamme più brillanti bruciano più in fretta."

Mila sospirò e smise di fare quello che stava facendo. "Sto chiedendo il beneficio del dubbio."

A quel punto Ana Maria si girò per mettersi bene di fronte a lei, smettendo di risciacquare i piatti nel lavandino. Si asciugò le mani su un canovaccio. "Non è l'uomo che tu pensi. Tu hai conosciuto Rafael *dopo* l'incidente. Non sai quanto questo abbia cambiato la sua personalità. *Tutto il suo essere* è cambiato. Non è l'uomo che era prima."

"Io... io non capisco cosa intendi."

"Rafael non era il raggio di luce che è ora. Era l'opposto. Era oscuro. Mio figlio aveva un tratto cattivo... era spietato. Schiacciava i nemici di questa famiglia come se fossero scarafaggi e non sopportava le donne come te." Sollevò le sopracciglia. "Tu non sei come noi. Io non so quasi niente di te, ma quello che so è che non hai invitato nemmeno un membro della tua famiglia al matrimonio e questo la dice molto più lunga di qualunque parola tu abbia gridato al nostro tavolo."

Mila, senza volerlo, chiuse le mani strette a pugno. In silenzio, rallentò il respiro. "So che Rafael è tosto negli affari. Io non sono una piccola sciocca innocente, Ana Maria. E Raf non è cambiato così tanto come pensi. Oh, certo, *è* cambiato, e in parte è grazie a me, perché io per lui sono una *buona* cosa. Ti ringrazio, comunque. Ma stai sicura che io sono all'altezza di tuo figlio. Sono più di una sfida. Per quanto riguarda la mia famiglia, a meno che a te non faccia piacere che dei poveracci inutili, ubriachi fradici, fatti di qualunque cosa socializzino con gli Harvey Nichols e gente simile che *tu* conosci, di sicuro apprezzerai il fatto che non li abbia invitati. Non tutti crescono nella bambagia. Qualcuno deve lottare per trovare la propria strada e la mia è seduta in quella stanza che parla con tuo marito."

Ana Maria gettò lo strofinaccio sul bancone di cucina. Ogni centimetro della superficie di quella donna era teso come un elastico sul punto di scattare. Mila smise di sorridere.

"Io non vado da nessuna parte e non ho intenzione di firmare niente che mi metta in posizione di svantaggio. Quindi, fai la cosa giusta. Dacci la tua benedizione e facciamola finita con questa storia."

Ana Maria si avvicinò di un passo a Mila e sollevò una mano come se volesse schiaffeggiarla sulla guancia. Poi l'abbassò. "Io scoprirò chi sei e cosa vuoi. E se salta fuori che hai intenzione di distruggere la mia famiglia, ti farò uccidere."

"Non troverai niente perché non c'è niente da scoprire. Non appena accetterai questo fatto e mi darai il benvenuto in questa famiglia, riavrai tuo figlio." Alzò le spalle. "Forse anche dei nipoti." Mila intrecciò le braccia sul petto e uscì dalla stanza.

LUCY

Meno di tre settimane al matrimonio e Lucy non riusciva a pensare ad altro che al volto ghignante di Jacob sulla soglia della cucina. Era trascorsa una settimana e si erano parlati a malapena. Lui non aveva mai fatto cenno a quello che aveva visto tra lei e Sunil e lei di certo non ne avrebbe parlato con lui. Ma ogni volta che la famiglia era a cena, ogni sera davanti alla televisione, si coglieva la tensione. Tra loro l'aria vibrava. Lucy era scioccata dal fatto che Henry non se ne accorgesse, che andasse avanti come se niente fosse.

Quel fine settimana, Lucy e Henry fecero una gita a Castle Howard e passeggiarono tra i giardini perfettamente curati. Quando lui le teneva la mano, una leggera scossa elettrica le percorreva il braccio.

"Volevo ringraziarti," disse Henry, "per aver fatto la pace con Jacob. So che non è il più semplice degli adolescenti. E so di non aver gestito bene la storia del tema. Immagino di aver lasciato che il lavoro mi assorbisse completamente." Si spinse gli occhiali sul naso e sospirò. "È difficile per me, lo sai."

"È un ragazzo complicato." Lucy strinse la mano di Henry. "Sarebbe difficile per qualunque genitore."

Henry evitò il contatto visivo fissando il panorama. "È vero, ma io in realtà pensavo al matrimonio. Scusami forse non dovrei dirlo." Lui si passò una mano tra i capelli e osservò l'edificio alla loro destra. Poi calmò il respiro e continuò. "Mi sento in colpa per il fatto di andare avanti. Lucy, io voglio davvero sposarti. Davvero, lo voglio. Ma una parte di me sente che forse non dovrei farlo. Che dovrei rimanere in uno stato di perpetuo rimpianto di qualcuno o qualcosa. E non è corretto nei tuoi confronti. Niente di tutto questo è corretto nei tuoi confronti, ma volevo che tu sapessi perché sono stato un po'... distante."

Lucy lasciò andare un profondo e lento respiro e un peso si sollevò dal suo petto. "Non hai idea di quanto questo mi faccia sentire sollevata. Temevo che tu ci stessi ripensando. Ho anche..." Scosse la testa. "Lascia stare."

"Cosa?"

"Niente. Jacob continuava a stuzzicarmi con il fatto che tu mi tradivi con quella studentessa italiana. Non gli ho creduto ma... mi ha fatto pensare. Mi sono preoccupata, credo."

Henry rise. "Cielo. Mi sento già colpevole perché mi sposo, non metterei di certo in mezzo anche una relazione clandestina. Parlerò a Jacob. Sa essere crudele, lo so."

Girarono un angolo e camminarono verso una lunga striscia di prato circondata da siepi di ligustro. Lucy si appoggiò al fidanzato e lui le passò un braccio intorno alle spalle. "Non ho mai conosciuto Sue, ma da quello che mi hai detto penso che non vorrebbe che tu ti preoccupassi. Penso che ti vorrebbe felice."

"Forse hai ragione," disse lui, anche se il suo tono suonò un po' strano. Una leggera esitazione. "Andiamo, prendiamoci un caffè."

E con quello non pensarono più al matrimonio, né a Jacob. Lucy si godette il momento per un'ora. Poi Henry andò in bagno e lei tirò fuori il telefono dalla borsa. L'aveva impostato su silenzioso per trascorrere insieme a Henry un po' di tempo di qualità. Guardandolo trovò diversi messaggi, tutti da un numero che non aveva registrato sul telefono.

Lucy, sono Sunil. Speravo potessimo vederci e parlare di

quello che è successo alla cena. Puoi chiamarmi a questo numero. O mandarmi un messaggio.

E poco dopo: **Volevo solo dire che penso veramente tutto quello che ho detto. Sei splendida. E mi dispiace se ho avuto poco tatto, ma odio vedere il modo in cui Henry ti ignora costantemente. Meriti di meglio.**

Mentre continuava a leggere, riusciva a malapena a respirare.

Lui non è la persona giusta per te. Ho visto come tende ad escluderti dalle conversazioni. L'ho visto flirtare con le studentesse al campus. Henry non è l'uomo che tu pensi. Non è una brava persona. Per favore, rispondimi, devo parlarti. Ci sono tante altre cose che vorrei dirti, ma non posso farlo così.

Lucy si appoggiò una mano sul petto, sentendo il battito ritmico del cuore. Si morse il labbro, pensieri che andavano e venivano dalla mente. Avrebbe dovuto rispondere o ignorarlo? Era in stato di shock. Sunil non era mai sembrato qualcuno che avrebbe infastidito una donna, eppure le stava inviando numerosi e intensi messaggi. Sostenendo anche che Henry non era una brava persona.

Lei non lo credeva. O invece sì? Credeva che il proprio fidanzato potesse essere una cattiva persona? Lo stomaco le si contorse per la tensione. Ripensò alla cena, quando Sunil aveva ammesso di essere uno che voleva tutto o niente. Forse il loro breve bacio gli aveva acceso qualche passione, soprattutto se si sentiva ancora ferito per la relazione terminata. Alla fine, non riuscì a trattenersi, le dita si mossero come dotate di vita propria.

Non sono sicura che sarebbe una buona idea, Sunil. Io amo Henry. So che qualche volta mi esclude dalla conversazione ma tu non sai niente della nostra relazione. E come hai avuto il mio numero? Questa è un'invasione della mia privacy del tutto inappropriata. Penso che non dovresti più contattarmi.

Lasciò cadere il telefono nella borsa prima del ritorno di Henry.

"Tutto a posto?" Chiese lui sedendosi.

"Certo," disse lei, convinta che lui potesse leggerle la bugia in volto.

Finirono il caffè e la torta senza parlarsi molto. Lei riusciva a malapena a concentrarsi su quello che lui le diceva. Le parole del messaggio di Sunil continuavano a girarle in testa. Perché avrebbe detto che Henry flirtava con le studentesse? Lucy sapeva che Henry diventava molto più sicuro di sé in veste di professore, ma proprio non riusciva a immaginarselo flirtare.

"Sicura che va tutto bene?" Chiese lui di nuovo. "All'improvviso sei così silenziosa."

"A dire il vero mi fa un po' male lo stomaco. Possiamo andare?"

"Certo." Lui chiamò la cameriera per avere il conto e si alzarono per andarsene.

Un senso di tristezza le riempì la mente. Per la prima volta in settimane si era sentita vicina a Henry e più leggera. Ma quei messaggi avevano rovinato tutto. Aveva il sospetto di essere stata trascinata in mezzo a qualcosa di oscuro con uno slancio che non sarebbe riuscita a fermare. Non aveva mentito sul mal di stomaco, le sembrava che le interiora si fossero tutte annodate.

Lucy non osò guardare il telefono per tutto il viaggio di ritorno. Non appena furono a casa, Henry andò nel suo ufficio a correggere dei compiti e lei prese il telefono dalla borsa. Trovò un altro messaggio.

Non posso farlo, Lucy. Mi piaci troppo. Devo dirti cosa succede. Si tratta di Sue.

Lei cadde sul divano del soggiorno con il telefono in mano. Con il volto pallido, lesse il messaggio tre o quattro volte, le parole che si confondevano. Cosa diavolo intendeva Sunil riguardo alla prima moglie di Henry? Chiuse gli occhi e lasciò cadere il telefono in grembo. Poi sentì del movimento, un cambiamento nell'aria e aprì gli occhi vedendo Jacob che afferrava il telefono prima che lei potesse riprenderselo.

"Cosa succede?" Disse lui con un sogghigno. "Sembri pallida, Lucy."

"Ridammelo *subito*."

Vide che il ragazzo cercava di sbloccare lo schermo ma non sapeva la password. Si accigliò e lei alzò le sopracciglia con soddisfazione. "Restituiscimelo, Jacob."

Con un grugnito lui lanciò il telefono, così forte che andò a sbattere con forza nelle costole della donna. "Deve esserci qualcosa di succoso per farti agire così. Messaggi del tuo giovane amante?" Si lasciò cadere in una poltrona di pelle dall'altra parte della stanza, incrociando le caviglie e scivolando verso il basso. "Ho sempre pensato che sarebbe stato il vecchio ad andare a scopare in giro ma mi sbagliavo. Sei tu. Miss perfettina ha un toy boy. Quanto ha: quattro o cinque anni più di me?"

"Non sai di cosa stai parlando," disse Lucy, cercando disperatamente di mantenere la voce calma pur sentendosi sull'orlo delle lacrime. "Non c'è niente tra me e Sunil."

Jacob si sporse in avanti, appoggiando i gomiti sulle ginocchia. Rivolse la faccia in alto, dando al suo ghigno un'espressione ancora più da fumetto. "Avrei dovuto prevederlo. Avrei dovuto capirlo. Ci proverai con me dopo, Luce."

Lei si alzò per andarsene, schifata da lui e in uno stato di incredulità per il solo fatto che quella conversazione aveva luogo.

"È bravo? O gli devi insegnare tu le mosse? A me cosa insegneresti? Un bel po', immagino. Ne sai abbastanza da far felice mio padre, almeno."

Lo sentì ridere mentre se ne andava. E poi arrivarono le lacrime. Si portò una mano alla bocca e corse fuori dalla stanza, fermandosi esitante fuori dallo studio di Henry. Avrebbe potuto spiegarglielo, no? L'improvvisa infatuazione di Sunil. Ma Jacob cosa avrebbe detto? Come avrebbe trasformato la realtà in qualcosa di più piccante? Cosa aveva *visto*?

Proseguì fino alla camera si accasciò sul letto. Dopo un bel pianto si tirò su, asciugò le lacrime dalle guance e prese una decisione. Inviò un messaggio.

Va bene, voglio sapere cosa sta succedendo. Ti incontrerò. Al Costa di Leopold Street, alle 11 domani mattina.

CLAIRE

Nei giorni precedenti, Claire aveva inviato undici messaggi a undici giurati. Via Facebook, Instagram, Twitter o telefono. In sei avevano risposto. Nessuno di loro aveva ricevuto nessuna foto cruenta della scena del crimine o messaggi inquietanti da Simon Botham. Aveva anche avuto notizie dalla polizia, che le comunicava di non aver trovato alcuna prova che collegasse Simon Botham alle molestie. Anche la TV a circuito chiuso non fornì niente di utile riguardo la persona che aveva messo il medaglione nella borsa di Adrianna. Sembrava che nessuno avesse toccato quella borsa o vi si fosse avvicinato. Avrebbe volute strapparsi i capelli ma non le andava l'idea di diventare una sposa calva.

Il sabato in cui lei e Ade avrebbero dovuto fare i festoni, Claire ricevette una telefonata. Il cuore perse un colpo quando sentì il nome: Polina, una ragazza della giuria. Avevano legato perché condividevano il fastidio per i più anziani e più arroganti del gruppo che pretendevano di dare lezioni e si erano trovate alleate.

"Ciao," disse Claire. "Grazie di avermi chiamata. Come stai?"

"Non male. Tranne che... beh..."

Claire provò un pizzicore alla base della testa. "Cosa c'è?"

"Ho ricevuto qualcosa di strano in posta. Probabilmente non ci avevo dato molto peso finché ho letto il tuo messaggio. Ora mi chiedo se sia importante. Possiamo vederci?"

"Certo."

"Puoi venire da me? Magari tra un'oretta?"

"Sì, lasciami l'indirizzo."

Scrisse l'indirizzo di Polina su un biglietto prima di riagganciare. Adrianna vagava per il soggiorno con una tazza di tè.

"Cosa succede?" Chiese.

"Una della giuria ha appena chiamato. Sembra che sia successo qualcosa. Se lui sta infastidendo anche lei, potremmo dimostrare alla polizia che le cose sono collegate. Claire si rese conto di stare gesticolando mentre parlava. Sentiva la pelle tesa.

"Vuoi che venga con te?"

Claire scosse la testa. "Non è lontano, non ci metterò molto, te lo prometto. Tu dacci sotto con i festoni e io sarò di ritorno il prima possibile."

"Va bene, ma stai attenta, d'accordo?" Adrianna fece una pausa. "Sei molto tesa. Tieni, prendi il mio tè. Siediti e calmati per qualche minuto. Hai tempo.

Rendendosi conto che la sua fidanzata aveva ragione, Claire prese la tazza calda, avvolgendovi intorno le mani, e si sedette sul divano. Si sforzò di impedire al pensiero di correre e cercò di lasciarsi andare per un momento. Ma era la quiete prima della tempesta. Dal punto di vista contrario, il rilassamento era un campanello d'allarme. Dopo poco, versò il tè freddo nel lavandino e abbracciò Adrianna per salutarla, infilandosi nella Nissan e programmando il percorso sul navigatore satellitare.

Polina viveva a circa trenta minuti, in una strada chiusa. Questo fatto la sorprese un po'. Polina era giovane, aveva passato da poco i vent'anni e il primo giorno si era presentata con il mascara sbavato, la pelle impastata e i postumi di una sbornia. Claire se l'era immaginata in un appartamento in città, non in una sonnacchiosa strada chiusa nei sobborghi. Ma ormai era arrivata. Parcheggiò l'auto in un vialetto accanto a una deliziosa villetta bifamiliare con il portico. Non si conosce mai davvero qualcuno finché non si entra in casa sua.

Saltò fuori che Polina era talmente ordinata da far girare la testa a Claire. L'interno dell'abitazione le ricordava la casa dei nonni. Ogni cornice di foto posizionata con perfezione, tappeti color crema senza una macchia, nemmeno una traccia di polvere sui davanzali e un tavolino basso scintillante. Mentre si dirigevano in cucina, in modo che la ragazza potesse versarle del succo d'arancia, Claire notò che ogni superficie brillava. Se le avessero detto che il tostapane era nuovo, appena tirato fuori dalla scatola, ci avrebbe creduto. Pur con tutto quello che aveva per la testa, Claire pensò per un attimo che forse avrebbe dovuto leggere il libro di Mrs Hinch che aveva ricevuto come regalo.

"Scusa se ti ho fatta venire fino a qui. Pensavo fosse meglio se ci parlavamo di persona," disse Polina. Indossava jeans sbiaditi e un maglione a V. I capelli erano legati in modo disordinato sulla testa. Era piccolina, forse uno e sessanta, ed energica come se la ricordava Claire. "Sono contenta che mi hai contattata. Mi mancano tutti quelli del processo. È stato impegnativo e alla fine eravamo un po' come una famiglia."

Lei annuì, comprensiva. "Come sei stata da allora?"

"Un po' scossa." Polina porse a Claire un grande bicchiere pieno di succo d'arancia. "Qualche volta mi fermo a pensare a cosa ha fatto a quella donna."

"Io ho degli incubi," ammise Claire.

Lei scosse la testa. "Caspita, dovremmo andare in terapia, no?"

"E chi se lo può permettere?"

Polina annuì ed entrambe si diressero in soggiorno. Sedendosi su un divano a due posti, Claire osservò le fotografie sul caminetto. Polina in bikini con un uomo abbronzato al fianco. Lui snello e in forma, lei abbronzata e formosa.

"Allora, cosa pensi che stia succedendo?" Chiese Polina.

"Scusa?"

"Hai ricevuto un messaggio minatorio o qualcosa di simile?"

"Ah." Claire appoggiò il bicchiere su un sottobicchiere. "Qualcuno mi ha mandato un'e-mail con allegate delle foto della scena del crimine. E poi ho avuto la sensazione di essere seguita per un po'." Fece un respiro profondo. "La cosa peggiore, comunque..." Si interruppe, nascondendo un brivido. "Adrianna ha trovato un medaglione nella sua borsa e dentro c'era una foto della vittima."

Notò che Polina aveva tirato i piedi sotto al corpo e fatto una smorfia. "È orribile. Gesù."

"Tu cosa hai ricevuto?"

"Aspetta, vado a prenderlo." Le pantofole di Polina si mossero silenziose sul tappeto spesso quando lei uscì dal soggiorno. Un attimo dopo, tornò con un grande vaso di vetro pieno di rose rosse. "Sono arrivate senza biglietto e non sono del mio fidanzato né di mia mamma. Non è il mio compleanno, non è San Valentino... niente. Non c'è motivo per cui me le abbiano mandate. Ma sono qui, senza biglietto, niente."

"Le hanno consegnate a mano?"

"No, tramite agenzia."

"Forse la polizia potrebbe risalire al nome di chi le ha spedite. Ti lascio il numero dell'agente che si sta occupando del nostro caso di molestie." Claire prese il telefono e lesse ad alta voce il numero dell'agente Deol.

"Pensi che ci dovremmo preoccupare?" Chiese Polina. "Forse dovrei chiedere al mio ragazzo di fermarsi da me per qualche settimana."

"Mi sembra una buona idea."

"E tutto perché ci hanno assegnato un servizio di giuria. Non mi sembra giusto," disse.

Claire scosse la testa, pensosa. "Ho contattato gli altri e alcuni hanno risposto dicendo che non hanno ricevuto niente. Perché hanno preso di mira noi? Non pensi..." Esitò. Per qualche motivo, ammetterlo le sembrava stupido. Dirlo ad alta voce avrebbe dato forma alla paranoia.

"Cosa?"

“Ti ricordi qual’era l’esito della prima votazione? Tutti avevano messo non colpevole tranne me. Gli altri erano rimasti attaccati al fatto delle prove circostanziali.”

“Mi ricordo,” disse Polina. “Ma quello che ci hai detto aveva senso. Come la difesa aveva usato la storia sessuale della vittima per screditare lei e il caso.”

“Giusto, era sessista e volgare. Tu sei stata la prima a venire dalla mia parte. Dopo il primo voto hai sempre messo colpevole e insieme abbiamo convinto gli altri. E siamo le sole prese come bersaglio.”

“Fino ad ora.” Le ricordò Polina.

“Vero. Fino ad ora. Ma non ti sembra strano? Come se qualcuno della giuria avesse detto a Simon Botham, o chi per lui, che è stata colpa mia. Che io ho convinto tutti gli altri.”

“Io... wow, non so.” Polina si sporse in avanti e appoggiò la testa su un pugno. “Cioè, sì, ha senso perché, come hai detto, hai ricevuto tutta quella merda minacciosa. Ma allo stesso tempo, se qualcuno della giuria fosse stato d’accordo con i Botham, non avrebbe lottato con più decisione perché fosse dichiarato non colpevole?”

Claire non ci aveva pensato. Certo, un paio di membri erano rimasti testardi per un po’ ma poi alla fine tutti avevano votato all’unanimità per la colpevolezza. “Forse Simon Botham si è accordato dopo. Ha carpito informazioni. Magari li ha ricattati o li ha pagati o chissà. O forse io sono pazza ed è una semplice coincidenza. Forse in tribunale sono sembrata fastidiosa e ha deciso di perseguitarmi.” Gli occhi di Claire si riempirono di lacrime.

“È stato un inferno per te, vero?” Polina allungò una mano e la appoggiò sul braccio di Claire. “Più che altro perché chiunque sta facendo questo, ha colpito anche Adrianna. Ci sposeremo tra un paio di settimane e non ci sentiamo più sicure in casa nostra.”

“La polizia lo prenderà. Ne sono sicura,” disse lei. “Hanno preso il fratello, che ora è in prigione. Simon Botham è uno stupido. Sapranno tutti che è stato lui. Non appena avranno abbastanza prove verrà arrestato anche lui."

"Spero che tu abbia ragione." Claire si asciugò le lacrime con il dorso delle mani.

Lo sguardo di Polina si fermò sulle rose rosse. "Ne sono sicura." Ma nella sua voce c'era una nuova esitazione. "Comunque, il mio Freddy mi proteggerà." Non aveva staccato per un secondo gli occhi dalle rose. Impallidì di colpo e Claire si chiese se si stesse rendendo conto di tutto in quel momento. Se aveva improvvisamente capito che anche la sua vita poteva essere in pericolo.

"Promettimi di stare attenta, va bene? Chiama l'agente Deol e magari riusciamo a far finire questa storia."

"Lo farò, te lo prometto."

Quando se ne andò, Claire si sentì prosciugata. Le tremavano le mani sul volante e la testa rimbombava con un'emicrania che continuava a peggiorare. Non era sicura di quanto avrebbe resistito a questo genere di persecuzione. Sentiva che la stava sfinendo, le toglieva la gioia e l'energia. Lasciando la casa di Polina, guardò nello specchietto retrovisore per assicurarsi che nessuno la stesse seguendo mentre tornava. Di colpo si rese conto di una cosa: avrebbe continuato a comportarsi così finché Simon Botham non fosse stato arrestato. E se la polizia non avesse mai trovato prove sufficienti? Avrebbe vissuto guardandosi alle spalle per il resto della vita.

LA SPOSA

NATALE

Avrebbe dovuto aspettarselo. Andava avanti da settimane, spingendola verso l'occhio del ciclone. Ma anche se aveva già ucciso un uomo quel giorno, un uomo che se lo meritava, non c'era modo di vincere contro qualcuno con un fucile.

Si toccò le orecchie e il naso intorpiditi con dita rigide. La neve umida le pungeva gli occhi cadendole sul volto. Ma l'incredibile nuvola grigia piano piano si schiariva. Era una cosa positiva? Frugò nella tasca della giacca, prese il telefono e digitò di nuovo il 999. Forse la polizia avrebbe potuto tracciare la chiamata e in qualche modo andarla a prendere da quel posto in mezzo al nulla. Doveva continuare a ricordarsi che lei era la vittima, almeno ai loro occhi, per il momento. Ma la chiamata si interruppe al primo suono. Lì fuori, in quella landa desolata, evidentemente non c'era segnale.

Prima di rimettere a posto il telefono, notò un nuovo messaggio anonimo.

Sto andando a prenderla.

Rabbrividì e infilò di nuovo il telefono in tasca. Non c'era tempo di pensare a cosa potesse significare. Non era nemmeno il suo telefono. Si girò, strizzando gli occhi per guardare più lontano. Ora che la nebbia si era alzata, riusciva a vedere fino al campo successivo. Una pacifica scena bucolica che sarebbe stata meglio su una cartolina di Natale. Completamente fuori posto nella sua situazione.

Dall'oscurità non si vedeva emergere nessuna figura armata di fucile. Lo aveva seminato? Aveva immaginato che avrebbe potuto seguire facilmente le sue tracce. Dopo aver ripreso fiato, proseguì nella stessa direzione, senza avere un'idea precisa di dove stesse andando.

Un passo dopo l'altro. Arrancando. Lo stomaco borbottò. Poteva almeno guardare l'ora. Le tre del pomeriggio. Rise. Se fosse rimasta all'albergo, ora sarebbe stata quasi sposata. Una risata maniacale le scoppiò dalla gola, rapida come un proiettile. Non c'era altro da fare se non lasciarsi andare e si piegò finché le fece male il fianco, continuando a ridere. Ecco, finalmente aveva perso la ragione. La sua mente era andata, del tutto, per sempre. Anche se fosse sopravvissuta, cosa che sembrava improbabile, sarebbe rimasta matta. Sarebbe andata direttamente all'ospedale psichiatrico. L'assassina di uomini. La stronza psicotica spinta al limite.

Si guardò alle spalle per assicurarsi che le risa non avessero attirato il suo inseguitore e poi proseguì. Il paesaggio piatto divenne una discesa e lei rotolò giù. Superò uno steccato ghiacciato e continuò in avanti, seguendo un muretto a secco. In lontananza, vide quella che poteva essere una fattoria. Ma se fosse abitata era un altro paio di maniche. Non vedeva nessuna auto né segni che ci vivesse qualcuno. Saltò un altro steccato e scorse più avanti la strada. La risata folle stava per scoppiare nuovamente ma questa volta la trattenne, prendendo velocità. Una strada significava che non era più persa in mezzo al nulla. Una strada significava civiltà. Significava automobili e persone e, sperabilmente, una destinazione.

Ma significava anche visibilità e con le nuvole che si schiarivano e la neve che diminuiva, era più esposta che mai. Dapprima camminò lungo il muro di pietra parallelo alla strada, cercando un'apertura. Poi si arrampicò su un cancello e saltò giù in quello che probabilmente era il ciglio della strada coperto di neve. Sembrava poco probabile vedere un'auto lungo quella strada mal tenuta, a meno che qualche fattore non avesse bisogno di spostare da qualche parte il trattore. E ora doveva decidere in che direzione andare. Prese il telefono dalla tasca un'altra volta, per controllare se ci fosse il segnale. Ancora niente. Si girò alla sinistra, verso la fattoria che poteva essere abbandonata.

Le serviva un piano. Qualcosa di concreto. Di tangibile. Vagare senza una direzione non era un piano. Ma era difficile pensare con il freddo che le congelava il midollo nelle ossa. Si strinse il corpo, ficcando le mani sotto le ascelle. Se in quella fattoria avesse trovato qualcuno, avrebbe potuto chiedere ospitalità fino al termine della tempesta. Non doveva necessariamente parlare dell'incidente o del morto nell'auto. Aveva semplicemente bisogno di un telefono per chiamare la polizia e un posto dove riscaldarsi.

I suoi passi rallentavano, tutto il corpo le doleva. La stanchezza si stava facendo strada. Si costrinse a proseguire. Cinque o dieci minuti più tardi, finalmente la fattoria fu in vista. Inciampò giù per il vialetto, notando alcune decorazioni attraverso le tende velate. Il suo spirito andò alle stelle. Se non fossero stati in casa, sarebbe entrata comunque. Perché non aggiungere la violazione di proprietà privata all'omicidio?

Ma quando suonò il campanello, una donna alta e magra aprì la porta. I suoi occhi si spalancarono subito, alla vista della figura inzaccherata di fronte a lei.

"Mi spiace disturbare, ma avrei bisogno di usare il telefono. Io... Io vengo dall'hotel Wilder House. Una donna è scomparsa, capisce, così siamo usciti tutti a cercarla. Ma io mi sono persa e c'è un uomo... che mi sta seguendo." Iniziò a piangere, con la voce che le salì di un paio di toni. "Ha un fucile e io non so perché mi insegue, ma è così. E ho così freddo. Sono caduta..."

"Mio Dio," disse la donna. "Sei una disgrazia per gli occhi. È meglio se entri e ti scaldi un po'." Aprì meglio la porta e lasciò entrare la sposa. “I telefoni purtroppo non funzionano. Se vuoi puoi provare il mio cellulare, ma non sono ancora riuscita ad avere il segnale.”

La porta si chiuse di colpo. “Ho dei resti del pranzo di Natale. Sono da sola in questi giorni ma comunque ho cucinato. Ti sei persa il discorso della regina. Io bevo sempre un brandy e brindo a sua maestà.” Ridacchiò. “Gesù, sei pallida come latte. Forse ti farebbe bene il brandy. Mi chiamo Denise, comunque.”

“Grazie mille, Denise.” Lei si piegò per passare sotto un arco basso ed entrò in soggiorno. La fattoria di Denise era una tipica accozzaglia inglese di decorazioni a modello patchwork, ferri di cavallo e gatti. La stessa Denise sembrava vecchia quanto la casa, anche se stava ancora in piedi con la schiena dritta, alta e orgogliosa. Era strano che non avesse chiesto altre informazioni riguardo l’uomo con il fucile. La sposa guardò verso la porta, mordendosi il labbro inferiore. C’era qualcosa di strano in Denise. Ma era semplicemente una stramba innocua o qualcosa di più sinistro?

MILA

Si era liberata di Roger Smythson e si era opposta alla futura suocera. Mila si sentiva bene, così bene che si concesse una messa in piega rapida e si dedicò all'inseguimento del successivo sospetto sulla sua lista: Dominic Harding.

Per qualche giorno si appostò fuori dal suo ufficio con un latte alla vaniglia e il dolcetto più goloso del giorno da Costa. Sapeva che a donne come Felicia, di cui indossava il rossetto, sarebbe venuto un colpo sapendo che mangiava carboidrati quando mancava così poco al matrimonio, ma a lei non importava.

Avrebbe potuto scegliere una via breve e prendere un appuntamento con Dominic per parlare di clienti inventati che avevano bisogno di contabilità, ma quanto avrebbe potuto essere minacciosa all'interno di un ufficio e con tutti i colleghi intorno? E lei sapeva che c'erano dei colleghi perché aveva visto una bella ragazza sulla ventina lasciare l'ufficio intorno a mezzogiorno ogni giorno. Dominic però sembrava pranzare in ufficio. Che noia. Viveva e respirava in quel dannato ufficio. E l'assistente sembrava allontanarsi per non più di quindici minuti, non abbastanza per un incontro privato.

A casa, Mila fece un bel po' di ricerche sulla società, escogitando un modo per introdursi. Esaminò le recensioni dei clienti, poi li cercò su Facebook. Mise insieme lentamente tutti i pezzi della vita di Dominic. Vide le fotografie pubblicate sul profilo della moglie, si appuntò chi aveva commentato e usò questa informazione per capire chi erano gli amici, alcuni dei quali erano anche clienti, e poi scoprì dove gli piaceva passare il tempo.

Ed era davvero strano.

Dominic era un esploratore urbano. Trovava vecchi edifici abbandonati e ci entrava, scattandone delle foto. Aveva anche attivato un account Flickr in cui aveva caricato in abbondanza fotografie sgranate in bianco e nero di stanze ammuffite e porte arrugginite. Lesse parecchi commenti finché non ne trovò uno interessante.

Vado alla vecchia stazione dei treni di Mayfield venerdì sera, ti va di venire? Diciamo intorno alle 7?

La risposta era: **Quella sera non posso, amico. Ho il calcetto.**

Non preoccuparti. Penso che ci andrò comunque per un paio d'ore.

Divertiti.

Mila trovò la posizione della stazione su Google Maps e se la annotò. Decise che in quel modo avrebbe funzionato bene. Cosa poteva essere più intimidatorio di un edificio abbandonato di notte?

* * *

Mila aspettò vicino alla stazione restando in auto, non voleva ancora avventurarsi. Era coraggiosa ma non stupida e sapeva che non se la sarebbe cavata contro teppisti o peggio. Il sedile riscaldato la faceva rilassare al punto che avrebbe potuto addormentarsi. Si raddrizzò di colpo e abbassò il riscaldamento.

Erano passate da poco le sette e lei aveva raccontato a Rafael che avrebbe incontrato un'amica che era appena stata lasciata dal fidanzato. *Pizza e gelato, baby, sai come funziona.* Lo aveva baciato sulla guancia uscendo. Poi, in auto, il telefono aveva fatto un suono che l'aveva sorpresa. Eccola lì, un'altra e-mail.

Tic toc. Ora hai solo fino a lunedì per mandarmi i soldi o racconterò tutto al tuo fidanzato.

Aveva gettato il telefono sul sedile del passeggero e si era allontanata da casa. Chi aveva dato a questo tizio il diritto di ricattarla? Era nauseante. Tutta quella arroganza. L'impudenza. Mentre i sedili si raffreddavano, il sangue di Mila ribolliva. Più pensava a questo contabile esploratore urbano, più voleva infliggere dolore.

Poi si accucciò, rischiando di rovesciare la lattina di Diet Coke. Qualcuno si stava avvicinando, vestito di scuro e con uno zaino sulle spalle. Dominic. Doveva essere lui. Chi altro avrebbe portato una borsa grande abbastanza per una macchina fotografica in un posto come quello. Non riuscì a scorgere il volto, ma era sicura. Il suo telefono suonò e lei lo afferrò, ficcandoselo tra le gambe per attutire il rumore. *Gesù Cristo, Mila.* Pensò. *Metti quel dannato coso in silenzioso.*

Fortunatamente, Dominic non sembrò aver notato lei o il suo telefono mentre la superava e quando il telefono smise di suonare lo spense rapidamente, notando che la chiamata persa era di Rafael. Forse voleva controllare. Rafael tendeva a soffocarla.

Quando Dominic ebbe girato l'angolo, lei aprì la porta della Range Rover e ne uscì in silenzio. Si gelava. Chi andava in una stazione dei treni in dicembre? Si tirò su il cappuccio e guardò il vapore uscire dalla bocca mentre respirava. Tirò le mani dentro le maniche del cappotto, stringendo le dita per scaldarle. Ci sarebbero voluti i guanti, ma li aveva dimenticati.

Davanti a lei, Dominic aveva sollevato alcuni cavi rotti di una vecchia recinzione, ignorato un cartello che diceva "NON OLTREPASSARE" ed era diretto alla stazione. Lei aspettò finché l'uomo non fu più visibile, poi corse e fece lo stesso, infilandosi con facilità sotto la recinzione. Con un sorriso, si chiese se Dominic avesse percepito la sua presenza. Non l'aveva vista, di questo era certa, ma forse gli si erano rizzati i capelli alla base del collo, una reazione del corpo ai minuscoli segnali che qualcuno stava seguendo ogni sua mossa.

La stazione odorava di decadimento congelato e lei doveva stare attenta al ghiaccio dove metteva i piedi. Rompersi la caviglia non avrebbe giovato al suo piano e di certo non sarebbe stato piacevole per il matrimonio. Si infilò leggera nel vecchio edificio e lasciò che gli occhi si abituassero all'oscurità. Lì i lampioni della strada erano lontani e le profondità dell'edificio non più utilizzato erano immerse nel buio più nero. Poi notò, più avanti, il lampeggiare della luce di una torcia. Dominic.

Mila strisciò nell'ombra e di proposito trascinò la scarpa sul cemento polveroso. Quando il raggio della torcia saltò da sinistra a destra lei sogghignò. Lui si avvicinò, ma lei si era infilata in un angolo nascosto e la sua luce non poteva raggiungerla. Dopo qualche secondo, Dominic tornò a indirizzare la torcia sul percorso precedente e proseguì. Mila uscì dal nascondiglio e si spostò silenziosa come un gatto verso il contabile. Lui aveva il fiato grosso. Lei lo aveva innervosito e questo le dava potere.

Alla sua destra c'era una vecchia scrivania sgretolata, senza dubbio usata in altri tempi per la vendita dei biglietti. Ci si infilò dietro, afferrò un pezzo di gesso rotto e lo lanciò verso il muro più lontano. I passi di Dominic si fermarono. Lui si girò lentamente e Mila vide il tremore e l'esitazione nel modo in cui si muoveva. Vide la sua paura.

"Chi c'è là?" Gridò Dominic. E poi, con la voce strozzata, "C'è... c'è qualcuno là?"

Dal suo nascondiglio, Mila vide la luce della torcia di Dominic esplorare il terreno. Lei si accucciò, aspettando che si fermasse. Le scarpe di lui schiacciarono pezzi di gesso vecchio e pietre. Poi silenzio.

"Controllati, Dom," sussurrò. E udendo quel sussurro, lui si fermò vicino alla ex biglietteria.

Mila si alzò e rimase in piedi dietro la scrivania. Appoggiò le mani sul legno e lo guardò fisso. Lui non la vide né la sentì ma lei sapeva che aveva percepito un cambiamento e alla fine si girò nella sua direzione. La luce della torcia cadde sui lineamenti della donna, lei sobbalzò alla luce e Dominic lanciò un urlo straziante. Le adolescenti dei film del terrore producevano grida più mascoline.

"Cosa?... Chi?"

Lei aspettò, senza parlare, lasciandogli il tempo di vivere nelle sue paure. Sperò che lui la scambiasse per un fantasma.

Finché alla fine, parlò. "Ciao, Dominic."

"Chi cazzo sei?"

"Non ti ricordi di me?"

"Non ho idea di chi tu sia. Perché sei qui? Come fai a sapere il mio nome? Perché mi segui?"

Mila scelse un approccio cauto. Anche un contabile poteva diventare pericoloso se messo all'angolo in un posto isolato. "Va tutto bene, Dominic, non sono qui per farti del male. Avevo bisogno di parlarti in privato."

"Come facevi a sapere che ero qui?"

"Ho visto il tuo post su Flickr."

"Sei una cazzo di psicopatica. Mi stai stalkerando?"

"No, non ti sto stalkerando. Come ho detto, avevo bisogno di parlarti in privato. Non ti ricordi di me? Non ti sembro familiare? Forse se pensi a come potevo essere quando avevo, diciamo, diciotto anni, forse meno?"

"Di cosa stai parlando?"

Mila si spostò da dietro alla scrivania e il contabile fece due passi frettolosi per allontanarsi da lei. "Sto parlando di te, delle e-mail inviate dall'account del lavoro, dei soldi inviati dal tuo conto personale in banca, delle mie foto. Le foto molto pornografiche che ti ho mandato."

Finalmente capì. Lei vide dal suo volto che aveva realizzato la verità, come una tenda che svela un capolavoro. Lei lo guardò attentamente, cercando di leggerlo.

"Cosa... cosa vuoi da me?"

"Non ho intenzione di pagarti," disse lei, "quindi fai pure, manda quelle foto al mio fidanzato. Non mi interessa. Non mi vergogno di quello che ho fatto per sopravvivere, ma se gli dici il mio..."

"Ma di cosa stai parlando?" Lui scosse la testa. Se stava mentendo, era un grande attore.

Mila sospirò. "Mi stai ricattando."

"Cosa? Ma io non... io non le ho tenute." Alzò le mani e la torcia ondeggiò. "Non è possibile. Ho disattivato quell'account quando ho cambiato brand alla società e ho perso il vecchio computer in un incendio a casa. Ecco, lascia che te lo dimostri, se non mi credi." Infilò la torcia sotto l'ascella e prese il telefono dalla tasca della giacca. Dopo aver cercato per quello che per Mila fu un'angosciante quantità di tempo, le mostrò una serie di foto di lui con la famiglia davanti a una casa bruciata, i volti cupi e pallidi.

"Merda," disse Mila a sé stessa, restituendogli il telefono. "Se non sei stato tu, chi è stato?"

Lui scosse la testa. "Non lo so."

Lei strinse gli occhi. "Come faccio a sapere che non le hai sul computer al lavoro?"

"Non puoi," disse lui "Ma sono un contabile e so che in qualche momento potrei dover dare il computer agli auditor per la contabilità giudiziaria. Non sarei così stupido."

Aveva trovato quella storia in modo troppo rapido per averla inventata. Ma lei ancora non era sicura. "Per quello che so potresti aver usato l'incendio di casa tua per coprire le tracce. E se il portatile non fosse stato in casa? Se tu le avessi salvate sul telefono, nel cloud o su una chiavetta USB?

"Non l'ho fatto." Anche nella semi oscurità, lei lo vide arrossire, lo vide diventare rosso lungo il collo e facendo diventare la gola vermiglia. "Lo giuro. Come... come ti chiami? Quale..." Gli mancò la voce.

Aveva comprato foto di nudo da altre ragazze. Era ovvio. “Paghi ancora per avere foto di ragazzine?” Chiese lei.

“No,” disse lui, scuotendo la testa, gli occhi che schizzavano dalle orbite.

Lei sospirò. “Sei un pessimo bugiardo, sai?” Ora che l’aveva visto mentire era più propensa a credergli. E quindi si ritrovava senza niente. “Senti, Dom. Se scopro che mi stai mentendo, manderò gli screenshot delle tue e-mail e del tuo conto in banca a tua moglie. Hai capito?”

“Non sto mentendo, lo giuro.”

Lei era sul punto di girarsi ma non lo fece. Aveva un altro piano di emergenza. “Ora me ne vado. Divertiti con le tue esplorazioni. Se ti venisse in mente di seguirmi o di colpirmi in testa o qualche altra cosa, non farlo. Ho mandato copie di tutto al mio avvocato e se io muoio lui le spedirà da parte mia.”

Dominic alzò le mani. “Non lo farò.”

Anche questa volta, lei gli credette. Non era un assassino, non era un ricattatore, era solo un pervertito. Un triste omuncolo. Mentre si allontanava, lei si chiese perché lui comprasse ancora foto come le sue. Poteva averle gratuitamente: la pornografia amatoriale o per vendetta era così diffusa che non c’era bisogno di pagare. Forse a lui piaceva dire alle ragazze come posare. Corse fuori dalla stazione dei treni e si infilò in macchina, tremando mentre si allontanava.

Era stata la cosa più sconsiderata che avesse mai fatto. E nonostante l’adrenalina che le correva nelle vene, dandole la scossa di dopamina di cui aveva bisogno, si sentì comunque spaventata. Anzi, si sentiva esausta, delusa e aveva freddo. Non era stato il trionfo in cui aveva sperato. E allo stesso tempo, forse, aveva bisogno di calmarsi. Nel perseguire il suo piano aveva corso dei rischi. Grandi rischi. Fino a quel momento non erano serviti e questo era un problema.

Tornata a casa, gettò le chiavi nell’elegante vaschetta in ceramica in corridoio, scalciò via le scarpe dai piedi e appese il cappotto. Una rapida occhiata allo specchio le fece capire che aveva fatto un altro errore. I suoi capelli erano umidi dalla pioggerella ghiacciata all'esterno e aveva delle ragnatele sui jeans. Le spolverò via veloce quando Rafael arrivò nell'ingresso.

Prima di poter parlare, Mila si rese conto che qualcosa non andava. Lui aveva gli occhi spalancati, accesi di rabbia. Dal collo gli sporgeva un tendine e aveva i pugni serrati. Arrivò verso di lei come un toro, appendendola al muro.

"Chi *cazzo è* Dominic Harding?"

LUCY

Si incontrarono in una caffetteria vicino al parco. Lucy arrivò per prima, in anticipo come sempre, e si sedette vicino alla vetrina, a guardare gruppi di mamme con i passeggini. Tenevano i bicchieri con il caffè da asporto con la mano libera mentre i bambini correvano loro accanto e saltavano nelle pozzanghere. Erano tutti imbacuccati nelle giacche invernali più pesanti, ma era soleggiato, dopo le recenti piogge, e non volevano perdersi la rara giornata di bel tempo. Le risate dei bambini si mescolavano al jazz di sottofondo della caffetteria. I genitori asciugavano i seggiolini delle altalene e spingevano in aria i bambini ridacchianti.

Lei avrebbe mai avuto qualcosa del genere? Il suo mondo sembrava così lontano dal loro. Lei e Henry non facevano l'amore ormai da due settimane. Prima ci avevano provato seriamente, ma l'entusiasmo di lui si era affievolito. E, se doveva essere sincera, anche il suo. Non perché non volesse un figlio, lo voleva, ma perché in quel momento il suo mondo sembrava essere per aria. Il momento era passato.

"Ciao Lucy." La voce dolce di Sunil la distrasse dalla vetrina. "Posso offrirti qualcosa?"

Lei scosse la testa, ancora in attesa della sua tisana al

lampone. Avrebbe desiderato la scossa di un "flat white" ma aveva deciso di non bere caffeina durante l'incontro. Il suo cuore batteva già abbastanza forte.

Qualche minuto dopo, Sunil tornò con un cappuccino e la sua tisana. "Mi hanno dato questo per te, al bancone."

"Grazie." Tirò la tazza verso il suo lato del tavolo e schiacciò la bustina con il cucchiaino, guardando l'acqua tingersi di magenta scuro.

"Scusami per, sai... tutti quei messaggi. Avrai pensato che fossi un po' esagerato."

Lucy non alzò la testa ma annuì. "Sì, forse un po'." E infine lo guardò negli occhi. "Sinceramente? È stato decisamente fuori luogo. Non avevi il permesso di prendere il mio numero. Dio solo sa dove..."

"L'agenda di Henry è sulla sua scrivania."

"Wow." Lucy incrociò le braccia. All'improvviso divenne paranoica e il suo sguardo percorse il locale, dall'albero di Natale nell'angolo alle lucette lampeggianti intorno alla porta, poi abbassò la voce. "Quella sera, dopo la cena, avevamo bevuto entrambi. Io ero un po' brilla, penso anche tu, e abbiamo perso il controllo per un minuto. Tutto qui. Ho bisogno di sapere che tu non pensi che sia stato qualcosa di diverso. Tra poche settimane sposerò Henry e questo è tutto. Okay?"

Quando Lucy smise di parlare, un'espressione profondamente corrucciata era comparsa sul volto di Sunil. Lui annuì ma non sembrava felice.

Lucy tolse la bustina, l'appoggiò su un tovagliolo e intrecciò le dita intorno alla tazza calda. "Allora, cosa volevi dirmi di Henry?"

"Sinceramente, Luce, non voglio incasinarti. Ma devi sapere in cosa ti stai cacciando." Mescolò lo zucchero nel caffè, i grani che si fondevano nella schiuma. "Il fatto è che Sue stava per divorziare da Henry prima di morire. E non era un divorzio amichevole. Da quello che ho visto era astioso da morire."

Lucy strinse le dita intorno alla tazza. Divorzio? Non aveva mai sentito uscire quella parola dalle labbra di Henry. "Come lo sai?"

"Perché l'ho sentito mentre discuteva con il suo avvocato al telefono. O forse era la sua avvocata, non ne sono sicuro. In ogni caso, parlava della separazione, di soldi, Jacob e tutto quanto. Henry era fuori di sé. Non mi è mai sembrato agitato come in quell'occasione. Continuava a dire che lei non si meritava un centesimo e che avrebbe tenuto Jacob ben lontano. L'ho sentito farneticare e vaneggiare per un'ora di queste cose. È stato abbastanza fastidioso."

Henry, arrabbiato? Non sembrava l'uomo che lei conosceva. Lui era indifferente, a volte quasi passivo. Gli piaceva la vita tranquilla, senza drammi né conflitti. Ma, in ogni caso, non l'aveva mai visto sotto pressione, come nel caso di un divorzio incombente.

"Perché mi dici queste cose?" La tensione iniziale si stava trasformando in irritazione. Se era vero, non voleva saperlo e se non lo era, Sunil le stava facendo perdere tempo.

"Perché quella telefonata è stata una settimana prima che lei morisse."

"Cosa?"

Lui annuì. "Sue è caduta dalle scale una settimana dopo che lui aveva scoperto che lei aveva intenzione di divorziare." Sunil sorseggiò il cappuccino, mentre Lucy lasciava che le parole facessero presa.

Avrebbe voluto essere il più lontano possibile da quell'illuso. Ma invece di scappare fuori dal Costa, rimase esattamente dov'era. Perché? Gli credeva? Si sentiva disorientata.

"Sono stronzate." Disse.

"È tutto vero, te lo assicuro."

"Voglio dire, quello che stai insinuando è ridicolo. Ammettiamo che ci sia stata la conversazione con l'avvocato. E poi? Hanno continuato a vivere insieme per una settimana? E *poi* lui cosa? L'ha spinta giù dalle scale?"

"Non credo vivessero insieme," disse Sunil. "A quel punto penso che lei si fosse trasferita."

Lucy scosse la testa. Questa era una versione dei fatti ben diversa da quella che le aveva raccontato Henry. Non aveva parlato della morte di Sue in modo dettagliato, ma per quello che sapeva erano stati felici fino al momento dell'incidente. Non aveva mai sentito che Sue se ne fosse andata o che volesse il divorzio.

"Se tu pensi..." Abbassò la voce. "Se tu pensi che Henry abbia qualcosa a che fare con la morte della moglie non staresti ancora lavorando con lui, giusto?"

"Infatti non lo sapevo," disse. "Non fino a poco tempo fa."

Lucy alzò gli occhi al cielo. "Intendi dire dopo che ti sei preso una cotta da scolaretto per me? Molto opportuno."

Sunil strinse gli occhi, agguerrito, le labbra assottigliate. "No, non ho una cotta per te, Lucy, ma ci tengo a te e al tuo benessere. Semplicemente ritengo che tu meriti qualcosa di meglio di uno come Henry, ma è solo una mia idea." Alzò le spalle.

"Allora cosa ti ha fatto pensare che il mio fidanzato fosse capace di uccidere? E come mai eri pappa e ciccia con lui quando sei venuto a cena?"

Lui sospirò. "Stammi ad ascoltare, per favore. So che è complicato. E non si tratta di una cosa sola ma di un insieme di fatti, okay? Quando Sue è morta mi è sembrato che Henry fosse inconsolabile. Sembrava avesse il cuore spezzato e io non ho sospettato niente. Mi sono scordato della telefonata e ho pensato che non fosse altro che una coincidenza. Mi ha fatto sentire ancora più triste per lui sapere che lui e Sue non erano in buoni rapporti alla fine. Ma una sera siamo usciti a bere qualcosa dopo il lavoro e io ho affrontato l'argomento del divorzio. Henry ha negato senza esitazione. Gli ho detto della telefonata e mi ha detto di non ricordarsene."

"Forse era imbarazzato," disse Lucy.

"Certo, può darsi. Ma mi ha dato una brutta sensazione, come se volesse evitare il discorso per un altro motivo. E dopo quello, ho continuato a notare che Henry non era la brava persona che pensavo. Si è preso il merito di uno dei miei articoli, rifiutava costantemente di aiutare gli studenti fuori orario, indipendentemente da qualunque problema avessero, l'ho visto mentire ripetutamente e..."

"Cosa?" Si sporse in avanti, interessata.

"È successo la settimana scorsa. Una studentessa ha accusato Henry di molestie sessuali. Il fatto è che io posso sentire quasi tutto attraverso i muri, in quel posto. L'intero dipartimento sembra abbia le pareti di carta. Lui non sa che io so questa cosa. Ero lì accanto, nel mio ufficio, quando una studentessa che ho riconosciuto è entrata da Henry. Una del primo anno, timida, carina e dolce. Non ho sentito tutta la conversazione ma ho sentito Henry dire che lei non avrebbe dovuto bere alla festa e che probabilmente si stava pentendo di essere stata così facile."

Lucy si sentì girare lo stomaco. Aveva sentito parole simili in precedenza. Ma nel suo caso venivano da sua madre, quando lei era giovane e "innamorata". Quell'amore era risultato in diversi occhi neri, segni delle dita sulle cosce, un aborto spontaneo e la continua ansia che la perseguitava ogni momento della sua esistenza

"No," disse lei. Chiuse gli occhi e si immaginò Henry, cercando di vederne dei lati oscuri. "No, stai mentendo.

"Vorrei che fosse così."

Lei fece strisciare la sedia alzandosi. "So perché stai inventando queste orribili bugie. Vuoi che ci separiamo!"

"No, giuro che non è così."

Lucy abbassò la voce. "Allora perché mi stai raccontando queste cose dopo... dopo che ci siamo baciati?"

"Perché in quel momento mi sono reso conto che tu non lo amavi e forse potevo convincerti a lasciarlo."

Lucy raddrizzò la schiena. Le sue dita si strinsero e si allungarono. "Questo... questo non è vero. È..."

"Ti senti bene? Sei pallida." Gli occhi di Sunil percorsero la stanza. "Mi dispiace se ti ho offesa, non era mia intenzione. Mi dispiace per tutto questo. Ti prego, siediti e finisci di bere la tisana."

Ma Lucy scosse la testa. "Non voglio più sentirti o parlare con te. È chiaro?" Afferrò la borsa e se ne andò, senza nemmeno toccare la tisana.

* * *

Mentre tornava a casa, Lucy per un momento pensò di svoltare in un'altra direzione a un incrocio familiare e allontanarsi dalla casa di Henry, verso quella della madre. Rimase seduta trenta secondi di troppo, finché un clacson impaziente la costrinse a decidere. Invece di andare verso la sua casa d'infanzia proseguì verso la casa di Henry. La casa in cui aveva vissuto con la moglie. Dove loro due avevano cresciuto il figlio.

Era da molto tempo che non ripensava a quei giorni bui con il suo ex. Si ricordava che aveva diciannove anni e si sentiva persa, intrappolata in un ciclo di abuso con un uomo che era convinta la amasse, anche se spesso la picchiava. E no, sua madre non era stata dalla sua parte, almeno non all'inizio. Era dell'epoca dello *stai accanto al tuo uomo*, anche se suo padre era stato un alcolista fino al giorno in cui era morto. La madre si era decisa a intervenire solo dopo aver fatto visita alla figlia in ospedale. Lucy ricordava ancora le lacrime nei suoi occhi.

"Ti porto via," aveva detto, asciugandosi le lacrime e sostituendole con una determinazione d'acciaio. "Non metterà mai più una mano su di te." E così fu.

Tornata a casa di Henry, parcheggiò l'auto e rimase seduta al posto di guida per qualche momento, lasciando che il picco di adrenalina scendesse. Il Discovery di Henry non c'era e in casa tutto sembrava immobile. Jacob stava tendenzialmente nascosto, quindi era possibile che fosse nella sua camera, ma non riusciva a vedere i flash rivelatori di luce colorata riflessi sulle finestre o sul soffitto bianco a indicazione che stava giocando al computer.

E poi si rese conto. Aveva la casa tutta per sé.

Corse dentro facendo più rumore possibile. "Henry? Jacob?"

Scalciò via le scarpe, corse di sopra e bussò alla porta di Jacob. Niente. La aprì attentamente. Lui non c'era. Poi corse di nuovo giù dalle scale e bussò alla porta dell'ufficio di Henry. Ancora niente. Aprì la porta e il cuore cominciò a batterle forte. Non era mai stata in quella stanza senza di lui. Nemmeno una volta. Non osava.

Come una scolaretta maleducata, voleva accomodarsi nella sua sedia, mettere i piedi sulla scrivania. Voleva vedere come si sentiva, immaginando di avere il potere nella sua relazione e nella carriera. Voleva sapere come ci si sentiva a essere Henry. Ma non aveva tempo. Invece, aprì il suo computer e digitò la data di nascita di Jacob come password. Funzionò. Poi diede un'occhiata ai titoli dei documenti. La maggior parte erano relativi al lavoro in università. Bozze di lezioni, domande di esame e così via.

Controllò i file con nomi di conti, quelli indicati come personali e non trovò niente. Guardò anche nella sua casella di posta. Niente che riguardasse un divorzio. Lasciò perdere il computer e cercò nei cassetti della scrivania. Erano ordinati, praticamente vuoti. Quello superiore conteneva tre penne, un blocco per appunti, intonso, e una pinzatrice. Gli altri contenevano qualche appunto, libri di testo e altre cosette come graffette o elastici.

Lucy girò sulla sedia e controllò la libreria dietro la scrivania. Aprì gli sportelli, cercando tra i faldoni nei ripiani più bassi. E a quel punto trovò una scatola. Era della dimensione di un foglio A4 ma più profonda. Era di metallo, come una cassetta per i soldi e aveva il lucchetto. Scosse la scatola ma non sentì rumore. Era pesante, perciò conteneva qualcosa ma qualunque cosa fosse non erano gioielli o monete come ci si poteva aspettare. La rimise a posto sul ripiano esattamente come l'aveva trovata e frugò nella scrivania in cerca di una chiave. Niente da fare.

Non voleva attardarsi troppo a lungo, così si assicurò che tutto fosse a posto e lasciò la stanza, cercando di non saltare a conclusioni riguardo la scatola. Poteva contenere passaporti, certificati di nascita o documenti della casa. C'erano diverse cose preziose che la gente teneva sotto chiave ma lei trovò strano che lui non gliene avesse parlato. Lei teneva il passaporto del cassetto della biancheria e non aveva mai pensato a quello di Henry prima. Quando erano stati all'estero ognuno aveva preparato le proprie cose e pensato al proprio passaporto.

Andando verso la cucina per prepararsi qualcosa di caldo da bere, Lucy lanciò un'occhiata su per le scale. Aveva già indagato su uno degli uomini con cui viveva. Voleva fare lo stesso anche con l'altro?

Prima di avere il tempo di pensare, corse su per le scale e si precipitò in camera di Jacob. Mosse il mouse vicino al computer, sperando che si accendesse. Qualche volta Jacob lasciava che i giochi si scaricassero sul computer senza attivare il salvaschermo. Era fortunata. Il portatile stava scaricando Call of Duty e non ci fu bisogno di inserire una password, che non sarebbe mai riuscita a immaginare.

Cosa stava cercando? Non lo sapeva. Guardò i siti internet visitati, sobbalzando agli URL di pornografia. Poi cliccò su un social media che non conosceva: RedPills. Era una specie di forum, con centinaia di thread pieni di commenti e meme. Fece un respiro profondo mentre scorreva rapidamente le parole. Ognuno di quei thread le fece gelare il sangue, venire la pelle d'oca sulle braccia.

Lucy non sapeva molto della cultura incel, ma ne conosceva le basi di origine misogina. Sapeva che il termine indicava il "celibato involontario" e sapeva che questi ragazzi, o uomini, davano la colpa alle donne che non volevano andare a letto con loro. Ma non aveva mai visto prima questo genere di post. Non aveva mai toccato con mano una così totale critica al vetriolo. La denuncia della "vuotezza" delle donne e della riluttanza a concedersi liberamente al sesso, il modo in cui la maggior parte dei post si riferiva alle donne come femmine e agli uomini come alfa e beta. Sfogliò post dopo post di odio diretto a tutte le donne, anche se le madri sembravano avere un posto speciale nei loro piccoli cuori pieni di rabbia, per la loro semplice esistenza. Poi si accorse che Jacob non visitava semplicemente il sito, aveva un account. Fece clic sul suo nome all'inizio della pagina per vederne la storia e restò a bocca aperta. Jacob postava su quel sito ogni giorno. Era anche un moderatore.

Al piano di sotto, la porta sbatté chiudendosi. Sentì il rumore di un cappotto che scendeva dalle spalle. Lucy chiuse il browser, abbassò il coperchio del portatile e corse fuori dalla stanza, con il cuore in gola. Stava per sbattere la porta troppo forte ma riuscì ad accompagnarla delicatamente e subito dopo sentì dei passi su per le scale. In silenzio, Lucy corse nel bagno alla fine del corridoio, chiuse la porta e aprì il rubinetto.

In quel momento si ricordò: quando lei era entrata in camera il portatile di Jacob non era chiuso.

CLAIRE

Mancavano meno di due settimane al matrimonio e finalmente aveva sistemato gli ultimi dettagli organizzativi. Con il procedere dell'indagine della polizia e niente eventi strani accaduti a lei o Adrianna, e nemmeno a Polina, le cose erano tornate a un delicato stato di normalità. Almeno, così sembrava dall'esterno. In realtà, Claire aveva notato un cambiamento, dentro di lei, in profondità. Qualcosa che temeva non sarebbe più tornato come era prima. La paranoia e la paura delle ultime settimane la pervadevano come un virus che le infettava la mente e, soprattutto, influiva sul sonno.

Sognava di essere una delle vittime di Kevin. Nei suoi incubi, viveva sapendo che la sua morte era imminente. Camminava per la strada guardandosi alle spalle. Percepiva occhi nell'ombra. Immaginava una mano, grande, forte e crudele, che le carezzava i capelli nel sonno. Sentiva il dolore di un coltello che penetrava nella sua carne come un macellaio che affetta un arrosto. Ogni mattina si svegliava febbricitante, scossa e tesa. Adrianna la stringeva finché le lacrime bollenti si asciugavano sulle guance.

Erano entrambe stanche. Adrianna aveva preso il raffreddore ed era rimasta una settimana a casa dal lavoro, stesa sul divano a guardare sitcom degli anni Novanta. Claire tentava di prendersi cura di Ade e di ignorare la sua ansia, ma spesso dimenticava di mangiare. Quando era al lavoro correva più volte in bagno per avere un momento di silenzio e calmare i battiti del cuore. Odiava stare in biblioteca, con quell'ampio e aperto ingresso. Poteva succedere di tutto. E se Simon Botham fosse entrato nell'edificio? La maggior parte della biblioteca era accessibile solo con la tessera di studente o del personale, ma c'erano delle sezioni pubbliche. Avrebbe potuto intrufolarsi in ogni momento.

Aveva vinto lui. Non era successo niente dopo che Claire aveva fatto visita a Polina, eppure il terrore le correva nel sangue come una droga. Nemmeno il sonno le portava riposo. Non si era mai sentita così prima.

"Devi andare in terapia," disse all'improvviso Adrianna una mattina, dopo un'altra notte insonne. "È l'unico modo per poter superare la cosa. Forse possiamo trovare qualcuno per fare qualche seduta prima del matrimonio."

"Ma non me lo posso permettere..."

"Forse io sì. Oppure possiamo provare con il sistema sanitario."

"No. Dobbiamo risparmiare per la luna di miele. Ci *meritiamo* una luna di miele dannatamente bella dopo tutto questo. A dire il vero, quello che ci serve è che la polizia finalmente prenda Simon Botham e lo metta in prigione con suo fratello. Quanto ci vuole per capire chi ha inviato dei fiori?"

Adrianna sospirò e per la prima volta Claire si sentì delusa da lei. Era irritante che la fidanzata non capisse. Claire era sicura che sarebbe stata bene non appena la persecuzione fosse finita. Quello era il suo unico problema ed era l'unica cosa da sistemare. Perché Adrianna non riusciva a capirlo?

* * *

Adrianna lasciò perdere l'idea della terapia rapidamente, con gran sollievo della fidanzata. Il giorno dopo Claire andò a lavorare, decisa a non lasciare che la cosa continuasse a infastidirla. Si tenne occupata tutto il tempo, muovendosi così rapida che i colleghi dovevano farle grandi cenni per avere la sua attenzione.

Lavorò di nuovo saltando il pranzo e solo alle tre di pomeriggio il suo stomaco cominciò a borbottare. Notò che la sua app di fitness aveva registrato quasi 15.000 passi. Non si era seduta nemmeno per un momento in tutto il giorno.

Claire prese una bottiglia d'acqua e un'insalata alla feta al bar di fronte alla biblioteca. Faceva freddo per l'insalata ma non riusciva a mandare giù niente di più solido. Poi si sedette qualche minuto sui gradini della biblioteca, rabbrividendo nel cappotto invernale, guardando gli studenti frivoli che si facevano selfie davanti all'enorme albero di Natale all'esterno dell'Unione studentesca. Il cielo si scurì e lei mangiò rapidamente.

Studiava i volti di tutti i passanti. Soprattutto gli uomini tra i trenta e i quaranta. Chiunque sembrasse aver superato da un po' l'età da universitario. Presto la maggior parte degli studenti sarebbe tornata a casa per Natale e anche lei avrebbe avuto qualche giorno di licenza per la luna di miele. Stava succedendo tutto così rapidamente. Il periodo prima del matrimonio era volato. Smise per un momento di mangiare. Aveva paura di sposarsi? Non le era mai apparso così chiaro in mente, prima.

Dopo aver gettato l'incarto del pranzo in un cestino, Claire si rese conto che un uomo lì vicino non si era mosso per almeno cinque minuti. Non riuscì a respirare, il fiato gelato e immobile nei polmoni. Vide che era fermo davanti all'entrata della biblioteca. Mani cacciate nelle tasche della giacca, sembrava che stesse osservando l'edificio. E poi entrò. Lei lo seguì.

Lui indossava una giacca di piumino rossa e un cappello da baseball blu. Quando girò leggermente il capo, lei notò un filo di barba biondo scuro sulla mandibola. Poteva essere lui? La stava cercando? Lui si diresse deciso su per le scale verso il mezzanino e lei fece lo stesso, fermandosi quando si fermava lui, restando sempre qualche passo indietro.

Per entrare nello spazio principale della biblioteca, si doveva strisciare una tessera al tornello che era in cima alle scale, vicino a un banco informazioni per i visitatori. L'uomo in giacca rossa esitò al tornello. Lei aspettò, il cuore in gola, chiedendosi se avrebbe tirato fuori una tessera o se sarebbe andato al banco. Si sentì le gocce di sudore sulle tempie. Respirò lentamente, afferrandosi al corrimano alla sua sinistra. Un gruppo di studenti le passò intorno e lei restò un paio di gradini indietro per non intralciarli.

Lui si girò. Anche lei si girò, correndo giù per le scale e schiacciandosi contro il muro dell'ingresso, fondendosi tra le ombre in mezzo ai divani. Lui si fece strada lentamente attraverso un gruppo di studenti internazionali, attirando sguardi corrucciati e severi. Claire piegò il collo, cercando disperatamente di vedergli il volto.

Poi un pensiero si impossessò di lei. Se non avesse fatto qualcosa, forse non avrebbe più avuto un'altra opportunità. E se invece avesse messo fine in quel momento alla campagna di terrore? Immaginò il medaglione a cuore, l'espressione eccitata di Adrianna pensando che fosse un regalo. Le fotografie della scena del crimine le tornarono in mente come flash e la rabbia la spinse avanti. Mentre l'uomo con la giacca metteva il piede sull'ultimo gradino, lei si gettò verso di lui, puntando gli occhi sul suo braccio.

Lui spinse di lato un trio di studenti, e lei fece un altro lungo passo, allungando entrambe le mani per prendergli il braccio. Gli cacciò dentro le unghie con forza mentre l'uomo cercava di divincolarsi.

"È ora di smetterla," gridò lei. "Smettila di seguirmi. Lasciami in pace. Lascia in pace la mia famiglia." La sua voce riempì l'ingresso, altrimenti silenzioso. Le sue parole echeggiarono nel grande open space.

"Che cazzo stai facendo?"

Claire fu scioccata nel sentire che l'uomo aveva un accento europeo. Solo allora alzò gli occhi verso il suo volto. Un senso di orrore puro le percorse il corpo, dalla punta dei capelli alle dita dei piedi ghiacciate.

"Non sei tu," sussurrò. Barcollò all'indietro, inciampando in una sedia e cadendo pesantemente sul pavimento di mattonelle. Fece una smorfia di dolore. Si sentiva la testa leggera. L'uomo con la giacca rossa continuava a fissarla come se fosse pazza.

Forse lo era.

Claire pensò che il cuore avrebbe davvero potuto scoppiarle in petto e poi un dolore partì dalla spalla sinistra. Le sue mani divennero del tutto insensibili. Ecco, pensò, sto morendo. La paura mi ucciderà. Da qualche parte dentro di sé sapeva che non era una cosa razionale, ma il suo corpo aveva deciso diversamente. Era dolorante, confusa e stava per morire.

La vista le si offuscò. Il suo capo, Nate, corse verso di lei, con la tessera dello staff appesa a un cordino. Lei guardò verso gli estranei sulle scale. L'uomo con la giacca rossa aveva il telefono all'orecchio. Pensò che probabilmente stava chiamando la polizia per denunciarla. Poi lui riagganciò e disse qualcosa muovendo la bocca: "Ti ucciderò." No, l'aveva inventato. La sua mente malata trasformava la verità in bugie. Le aveva chiesto se stava bene.

"Claire, cos'è successo? Ti senti bene?" Nate la aiutò ad alzarsi dal pavimento e a sedersi su un divano. "Abbiamo chiamato un'ambulanza."

Lei scosse la testa. "Non voglio andare all'ospedale. Non mi lasceranno andare."

"Ma sì che lo faranno," disse lui. "Ti aiuteranno a stare meglio."

Nate rimase seduto con lei per molto tempo dopo che l'uomo con la giacca fu uscito dall'edificio. Rimase con lei mentre due paramedici entravano e la visitavano, la aiutavano a respirare e le parlavano di quello che stava succedendo.

"Claire, io penso che tu abbia avuto un attacco di panico," disse uno di loro. Era giovane, con i capelli afro tagliati vicino alla cute. Sorrideva con calore e parlava piano. Ma nel suo stato alterato, lei lo trovò condiscendente.

Il dolore al braccio stava svanendo lentamente. Dopo tutto non stava morendo, ma un pensiero intrusivo le suggerì che forse se fosse morta sarebbe finito tutto. La fece sudare freddo. Non aveva mai pensato niente di simile, prima.

"Dimmi cinque cose che vedi in quest'area. Qualunque cosa intorno a te," disse il paramedico.

Claire descrisse le scale, i tornelli, le pitture sul muro e così via, finché si sentì come una persona reinserita nel suo corpo. Non aveva idea di quanto tempo i paramedici fossero stati con lei, ma quando se ne andarono le sembrò di essere una versione rimescolata di sé stessa dopo una difficile corsa di dieci chilometri.

"Riesci a tornare a casa da sola o vuoi che chiami Adrianna?" Chiese Nate.

"Chiamerò un Uber," disse lei.

Nate sedeva sul divano accanto a lei, le mani sulle cosce. Annuì a sé stesso, una volta, come se avesse preso una decisione. "Va bene, oggi ti mando a casa."

"Domani starò bene."

"No, hai bisogno di recuperare per bene. Oltretutto è quasi Natale ed è quasi il tuo matrimonio. Prenditi il resto dell'anno di malattia. Fatti fare un certificato dal medico e rilassati, okay?"

Avrebbe potuto abbracciarlo, ma non lo fece. Si mise quasi a piangere. Poi si diresse fuori dalla biblioteca con passo instabile, sull'orlo delle lacrime, chiedendosi se poteva ancora fidarsi di sé stessa.

COLLEEN

Colleen era in piedi al centro del ristorante. Nina, la cameriera, alla sua sinistra e Adrianna alla sua destra. Il gin le si rimescolava acido nello stomaco. Non le piaceva nemmeno un po'. In hotel c'erano ospiti che non avrebbero dovuto esserci e uno di loro era sparito proprio da quella stanza. Non poteva evitare di pensare che avesse origliato la loro conversazione e si fosse nascosto.

"Vi ricordate che aspetto aveva?" Colleen diresse la domanda ad entrambe le giovani. "Io proprio no."

"Sulla cinquantina, penso," disse Nina. "Capelli neri. Completo nero." Si cacciò il pollice in bocca, sulla fronte le apparvero delle piccole rughe. "Non mi piaceva."

"Perché no?" Chiese Adrianna.

Lei alzò le spalle. "Non so. Sembrava che si sforzasse troppo di essere amichevole. Aveva un qualcosa di... rozzo. E puzzava di alcol."

Colleen deglutì a fatica, sperando che la menta nascondesse il suo alito alcolico. Notò che Adrianna prendeva il telefono da una borsetta microscopica.

"È lui?" Adrianna porse il telefono a Nina, che si avvicinò per vedere meglio.

"Non lo so," disse Nina. "Non ho visto abbastanza il suo volto, mi dispiace. Credo che volesse allontanarsi il più velocemente possibile."

"E così ha fatto, si direbbe," aggiunse Colleen, facendo un cenno con la testa verso il ristorante vuoto.

"Nina, pensi che lo riconosceresti se camminasse nei dintorni dell'albergo?" Chiese Adrianna.

"Penso di sì."

"Bene. Facciamo un altro giro."

Le ginocchia di Colleen protestarono, ma proseguirono. Incrociarono diversi ospiti e la cameriera scosse la testa per ognuno di essi.

Alla fine, tornarono all'ingresso e Colleen decise che avrebbe dovuto controllare la festa dei Rodriguez per assicurarsi che fossero tutti al sicuro. Mentre entravano, Nina sollevò un braccio e indicò un uomo che stava uscendo di nascosto.

"Penso che sia lui."

Adrianna alzò la gonna e aumentò il passo, girando il corpo a destra e sinistra per infilarsi tra i gruppi di persone che si stavano soffermando all'ingresso. L'uomo era già fuori dalla stanza quando la sposa riuscì ad attraversarla. Colleen la seguiva, ormai zoppicando, ma quasi veloce come Adrianna in quel vestito ingombrante.

"Fermo!" gridò Adrianna, facendo piombare l'ingresso in un silenzio soffocato e imbarazzato.

Colleen vide l'uomo raggiungere la porta di ingresso ed ebbe un tuffo al cuore. Fuori si gelava. Fortunatamente un invitato dei Rodriguez, un giovane, rincorse l'intruso nonostante il freddo. Adrianna barcollava dietro di loro mentre Colleen era esitante sulla soglia, un gruppo di curiosi che le si accalcava alle spalle. Sentì dei sussurri come: *cosa succede*? E *quello chi è*? *Questo è il più divertente non-matrimonio a cui ho mai partecipato*.?

Colleen sobbalzò quando il giovane inseguitore riuscì a buttare a terra l'estraneo. Avrebbe dovuto fermarlo? Le cose erano andate troppo oltre? Beh, non aveva sentito niente da parte della polizia... che altro poteva fare? Guardò il groviglio umano in cui era appena arrivata anche Adrianna, che aveva afferrato l'uomo per i baveri della giacca. Notò l'espressione confusa della giovane sposa, che stava guardando in faccia l'uomo per la prima volta. Di sicuro, anche Colleen avrebbe saputo dire, da quella distanza, che non era la stessa persona della fotografia mostrata da Adrianna.

I due trascinarono l'intruso nell'ingresso e Colleen fece spazio camminando all'indietro, urtando il gruppo di persone alle sue spalle. Tutti guardavano con sospetto l'uomo inzaccherato.

"Portatelo nel mio ufficio," disse Colleen, improvvisamente rendendosi conto che doveva allontanarlo dal resto del gruppo. Qualcuno doveva farsene carico e, sfortunatamente, toccava a lei. Si girò verso la folla. "Non c'è niente di cui preoccuparsi. Dobbiamo capire chi è questa persona e perché non era sulla lista degli ospiti. Grazie. Per favore tornate alle vostre occupazioni."

"Dov'è mio figlio?" Chiese il signor Rodriguez, alzando la voce.

"E mia figlia," disse un'altra voce.

"Ma oggi ci sarà qualche matrimonio o no?"

"La polizia sta arrivando?"

"Avremo qualcosa da mangiare?"

Colleen alzò le braccia e le abbassò lentamente. "Risponderò a tutte le vostre domande non appena sarò in grado di farlo." Si allontanò, prima lentamente e poi più veloce, finché stava quasi correndo, mezzo zoppicando verso il suo ufficio.

Quando arrivò, Adrianna e l'ospite dei Rodriguez, che si presentò come Peter, avevano fatto sedere l'uomo su una sedia di fronte alla scrivania. Peter bloccava la porta come un buttafuori in una discoteca.

"Dice di essere il padre di Mila," disse Adrianna, gli occhi spalancati e iniettati di sangue, indicando l'uomo seduto

"Oh," disse Colleen.

"Ed è vero," disse l'intruso. "*E* vi farò causa per ogni centesimo. Quel bruto praticamente mi ha slogato la spalla."

"Cosa avrei dovuto fare?" Chiese Peter. "C'era qualcuno che scappava e due donne che lo inseguivano. Ho fatto quello che avrebbe fatto qualunque persona di buon senso. E ora finisco nei guai per questo? Perché sta venendo in mente anche a me di fare una causa."

Colleen sospirò. Fece il giro della scrivania, strofinandosi il ginocchio mentre si abbassava per sedersi. "Allora, cerchiamo di mettere le cose in chiaro, va bene? Lei come si chiama, signore?"

"Perché dovrei dirvi il mio nome? Sono il padre di Millie."

"Millie?"

"È il suo nome, almeno, quello che le abbiamo dato noi."

Colleen scosse la testa, troppo stanca per cercare di capire gli indovinelli. "Mi dica semplicemente qual è il suo nome così posso controllare se è nella lista degli ospiti che ho sul computer. Forse non si è stampato."

"Beh, le faccio risparmiare tempo. Non sono stato invitato. Millie io non andiamo d'accordo. Da anni. Ma è mia figlia e ho il diritto di vedere che si sposa."

"E quindi si è presentato così? Senza un invito né una prenotazione?"

L'uomo si sporse in avanti. "Lei cosa farebbe se fosse sua figlia?"

"Rispetterei i suoi desideri," disse Coleen. "Posso vedere un documento di identità, per favore?" Forse possiamo prenotarle una stanza." Sperava di riuscire a prendere due piccioni con una fava e convincere l'uomo a dire il suo nome senza ordinarglielo. Ma lui strinse gli occhi e incrociò le braccia.

"E se non volessi una stanza?"

"Allora mi dispiace ma dovrei chiederle di andarsene."

"Butterebbe fuori un uomo nel mezzo di una tempesta di neve?"

"Sì. È un adulto che può scegliere di prenotare una stanza e darmi il suo nome o rifiutarsi testardamente. Per me non è un problema," disse lei.

"E se morissi per congelamento?"

Colleen esitò. Lanciò un'occhiata ad Adrianna, i cui occhi bruciavano fissi sulla parte posteriore della testa dell'uomo. Peter, il testimone, rimase in silenzio. L'aria divenne spessa e afosa intorno a loro, come se stesse per scoppiare una tempesta. Forse il riscaldamento era troppo alto. Almeno i generatori continuavano a funzionare.

"Se lei resta in questo albergo, ho bisogno di vedere un documento. E questo non si discute." Dopo aver finito di parlare, Colleen si appoggiò allo schienale, incrociò le braccia sul petto e rimase a fissarlo.

Ci vollero trenta secondi abbondanti, ma alla fine l'uomo prese il portafogli dalla tasca dei pantaloni. Era sporco, con le cuciture aperte, carte di credito e soldi accartocciati che sbucavano fuori. Prese una patente da uno degli scomparti e la gettò attraverso la scrivania.

"È contenta adesso?"

Colleen raccolse il piccolo rettangolo di plastica e lesse il nome: Patrick Crawley.

"Beh," disse lei. "Non direi contenta. Non c'è nessuna sposa che si chiama Millie e nemmeno il suo cognome coincide."

"Millie ha cambiato nome," disse lui. "Ve l'ho detto, adesso è *Mila*."

Non andava per niente bene. O l'uomo stava mentendo, oppure di fronte a lei c'era qualcuno la cui figlia aveva cambiato nome per allontanarsi da lui. Non le piaceva nessuna delle due possibilità. Per prendere tempo, digitò sulla tastiera e visualizzò le prenotazioni della serata. Erano al completo, ma era rimasta una stanza che tenevano vuota perché la doccia perdeva e andava riparata. Rapidamente gli fece la prenotazione. Forse avrebbe potuto incaricare qualcuno dello staff di controllarlo tutto il tempo per assicurarsi che non combinasse guai. Ma avrebbe potuto farlo? Legalmente? Gli fece cenno di uscire dall'ufficio in modo da poter chiamare di nuovo la polizia.

"D'accordo, le ho prenotato una stanza per la notte," disse. "Ma dato che non è stato invitato al matrimonio, mi dispiace doverle chiedere di restare in camera finché non ci saremo assicurati che siano tutti al sicuro. Ci sono diverse persone che mancano al momento..."

"Mila? Anche lei manca?"

"Io..." Colleen esitò, non era sicura di cosa potesse rivelare.

"Sì," si intromise Peter. "Sia lei che Rafael sono fuori da qualche parte."

"Gesù," disse Patrick.

"Non siamo nemmeno sicuri che sia sua figlia," disse Adrianna. "Per quello che sappiamo lei potrebbe essere un assassino."

Patrick si girò per guardare Adrianna con la coda dell'occhio. "Non sono un fottuto assassino."

"Oh, beh, ora mi sento molto meglio," disse facendo dello spirito.

"Va bene. Tutti quanti, ora, vediamo di calmarci per un momento," disse Colleen, cercando disperatamente di riconquistare il controllo della situazione. "Patrick rimarrà nella sua stanza. Chiederò a qualcuno dello staff di restare nei dintorni nel caso avesse bisogno di mangiare o bere..."

"Vuol dire che mi spieranno."

Lei lo ignorò. "Lei ora è un ospite dell'albergo fino all'arrivo della polizia. Ma per favore faccia quanto le sto chiedendo. Non è stato invitato e non sappiamo per che motivo. Questo è un momento delicato per noi e sono certa che lei lo comprende."

Patrick sorrise e annuì con la testa in modo cortese. A Colleen quel sorriso non piacque, nemmeno un po'.

MILA

Rafael non le aveva parlato per tre giorni. Avrebbe dovuto spiegargli un bel po' di cose.

Mila si sarebbe presa a calci al rientro dalla stazione abbandonata. Era ovvio, Rafael aveva installato sul suo telefono quell'app di tracking per la famiglia. Ma lei non sapeva quanto spesso lui la controllasse., anche se era conscia che aveva un tratto paranoico. Avrebbe dovuto coprire le sue tracce prima di uscire per seguire Dominic. Quante altre volte avrebbe incasinato tutto prima di accettare che tipo di uomo era Rafael?

Il giorno successivo, con il correttore nascose i lividi sullo zigomo e mise una maglia con le maniche lunghe per nascondere i segni delle dita sui polsi. Non importava, si disse, perché ne sarebbe valsa a pena non appena avesse avuto quel cerchietto di platino sull'anulare.

Quando Rafael si fu calmato, lei mentì e continuò a mentire finché vide che lui cominciava a credere alle sue bugie. Per prima cosa gli disse che aveva contattato Dominic Harding perché aveva pensato di trovare un nuovo contabile per Rafael. Cercava solo di aiutare. Rafael si lamentava tutto il tempo dei suoi contabili. Dovette solo ammettere di essere stata stupida a pensare che qualcuno di basso livello come Dominic potesse essere appropriato per l'impero Rodriguez e chiunque con solo mezzo cervello avrebbe potuto capirlo. Poi, la parte più azzardata della storia era di come si era persa nei pressi della stazione e si era fermata per chiedere informazioni. In quel caso doveva essere sembrata *davvero* stupida, ma Rafael le credette quando la vide scoppiare in lacrime.

Gli occhi di Mila rimasero rossi e gonfi per giorni. Bene, pensò lei. Devo sembrare sofferente, una donna abbattuta. Il livido era sparito quasi completamente, ma alcuni dei segni delle dita rimanevano, come punture di zanzara gonfie. Preparandosi per l'appuntamento a pranzo con Felicia, si mise un maglione di cachemire con le maniche corte. Voleva che si notassero i lividi ma la cosa doveva essere casuale, così mise il fondotinta e il correttore sui segni che aveva sul volto.

Chiamò Rafael prima di uscire per pranzo. Era la nuova routine. Lui aveva bisogno di sapere dove fosse lei in ogni momento e quella era la prima volta che lei usciva di casa dopo la loro litigata.

"Sto uscendo ora," disse non appena lui rispose. Non si preoccupò di salutare. Voleva che lui si sentisse in colpa per quello che aveva fatto, anche se non era sicura che ne fosse capace.

"Dove vai?"

"Da Federico's"

"Con chi ti vedi?"

"Con Felicia, te l'ho detto. Puoi chiamare Peter per controllare, se vuoi."

"A che ora rientri?

Lei sospirò. "A che ora vuoi che torni?"

"Non stare fuori tutto il giorno," sbottò lui e poi riagganciò.

Si mise un rossetto scuro guardandosi nello specchio del corridoio, afferrò la giacca di pelle e uscì. Avrebbe mentito se avesse detto che Rafael non la spaventava. Ma Mila aveva sempre creduto di non provare paura nel modo in cui la provavano gli altri. Forse perché aveva provato abusi fisici e mentali da quanto era bambina da parte dei genitori alcolisti e negligenti. Provava un senso di inevitabilità del dolore. E mentre faceva di tutto per evitarlo, accettava anche che facesse parte della vita e che, ogni tanto, doveva provarlo come tutti gli altri. La vita era fatta di compromessi e valutazione di rischi. Qualche volta con il dolore arrivava una ricompensa. Il male di una ferita mentre guarisce, la medicina somministrata con un ago, il dolore emotivo di terminare una relazione pessima. Se fosse riuscita a gestire i genitori di Rafael e le sue fitte di gelosia, più tardi avrebbe raccolto la ricompensa.

Ma Mila era anche realista. Rafael era più forte di lei. Il suo carattere avrebbe potuto portare a più dolore di quanto lei potesse gestire? O peggio. I suoi giochetti avrebbero finito per farla uccidere?

Parcheggiò all'esterno del ristorante italiano, notando le lucine lampeggianti disposte tutto intorno alla piazzetta di negozi e ristoranti. Le zone in ombra del marciapiede scrocchiavano per il ghiaccio sotto le sue scarpe. Camminava rapidamente, le dita già congelate dal morso ghiacciato dell'aria. Entrando nel ristorante, si tolse la sciarpa e la giacca. Felicia le sorrise e le fece cenno da un salottino.

"Tesoro, sei bellissima!" Si alzò, baciandola sulle guance.

"Anche tu, cara." Mila aveva deciso che sarebbe stata paziente con Felicia quel giorno. Si era data da fare per prepararsi dirigendosi lì. "Ma mi sento orribile. Non riesco a immaginare di essere qualcosa di diverso da un completo disastro in questo momento."

"Oh, cosa intendi? Va tutto bene?"

Mila mosse un braccio facendo finta che fosse qualcosa di cui non valeva la pena parlare. Si assicurò di mettere in evidenza i lividi sul braccio. "Abbiamo litigato, tutto qui."

Felicia le prese la mano con la sua. "Questi segni sul braccio, ha..."

"Dio, no," disse Mila. "Certo che no... no." Emise una risata nervosa con tono perfetto. "Non lo farebbe mai." Poi deglutì e ritirò il braccio.

Felicia abbassò lo sguardo e aggrottò la fronte.

Mila alzò le spalle e lasciò che il cameriere si avvicinasse per prendere le ordinazioni. Scelse un'insalata di pollo e mozzarella condita con limone. Felicia ordinò una carbonara. Presero anche una bottiglia di rosé.

Per un po' l'oggetto della conversazione fu Felicia. Aveva perso il rossetto della madre e aveva messo la casa sottosopra. Peter aveva avuto una promozione anche se quell'anno aveva preso delle ferie in più per poter fare una vacanza con la famiglia. Poi Mila rispose educatamente alle domande sull'organizzazione del matrimonio.

"Non mi sembri entusiasta. Manca poco più di una settimana!" Lo sguardo di Felicia si posò sui lividi. "C'è dell'altro?"

Mila appoggiò la forchetta e si prese la testa tra le mani. "Oh, Dio, Felicia, è un tale casino. Io sono un casino. Raf è un casino."

"Cosa è successo?"

Lei si sporse in avanti. "Il problema è che lui mi controlla continuamente. Odia quando esco." Girò il braccio, mostrando ancora i lividi. "Questo è perché sono rientrata tardi. Mi sono persa e lui ha pensato che fossi con un uomo."

"No! Rafael sembra così innamorato di te."

"Certo, lo è. È questo il punto. Il suo amore è troppo possessivo. Non riesce ad evitarlo. E io non vorrei cambiarlo, lo giuro, non vorrei. Ma allo stesso tempo io... non voglio dirlo."

"A me puoi dirlo." Girava oziosamente la pasta nel piatto, ma i suoi occhi erano fissi su Mila.

"Mi preoccupo pensando a cosa potrebbe arrivare, sai? È un po'... beh, fa fatica a controllare la rabbia."

Felicia appoggiò la forchetta e prese la borsetta. Per un attimo, Mila penso di averla giudicata male e che Felicia fosse così offesa da volersene andare. Ma invece prese il portafogli. Fece passare i diversi scomparti e poi prese un cartoncino sottile.

"Se hai bisogno di aiuto, chiama questo numero. È un ricovero privato per donne. Dimmi se sto esagerando. Cioè, non voglio trarre conclusioni sulla tua relazione con Rafael. E voglio che tu sappia che, qualunque cosa tu scelga di fare, non ti giudico. Quindi, nessuna domanda. Puoi chiamare me o puoi chiamare questo numero, va bene? Ci sono persone che ti vogliono aiutare."

Mila prese il cartoncino e lo mise nel suo portafogli. "Grazie. Lo apprezzo molto."

Qualche minuto dopo, Felicia andò in bagno e Mila prese dalla tasca il rossetto Sugar Plum che aveva rubato. Prima che Felicia tornasse, lo infilò in una tasca della borsetta dell'amica.

* * *

Rimasero a pranzo per due ore e ordinarono il dolce per assorbire il vino. Mila aveva bevuto diversi grandi bicchieri d'acqua prima di uscire: dopo tutto, doveva guidare fino a casa. E poi si diresse all'auto per chiamare Rafael e fargli sapere che era uscita dal ristorante. Stava giocando secondo le regole e, per una volta, aveva deciso di comportarsi bene.

Il pensiero la fece ridere. Comportarsi bene non era un'espressione utilizzata spesso per descriverla. Non a scuola, da bambina. Non durante gli anni in cui aveva lavorato per un'agenzia di lavoro interinale e di sicuro non come fidanzata. La telefonata fu veloce. Lui era uscito da una riunione per rispondere. Mila stava per riporre il telefono nella borsetta quando notò qualcosa: la data.

Fu come un pugno nello stomaco. Come aveva potuto dimenticarsene? Come aveva potuto organizzare un pranzo in modo così casuale e stare lì a bere vino e mangiare dolci? Ora che sapeva la data, dopo tutto non poteva più giocare secondo le regole. Spense il telefono in modo che Rafael non potesse tracciarla, lo gettò sul sedile del passeggero e avviò l'auto. All'uscita del parcheggio, prese a sinistra invece che a destra.

Lungo la strada, si fermò a una stazione di servizio e comprò un mazzo di rose rosa pagandolo in contanti. Poi seguì una strada fiancheggiata da edicole e negozietti di take away, chiedendosi se si ricordava il percorso. Ma certo. Nonostante ci si fosse recata solo poche volte negli ultimi anni, le indicazioni erano impresse nella sua memoria come bruciature nell'erba. Si mise in modalità pilota automatico e girò a destra dopo lo studio di un chirurgo che riconosceva e poi la seconda uscita alla rotonda con il semaforo.

Parcheggiò sulla strada, prese le rose e fece il resto del percorso a piedi, superando una donna sulla sessantina che portava un sacchetto di plastica della Tesco pieno di cellophane accartocciato.

Cinque file dopo, vicino all'acero, spolverò via le foglie morte dal freddo marmo e tolse i resti rinsecchiti dell'ultimo mazzo di fiori che aveva posto sulla tomba. Non aveva forbici, così tolse il cellophane dalle rose e cominciò ad accorciare i gambi a mano.

"Sapevo che ti avrei trovata qui."

Mila si girò, senza sorprendersi al suono di quella voce. Christopher era lì in piedi, con un mazzo di garofani gialli in mano. Non si accordavano con le sue rose rosa, ma non era importante. Gli occhi di lui si abbassarono sulla tomba e lei vide sparire il suo sorriso. Erano passati due anni e non era diventato più facile.

"Hai portato delle forbici?" Chiese lei.

Lui scosse la testa.

"Renditi utile e riempi questo con dell'acqua." Gli porse il vaso per i fiori e lui andò al rubinetto più vicino. Le lasciò un momento per appoggiare il palmo della mano sulla pietra e sussurrare un rapido "Ciao."

Poi si girò, riportando l'attenzione sul fratello maggiore. Erano passati più di sei mesi da quando gli aveva parlato l'ultima volta. Lui sapeva perché. Lei sapeva perché. Lei aveva ignorato le sue chiamate perché voleva evitare una discussione che invece lui desiderava fare.,

"Allora, mi hai seguita fin qui?" Chiese lei. "O sei venuto per lei?"

"Entrambe," ammise lui.

Lei non disse niente. Invece, lasciarono scendere un silenzio confortevole, del genere che si verifica quando c'è un legame profondo, senza falsità. Non le era mai capitato di avere momenti di silenzio confortevole con Rafael.

"Non sapevo che tipo di fiori le piacessero," disse lui alla fine. "Io ho quelli sbagliati, vero?"

Mila alzò le spalle. "Le piaceva il giallo. Non aveva un fiore preferito, a parte le margherite, credo." Un ricordo non richiesto le tornò alla mente. Piccole dita che intrecciano gambi di margherita formando anelli. Si ricordava la sensazione del gambo verde spezzato sotto le sue unghie. Il sole sul volto. Lei aveva un fiore dietro l'orecchio. La felicità la pervase finché fu riportata bruscamente a dicembre, in un cimitero con tristi fiori afflosciati di una stazione di servizio accanto al marmo nero.

"Non abbiamo visto molti fiori mentre crescevamo," disse Christopher.

"No," disse lei dolcemente. Poi si girò verso il fratello. "Va bene, basta così."

"Cosa basta?"

"Cortesie, ripresa dei contatti, queste cose. Dimmi perché sei venuto."

Lui sollevò l'angolo della bocca in un modo che lei sapeva che affascinava le donne. L'ultima volta che aveva visto Christopher faceva una bella vita nel Cheshire con una signora di circa cinquant'anni. A Christopher piaceva avere una o due vecchie danarose che si occupavano di lui.

"Si tratta di papà," disse lui.

Lei si irrigidì. Si immaginò il suo volto, la rosacea, i grandi pori sul naso e l'unto sulla fronte. Aveva sempre pensato a lui come un po' squilibrato, la faccia rossa dopo quattro lattine di Strongbow.

"Cosa?"

"Ha dei debiti..."

"E qual è la novità?"

"Continua a tormentarmi, cercando l'elemosina."

"Ti prego, dimmi che non l'hai fatto."

Christopher si spostò, ficcando le mani in fondo alle tasche dei jeans.

"Ma dai, Chris."

"Cazzo, non giudicarmi, okay? So che è un pezzo di merda, ma comunque non lo voglio vedere morto."

"Mi sembra un tantino drammatico, non pensi?" Disse lei. "Nessuno ucciderà papà per un po' di soldi."

Ma Christopher scosse la testa, la bocca una linea dritta. "Questa volta ha chiesto un prestito a della brutta gente."

"Oh, che cazzo... Come fai a sapere che è vero?"

"Perché sono andato a trovarlo in ospedale dopo che gli hanno rotto le rotule."

Lei sospirò, prendendo atto della cosa. Non odiava suo padre, quello che provava per lui era più... niente. Ma si sentiva male per quello che doveva affrontare Christopher. "Stupido bastardo. Come se non avessi già abbastanza preoccupazioni."

"Sì, e a proposito di quello..."

"Non ne voglio parlare."

"Non mi piace quello che stai facendo."

"Sei duro."

"Millie."

"Dico sul serio, non ho intenzione di discuterne. So cosa sto facendo, okay? E non chiamarmi con quel nome."

"Va bene, ma devi sapere che papà sa tutto."

A quelle parole lei si girò di scatto, la bocca spalancata. "Cosa? Gliel'hai detto?"

"No. Ti ricordi quell'amica di mamma, Susan Shah?"

"Vagamente."

"Ti ha vista darti da fare in giro. Penso che abbia detto a papà dove ti ha vista e lui è riuscito a rintracciarti. Sa chi stai sposando e sa che hai accesso ai soldi. A dire il vero mi sorprende che non sia ancora venuto a bussare alla tua porta."

In quel momento capì. Più un solletico che un colpo. Le

venne quasi da ridere ma invece sbottò: “Non ci posso credere. Wow, sono quasi impressionata.”

“Di cosa parli?”

“Niente, sto solo facendo due più due.”

Lui alzò le spalle. “Quindi hai intenzione di gestire papà?”

Lei sospirò. “Sì, immagino di sì. Non riesco a credere che stia già puntando ai soldi, comunque.”

Christopher alzò un sopracciglio. “Beh, conosci papà.”

“Sfortunatamente, sì.”

“Sono invitato al matrimonio?”

Lei rise. “No.”

“Ti voglio bene, Mills.”

“Anch’io te ne voglio.”

LUCY

Le ci volle qualche giorno per trovare il coraggio di dire qualcosa a Henry. Nel frattempo, aveva sperato di riuscire a tornare sul computer di Jacob per recuperare qualche prova dei suoi post sul forum incel. Ma da quando era a casa da scuola, lui passava la maggior parte del tempo a casa a giocare a Fortnite e non si allontanava mai troppo dal portatile. Almeno non aveva parlato del fatto che lei era stata nella sua stanza. Forse non aveva fatto caso al fatto di trovare il computer chiuso. Lei viveva con lui e Henry da mesi ormai e non era mai entrata da sola nella sua stanza. Probabilmente Jacob pensava che lei non avesse il coraggio di curiosare. Era evidente che di lei aveva un'opinione molto bassa.

Lucy passò il pomeriggio a mettere in scatola le decorazioni e a prepararle per il trasporto. Si sentiva esausta. Il matrimonio sembrava una spunta da mettere in una casella, un altro compito da eseguire. Non riusciva a capire se tutto il casino con Sunil e Jacob avesse smorzato le cose o se l'organizzazione del matrimonio avesse tolto tutta la gioia della situazione o se molto in fondo l'amore e la fiducia nel suo fidanzato stavano diminuendo ogni volta che ripensava alla rivelazione sul divorzio.

Dopo aver cenato tardi con lasagne e patatine, Jacob sparì

come al solito per risalire nella sua camera. Lei decise che non poteva sposare Henry con tutti quei dubbi in testa. Aprì la bocca per parlare e fece una pausa, valutando le cose da dire un'ultima volta. Doveva dire a Henry anche di Sunil? Come poteva anche solo iniziare a parlare di quello che era successo? Da una parte, avrebbe potuto alleggerire l'atmosfera prima del matrimonio, dall'altra Sunil sembrava un giovane solo che non accettava il no come risposta. Era ovviamente geloso di Henry, almeno per le questioni professionali, e lei non poteva fidarsi di lui o delle accuse che aveva ventilato bevendo il caffè.

Lucy fece un respiro profondo, scacciò dalla mente ogni pensiero riguardante Sunil e disse; "Devo dirti una cosa. Riguarda Jacob."

Henry all'inizio non sembrò preoccupato. Si girò per guardarla, aspettando che andasse avanti, ma quando notò la sua espressione cupa, sospirò. "Cosa c'è ora? Non può essere la scuola, è finito il trimestre."

"Non riguarda la scuola," disse lei. "È qualcosa che ho trovato sul suo portatile."

"Sei andata sul suo computer?" La voce di Henry aveva un tono di incredulità. Non le piacque quel suono.

Lucy prese il suo bicchiere e bevve un lungo sorso di vino. Forza. Le serviva forza. "L'ho fatto e so di aver superato dei limiti. Non avrei dovuto, ma l'ho fatto, e ho visto qualcosa di disturbante. E ora ho bisogno di dirtelo. Avrei dovuto farlo subito ma..."

Lui si sporse in avanti, agitato. "È mio figlio. Non puoi curiosare nelle cose private di mio figlio!"

Le vennero le lacrime agli occhi. Il tono della sua voce, il modo in cui il suo volto era sconvolto dalla rabbia, la colpì. Si sentì disperata come un bambino, seduta sul divano a cercare di parlargli come se fosse un'adolescente colta sul fatto mentre usciva di casa di nascosto. "So che è sbagliato ma devi ascoltarmi. Il fatto è che mi sono sentita a disagio con Jacob da un bel po' e avevo la sensazione di non avere il tuo supporto..."

"Cosa?"

"Per favore, lascia che ti spieghi."

Vide che lui stava per scoppiare. Vide i segnali della collera che montava prima di erompere. Strinse e riaprì i pugni. Da qualche parte nel profondo emerse un vecchio ricordo, un ricordo che avrebbe preferito seppellire e non lasciar mai venire a galla. Ma ora era lì e stava spezzando la superficie. Si strofinò i polsi, lottando contro un dolore fantasma. Come dita cacciate nella carne, che spingono fino all'osso.

"Dopo che Jacob ha scritto quel tema su di me, non mi sono sentita sicura a restare da sola con lui," disse lei. "So che tu vedi un ragazzino quando guardi Jacob, ma io no. Io vedo un uomo che sta crescendo. Qualcuno più grosso di me che potrebbe facilmente sopraffarmi. E mi vergogno ad ammettere che, quando è sorta l'opportunità di scoprire qualcosa di più su di lui, ne ho approfittato. Volevo sapere se continuava a scrivere cose terribili su di me."

"E?"

"È anche più grave di così. Ho scoperto che Jacob è il moderatore di un forum che si chiama RedPills. È... è per incel. Su quel sito scrive terribili frasi misogine. Tutti i partecipanti lo fanno. È disturbante. Non ha solo un problema con me, ha un problema con tutte le donne."

Henry si alzò e si diresse al caminetto. Rimase lì, a fissarne la struttura, per diversi secondi. Lucy pronunciò il suo nome con la bocca ma lui sembrò non sentirla. Invece, si girò e uscì dalla stanza. Lei lo seguì.

"Ho cresciuto bene mio figlio," disse Henry, quasi parlando tra sé.

"Non sto dicendo che è colpa tua," disse Lucy. "Dove vai?"

"Tu cosa pensi?"

"Non... non stai andando a dirglielo, vero?"

Lei si fermò alla base delle scale con il cuore che batteva forte, afferrandosi al corrimano, guardando Henry che a passi decisi si dirigeva verso la stanza del figlio. Lei lo seguì, temendo il momento, sapendo che ci sarebbe stato uno scontro. Si sentiva male. Ma forse sarebbe stata la fine del regno del terrore che le aveva imposto Jacob. Aveva bisogno che Henry fosse dalla sua parte e se questo era il modo, allora andava bene così. Lo raggiunse e rimase al suo fianco. Al bussare delicato di Henry alla porta, Jacob la spalancò.

"Sì?"

"Devo vedere il tuo computer," disse Henry, sollevando il mento e usando la sua voce da professore.

"Perché?"

"Lucy ha visto qualcosa e dobbiamo scoprire se è vero."

Quando gli occhi di Jacob sbucarono da sotto al cappuccio e incontrarono quelli di lei, lui sogghignò. L'odore acre di biancheria sporca si sollevava dalle pile di vestiti gettate sul pavimento. Lei cercò di rallentare il respiro aspettando la sua risposta.

"Va bene," disse lui. "Come vuoi. Non ho niente da nascondere."

Lucy seguì Henry nella camera e guardò dall'alto la scrivania mentre Henry aspettava che Jacob inserisse la password e avviasse il portatile. Lo fece con modi pigri, trascinando le dita sulla tastiera. Quando ebbe finito, Henry gli fece segno di alzarsi.

"Guarda la storia dei siti visitati," disse Lucy, con gli occhi che continuavano ad andare verso Jacob. Lui ridacchiò in risposta, mostrandole i denti. Lei lanciò un'occhiata allo schermo e poi di nuovo al ragazzo. Lui continuava a sogghignare.

Lucy impallidì. Aveva aspettato troppo per dirlo a Henry, vero? Quel giorno, quando era entrata in camera di Jacob, non aveva lasciato il computer come l'aveva trovato e lui se ne era accorto. Se ne era accorto, cazzo, e aveva fatto finta di niente. Lei aveva aspettato per giorni che lui facesse commenti per suggerire che lo sapeva. Invece, lui aveva tenuto nascoste le sue carte. Sapeva che lei avrebbe incasinato tutto da sola.

"Cosa stai cercando?" Chiese Jacob al padre.

Lucy guardò Henry controllare la storia di navigazione. La

speranza svanì dal suo corpo, con il sudore che usciva dai suoi pori.

Henry si girò sulla sedia. "Jacob, hai mai partecipato a un forum incel?"

"Incel?" Face una faccia come per cercare di ricordare cosa significasse quella parola. "Ah, come quegli sfigati che non trovano nessuna con cui andare a letto?" Rise. "Perché avrei dovuto? Non ho quel genere di problema."

"Hai una ragazza?" Chiese Lucy.

"No," disse lui. "Ma non ho quel problema."

Stava mentendo, lei lo sapeva. Lucy aveva visto Jacob nel suo elemento, a casa a manipolare il padre e intimidire lei quando non c'era nessuno intorno. Con i suoi amici maschi, sembrava perfettamente a suo agio, ma il comportamento di Jacob cambiava completamente se c'erano intorno delle ragazze. Aveva notato che non riusciva ad avere un contatto visivo con le compagne del suo anno all'ultima serata dei genitori. Anche con le insegnanti, si contorceva sulla sedia, con gli occhi che vagavano lungo le pareti della classe.

"Lucy, io penso che tu ti sia sbagliata." Henry ora guardava lei con sospetto.

Come poteva uscire da quella situazione? E se Henry avesse pensato che lei mentiva?

"Aspetta," disse lei. "Posso provare una cosa?"

Henry annuì e lei si sporse sopra di lui, digitando il nome del sito nella barra di ricerca. La prima cosa preoccupante che notò fu che l'indirizzo del sito non si completava in automatico. Poi, quando proseguì, non autenticò Jacob con il suo account. Anche quando lei digitò il suo indirizzo e-mail e lo user name non successe niente.

"Non capisco," disse lei. Si raddrizzò e si rivolse a Jacob. "Hai cancellato i cookies?"

"No, non di recente," rispose lui.

"Lo sapevi. L'hai fatto di proposito."

"Cosa diavolo sapevo?" Chiese. Spalancò gli occhi con

espressione di finta innocenza, ma sempre duro e privo di emozioni perché non ci riusciva. "Come facevo a sapere che curiosavi nella mia stanza? Non capisco. Ho cercato con tanto impegno di essere un figlio migliore, ma tu non mi vuoi accettare." Si rivolse al padre. "Papà, si vuole liberare di me. Io sono un peso."

"Cosa? Non è assolutamente vero! Sono stata più che paziente con lui. Ho sopportato tanto. Quel tema..."

"Ho chiesto scusa per quello" disse Jacob. "Ma tu continui a punirmi."

Henry sospirò, strofinandosi le tempie. "Smettetela, tutti e due. Lucy, penso che tu ti debba scusare. Non so cosa sia successo qui. Spero sia stato solo un errore."

"Non è stato un errore," disse lei. "L'ho visto. So che è così."

"Chiedi scusa!"

Il tono della sua voce la fece sobbalzare di paura. I suoi muscoli si tesero e la schiena si raddrizzò.

"Lascia perdere papà, è una bugiarda." Spostò il peso e lasciò cadere lo sguardo. "Non volevo dirti niente ma ora non posso restare in silenzio. Ho visto Lucy baciare Sunil."

Henry alzò lo sguardo su di lei. "Cosa?"

"Li ho visti in cucina durante la cena"

Lucy intrecciò le dita, stringendo forte. "Non è... non è proprio quello che è successo. Lui ha baciato me e io l'ho allontanato. Gli ho detto che non ero interessata."

"E allora perché l'hai incontrato?" Chiese Jacob. "Perché sei andata con lui a prendere un caffè?"

"Come fai...?" Lucy guardò con orrore Jacob che prendeva il telefono dalla tasca e faceva scorrere lo schermo. Poi lo girò per mostrare a Henry la foto di Lucy e Sunil, presa dal parco di fronte alla caffetteria. "Mi stavi seguendo?"

"No," disse lui. "Ho incontrato un amico al parco e ti ho vista."

"E perché diavolo hai fatto una foto?" La voce di Lucy tremava dalla rabbia. Slacciò le mani e le chiuse a pugno.

"Per mostrarla a papà," disse lui, calmo e sicuro. "Stavo cercando di scoprire se avevi una relazione. Non volevo farvi rompere senza avere prove ma non potevo ignorare quello che ho visto, no? Papà, mi dispiace. Forse avrei dovuto dirtelo subito ma volevo lasciare a Lucy il beneficio del dubbio. E poi lei è venuta qui e ha cercato di trovare qualcosa di cui accusarmi o che ne so. Io non sono un incel. Cerco sempre di aiutare le ragazze della mia classe e di avvisare se vedo qualche segno di molestia. Lo giuro. Sono loro alleato, non sono come quelli. Mi devi credere."

C'era una nota di disperazione nella sua voce, tanto che anche Lucy iniziava a crederci. Ma le faceva venire il vomito. Era sicura che il suo riflesso in quel momento avrebbe mostrato un volto pallido e inconsistente, come una sua versione fantasma.

"Va bene, figliolo," disse Henry. "Ti credo. Mi dispiace di tutto questo." Si alzò. Fissò Lucy e le fece segno di seguirlo fuori dalla stanza. Lei lo fece, con le gambe molli.

La solitudine crebbe dentro di lei come un vecchio nemico. C'era già passata, aveva vissuto con qualcuno di cui non si fidava, qualcuno che poteva farle del male. Quel peso le schiacciava il petto.

Henry non le disse una parola. Scese le scale, andò nel suo ufficio e sbatté la porta. Era perduta. L'aveva perso. Quella casa ora le era ostile. Come avrebbe potuto sposarsi? La sua relazione era finita? Non lo sapeva più. Forse anche Sunil le aveva detto la verità. Dopo tutto, c'era la scatola chiusa a chiave nell'ufficio di Henry. Gli uomini innocenti tenevano scatole chiuse nascoste in segreto?

CLAIRE

Claire fissò le strane fotografie. Di nuovo altre prove da portare alla polizia. Sospirò, si mise i guanti e sparse le foto sulla superficie del tavolo della cucina. Si tirò il cardigan intorno al collo. Dal suo caffè il vapore si alzava e restava sospeso nell'aria.

Dalla dimensione, poteva intuire che gli scatti provenissero da uno smartphone e fossero stati stampati da una macchina o un servizio online. Avevano quella leggera forma a rettangolo, diversa dal classico 15x13 cm. Le immagini mostravano una famiglia normale in posa su una spiaggia, con alle spalle un cielo grigio ardesia. Un ragazzo, un uomo, una donna e una coppia di bambini. Lei non conosceva quelle persone, almeno, supponeva di non conoscerle. In ogni foto, i volti delle persone erano stati grattati via.

La vista di quei graffi frastagliati le fece prudere la cute per la paura e il disgusto, ma rifiutò di distogliere lo sguardo. Doveva esserci qualcosa di identificabile tra quelle persone. Prese una delle foto e la portò vicino agli occhi, decisa a riconoscere Simon o Kevin Botham dalla postura e dal fisico dell'uomo. Era impossibile. Prese le immagini di quello che sembrava essere un adolescente. Gambe bianche, pelle e ossa, spuntavano da larghi pantaloncini cargo. Non c'era niente di riconoscibile riguardo la spiaggia, a parte che, dal colore del cielo, si poteva supporre che fosse da qualche parte nel Regno Unito. Insieme, sembravano una serie di foto scattate durante una gita in famiglia.

Da quando Claire era rimasta a casa dal lavoro, la persecuzione si era intensificata. Qualcuno aveva inviato una e-mail diffamatoria al capo di Adrianna, accusandola di trasgressioni passate, tra cui la violenza sessuale su una compagna di classe alla scuola media, le molestie a una studentessa del primo anno all'università e violenze sul gatto di famiglia di quando era bambina. Adrianna aveva dovuto fare un colloquio con il personale per spiegare che i fatti contenuti in quella e-mail erano inventati. Aveva dovuto dimostrarlo, andare a cercare vecchi biglietti del treno ed e-mail per provare che non aveva fatto quelle cose terribili.

Sottovoce, aveva sussurrato a Claire: "Penso che abbiano creduto subito a quelle bugie perché sono una lesbica nera. Non sei d'accordo? Pensi che qualcuna delle donne bianche etero avrebbe dovuto subire quell'interrogatorio?"

"Non so," disse Claire sinceramente, tenendole la mano più stretta che poteva. "È stata tutta colpa mia."

Ovviamente, Ade aveva scosso la testa e insistito che niente di tutto quello era colpa di Claire, che, alla fine, aveva dovuto concordare. Ma dentro di sé, si accusava ancora di tutto.

Claire rimise con attenzione le foto nella busta e le buttò nella borsetta. Lei e Adrianna avevano in progetto di andare al Lake District per incontrare Colleen, la wedding planner. Ora, avrebbero dovuto fermarsi prima alla stazione di polizia.

Mentre aspettava che Adrianna si preparasse, pensò alla proposta. Il giorno più felice della sua vita. Lo aveva sempre saputo. Adrianna voleva che le si facesse la proposta e non il contrario. A Claire piaceva essere romantica, ma Adrianna adorava essere la destinataria. Era Claire che scriveva poesie e sceglieva i fiori. E riguardo alla proposta, sapeva che doveva essere speciale.

Dopo tanto pensare, aveva scelto il compleanno di Adrianna, in modo da poter suggerire una giornata fuori senza che sembrasse troppo ovvio. Le aveva comprato una copia con la copertina rigida di *Piccole Donne*, il suo libro preferito, e legato l'anello al segnalibro a nastro. Aveva organizzato un picnic e aveva trovato il posto perfetto vicino a un campo di girasoli. Aveva impacchettato il libro in carta marrone e comprato per entrambe due vestiti lunghi uguali. Aveva assunto un fotografo e gli aveva chiesto di rimanere nascosto. Era tutto perfetto ma poi, proprio quel giorno... arrivò la pioggia. E non una pioggerella, ma cascate d'acqua, con tanto di tuoni sullo sfondo.

Claire ricordava ancora quanta fatica aveva fatto per cercare di nascondere la delusione dal suo volto mentre pensava disperatamente a un modo per salvare il progetto. Il picnic era fuori questione: non voleva fare la proposta mangiando panini bagnati in mezzo al fango. Così mentre andavano al campo, Claire aveva comprato un enorme ombrello da golf, aveva trascinato Adrianna fuori sotto l'acquazzone, si era messa su un ginocchio e le aveva porto il libro. All'interno, Claire aveva sottolineato il passaggio: *Ma io non ho nulla da offrirti, tranne il mio cuore pieno d'amore. Le mie mani sono vuote...*

E poi era rimasta in attesa, il vestito bianco sul terreno bagnato, il braccio dolorante che si sforzava di tenere l'ombrello il più in alto possibile. Adrianna aveva visto l'anello, letto il passaggio sottolineato, le aveva preso l'ombrello dalle mani e l'aveva gettato gettò via, poi aveva tirato in piedi Claire e le aveva gettato la braccia al collo. Erano rimaste così, con la pioggia che continuava a cadere, per quelle che erano sembrate ore. Avevano la foto incorniciata sul muro. Loro due circondate da girasoli con le gocce di pioggia sospese in aria, i corpi un intreccio di braccia e vestiti inzuppati, il libro che pendeva dalle dita di Adrianna, dietro la schiena di Claire.

Ma la sera prima, Claire aveva dovuto sostenere la sua fidanzata che piangeva.

"Pronta?" Gridò Ade.

"Sì, tu?"

Claire notò che Adrianna evitava il contatto visivo entrando in cucina. Invece, giocherellava con un orecchino e controllava che le chiavi dell'auto fossero nella borsetta. Sembrava più pallida del solito, una tinta grigia invece della solita pelle marrone dai toni caldi. Il volto era tirato, i lineamenti tesi. Guardò a malapena Claire prima di uscire. E mentre la guardava uscire, Claire non poté fare a meno di chiedersi se Adrianna ce l'avesse con lei.

* * *

Dopo aver lasciato le foto alla stazione di polizia si acuì la sensazione di malessere allo stomaco. Aveva sperato che passasse durante la giornata ma anche mentre visitavano la bellissima biblioteca di Wilder House, sentiva lo stomaco chiuso e dolorante.

Avevano prenotato la biblioteca per il matrimonio, un locale che l'albergo aveva cominciato a mettere a disposizione solo di recente, e per questo Claire e Adrianna volevano andare in anticipo a sistemarla. Avevano portato tutti i festoni, i centro tavola e le tovaglie. Avevano enormi mazzi di fiori secchi da sistemare in vasi da marmellata. Avevano arrotolato fili di lucine intorno a vecchi pali di legno, impilato libri di seconda mano al centro di ogni tavolo e appeso festoni di carta per tutta la stanza.

"Oh, è meraviglioso," gongolò Colleen. "Sapete, penso che questo sarà il più bel matrimonio che abbiamo mai avuto a Wilder House. Siamo così eccitati."

In modo un po' cinico, alle spalle di Colleen, Claire si era sentita bisbigliare: "Certo, perché vuoi una bella foto per quando sarà il momento di dimostrare che ci tenete alle persone gay."

Adrianna si accigliò. "Potresti almeno fingere di sembrare felice."

Claire chiuse di scatto la bocca. "Io sono felice."

"Beh, io no. Non avrei mai pensato di passare dalla stazione di polizia per lasciare delle prove la mattina in cui dovevo allestire la sala del mio matrimonio."

"Nessuna di noi lo avrebbe mai pensato," le ricordò Claire. "Mi dispiace, Ade. Mi dispiace che sia tutta colpa mia di questa persecuzione e mi dispiace quello che ho detto di Colleen, non è stato corretto. Lei cercava di essere gentile e io sono una vera stronza." Lanciò un'occhiata verso la wedding planner che stava dando indicazioni allo staff per le copertine delle sedie.

Adrianna lasciò andare un sospiro. "Dimmi che andrà tutto bene. Anche se non è così, dimmelo semplicemente. Perché non voglio che questo giorno venga rovinato. Continuo a sognare di noi che camminiamo lungo la navata ma Simon Botham arriva a distruggere tutto. E... beh... non voglio dire che altro succede."

"Dimmelo.

"Il tuo vestito diventa rosso." Adrianna scacciò le lacrime mentre lo diceva, ma il suo volto rimase impassivo. Claire si rese conto che aveva fatto quel sogno tante volte da esserne diventata insensibile, insensibile al sangue il giorno del loro matrimonio.

Claire era romantica ma non era particolarmente superstiziosa o spirituale. Adrianna invece credeva in quello che Claire, nella sua mente, chiamava il fantastico. E parte di quello consisteva nel fatto che Adrianna pensava che i sogni potessero avere natura profetica, anche se non aveva mai dichiarato che qualcuno dei *suoi* sogni si fosse mai avverato. Comunque, quella era una cosa importante per Adrianna e l'aveva tenuta nascosta a Claire. Doveva averlo fatto di proposito.

"Signore, avete un minuto?" Colleen si avvicinò a loro tutta impegnata, senza notare l'espressione attonita di Claire. "Dato che stiamo per sistemare gli ultimi dettagli, pensavo che potremmo andare in ufficio e rivedere ancora una volta i documenti."

Adrianna sorrise. "Certo."

Rivedere i documenti significava pagare il conto, pensò Claire. Cosa che non era ansiosa di fare. Avevano già anticipato la metà e quel secondo pagamento era impegnativo. Dovevano dividerlo tra loro. Con tutto quello che stava succedendo, non avevano pensato di aprire un conto in comune per quel tipo di spesa. Claire, avrebbe dovuto pagare la sua metà con la carta di credito, e sul conto aveva a malapena i soldi sufficienti. Un'altra cosa di cui preoccuparsi. Si morsicò la pelle secca del labbro inferiore mentre seguiva Colleen attraverso la residenza.

"Sarete liete di sapere che non è previsto cattivo tempo per il giorno delle nozze." Colleen si diresse attraverso un grande ingresso e tenne aperta la porta. "Abbiamo avuto alcune brutte tempeste di neve in passato. Di solito però iniziano a gennaio. Dicembre è un mese più mite.

"La neve sarebbe magica," disse Adrianna. "Ma la metà degli ospiti non riuscirebbe ad arrivare. E forse nemmeno noi." Rise. "Mi dispiace che terremo lei e il personale lontano dalle famiglie il giorno di Natale."

Claire sorrise tra sé. Era tipico di Adrianna preoccuparsi dei sentimenti di tutti. La amava per quello.

"Oh, non scherziamo," disse Colleen. Aprì l'ufficio e fece cenno a Claire e Adrianna di seguirla. "Non c'è niente di più confortante che festeggiare il Natale celebrando l'amore. Tra l'altro, io organizzo una riunione di famiglia a Capodanno. Abbiamo un vero ricevimento." Strizzò l'occhio. "Compensiamo la mancanza del tacchino."

Claire occupò una delle sedie libere e attese che Colleen frugasse tra pile di carta prima di presentare una fattura. Le spiegarono che avrebbero diviso a metà il pagamento finale e lei estrasse un lettore di carte. Adrianna fece per prima, digitando il pin e poi restituendo il dispositivo a Colleen. Un lungo e sottile foglio di carta si srotolò dalla macchinetta.

"Ecco la sua ricevuta." Porse il foglio ad Adrianna e poi passò il lettore a Claire.

Claire inserì la sua carta, digitò il pin e restituì l'apparecchio a Colleen. Trascorsero alcuni momenti agonizzanti e poi Colleen corrugò la fronte e fece: "Oh."

"Cosa succede?" Claire si sporse in avanti, cercando di leggere il messaggio sul davanti del lettore di carte.

"Dice che il pagamento è stato rifiutato. Forse è la banca," disse Colleen. "Qualche volta bloccano i pagamenti consistenti, no?"

"Controllo sull'app," disse Claire. La stanza ora sembrava troppo piccola per loro tre e non c'era aria. Le sue mani erano umide e gelate allo stesso tempo. Cosa non aveva calcolato? Il canone della TV era da pagare in quel mese? Aveva speso troppo? Aprì l'app della banca sul telefono e sobbalzò. "Non può essere corretto."

"Cosa non è corretto?" Adrianna si sporse verso di lei.

"Non ci sono soldi sul mio conto," disse Claire. "È sparito tutto. Qualcuno mi ha derubata."

Passò il telefono ad Adrianna e la guardò mentre osservava lo schermo. "Non capisco."

"Qualcuno mi ha rubato tutti i soldi."

"Ma come?"

"Non lo so."

"Cosa sono tutte queste transazioni?" Chiese Adrianna indicando lo schermo. "Cinquecento sterline da ASOS. *Settecento* sterline da John Lewis."

"Forse qualcuno mi ha rubato i dati della carta di credito e ha speso tutti i miei soldi facendo shopping online."

"Oh, cielo," disse Colleen. "È terribile."

Claire si girò verso Adrianna. "Cosa dobbiamo fare?"

"Io ho abbastanza risparmi per pagare qui," disse Adrianna. "Poi andiamo alla banca e cerchiamo una soluzione. Okay?"

Claire fece di sì con la testa, intontita. Era di nuovo Simon Botham. Doveva essere lui.

LA SPOSA
NATALE

Il fuoco scoppiettava. Sul tappeto vicino al caminetto, un grosso golden retriever era girato sulla schiena e mostrava la pancia. La sposa si sentiva sempre più a suo agio, sprofondata nella poltrona dallo schienale alto. Sentiva su di sé ancora l'odore della neve. In parte muffa, in parte ghiaccio.

Denise le passò un panino e si lasciò cadere nella seconda poltrona davanti al fuoco. Si chinò per strofinare la pancia del cane.

"Grazie," disse la sposa, notando come Denise non sembrava né spaventata né tesa. "E il telefono..."

"Mangia," disse Denise. "Hai bisogno di energia con questo tempo." Spostò un ciuffo di capelli ricci grigi dagli occhi. "Il telefono non ti servirà a niente, ragazzina."

Il tacchino era buono. Umido, con uno strato di dolce salsa di mirtilli sopra. Ingoiò rapidamente. "Perché?"

"Non c'è linea. È la tempesta, sai."

"Non hai un cellulare?"

Denise scosse la testa. "Mio figlio me ne aveva comprato uno una volta, ma l'ho perso."

"E tuo figlio, tornerà a casa presto?" Un senso di preoccupazione le solleticava la bocca dello stomaco. Ma prese un altro boccone, aveva bisogno di nuova energia.

"No," disse lei. "Non vive più qui. Ora, quello che ci serve è una tazza di tè per scaldarci le ossa. Non credi?" Si appoggiò alla poltrona per alzarsi.

"No, io... ehm. Forse non è chiaro, ma io lì fuori ho visto un uomo con un fucile. Dobbiamo chiamare la polizia. Puoi portarmi il telefono, per favore? Vorrei almeno provare." Appoggiò il panino mezzo mangiato sul tavolino.

"Oh, non essere sciocca," Denise fece un cenno con la mano. "Probabilmente hai visto un bracconiere o un fattore."

"No," rispose lei. "Credimi. L'uomo che ho visto era pericoloso."

Denise lasciò la stanza mentre lei rimetteva il telefono nella tasca dei pantaloni. Mangiò un altro boccone di panino al tacchino e attese che tornasse.

"Beh, eccolo. Ma è morto, come ti ho detto." Denise le passò il telefono cordless.

Lei lo afferrò e digitò, ma la vecchia signora aveva detto la verità. Non c'era alcun suono di linea.

"Merda." Sospirò e le restituì il telefono. Prese il cellulare dalla tasca e digitò un'altra volta il numero del servizio di emergenza. Nessun segnale. Poi controllò i messaggi. Niente di nuovo. Non era il suo e le minacce arrivavano da un numero anonimo. Ma in quel momento ebbe un pensiero, che si costruì e lei cominciò a capire esattamente chi c'era là fuori nella neve, a chi inviava i messaggi e perché.

"Va tutto bene, cara?" Chiese Denise.

"Devo andare." Fissò dubbiosa fuori dalla finestra. "Chiunque mi sta seguendo arriverà qui. Potresti rimanere ferita." Si chinò più vicino al fuoco, strofinandosi le mani per riscaldarle. Un ultimo tentativo di scaldarsi le ossa prima di tornare fuori. Guardò Denise. "Potrei prendere in prestito qualcosa da portare con me?"

"Cosa vorresti, cara?" Chiese lei.

“Un fucile. La maggior parte delle fattorie ne ha uno, no?”

“Mio figlio aveva un fucile ad aria,” disse lei.

La sposa sospirò. Un fucile ad aria non sarebbe servito a molto. Forse un coltello sarebbe stato più utile. Facile da nascondere, più leggero e le avrebbe consentito di strisciare.

“Puoi prestarmi il coltello più grande che ha?”

Denise sorrise. “Ma certo!” L’anziana signora si alzò in piedi ancora una volta e uscì dalla stanza strascicando i piedi.

PARTE SECONDA

VIGILIA DI NATALE

MILA

Era il giorno prima del matrimonio. Non riusciva ancora a crederci.

Rafael aveva pianto quando avevano caricato l'auto con le loro cose. Aveva preso le mani di Mila e le aveva baciato le dita.

"Sono passato dal pensiero di stare per morire al conoscere l'amore della mia vita e poi sposarlo. Sono fortunato. Così fortunato." Le fece un grande sorriso, denti bianchi luminosi nel sole del mattino.

Sulla strada per il luogo della cerimonia, Mila aveva appoggiato la testa contro il finestrino, i pensieri un groviglio di tutto quello che era successo nel mese precedente e di tutto quello che sapeva sarebbe arrivato ben presto.

Ma gli eventi del mese prima si confondevano in uno strano sogno febbrile. Dopo tutto quello che aveva fatto per trovare il ricattatore, aveva finito la ricerca nella sua casa di bambina. Aveva mantenuto la promessa fatta a Christopher di andare a trovare il padre.

Era tutto come lo ricordava, fino al tappeto elastico rotto nel piccolo giardino anteriore. Ora il muschio verde copriva la struttura di metallo e un taglio attraversava il tessuto teso.

Si era avvicinata alla porta e aveva bussato due volte, sapendo che c'era qualcuno in casa perché l'aveva visto rientrare dal negozio di liquori, con una borsa di plastica piena di bottiglie di sidro. Zoppicava, e questo confermava il racconto di Christopher. Se non lo avesse visto sarebbe rimasta scettica.

Ma fu sua madre che rispose alla porta e Mila sobbalzò alla sua vista. Occhi pieni di sonno cerchiati da eyeliner sbavato la fissavano tra ciuffi flosci di capelli unti.

"Non compriamo niente," biascicò.

"Mamma, sono io."

Gli occhi della donna si spalancarono e le zampe di gallina si allargarono e si strinsero mentre osservava con attenzione la figura di fronte a lei. "Oh. Cosa vuoi?" Il tono non era proprio accusatorio, più sconcertato.

"Devo parlare con papà. Lui sa perché. Mi lasci entrare o no?" Eccola lì, la parte volgare e plebea di Mila, che aveva cercato di zittire da quando aveva conosciuto Rafael. Solo uno dei motivi per cui non tornava mai a casa.

La porta si aprì del tutto e lei entrò, evitando un paio di vecchie scarpe abbandonate sullo zerbino. Mila chiuse la porta alle sue spalle e seguì la madre verso la piccola stanza che chiamavano soggiorno.

"Salta fuori che c'è qui tua figlia," disse sua madre. "Sembra molto chic in questi giorni."

Nonostante l'ora della mattina, lui era già quasi ubriaco. I suoi capelli erano ormai tutti grigi. Lei lo vide spalancare la bocca. Il suo sguardo corse dal volto di Mila a quello della madre e poi ancora su Mila.

"Mamma, puoi lasciarci da soli per favore?" Chiese Mila.

"Ma chi pensi di essere, la regina?"

Mila alzò le spalle. "In molte situazioni, sì."

"Vai, lasciaci," disse il padre, agitando la mano come per scacciarla.

Mila si appoggiò sul bordo di una poltrona sporca di fronte a suo padre. "Sai perché sono qui?"

Il suo sguardo si abbassò, lei sapeva la verità, ma sapeva anche che lui l'avrebbe negata.

"È perché ti stai per sposare e vuoi invitarmi al matrimonio?" Sogghignò, mostrando i denti ingialliti.

"Dio, no." Sorrise anche lei. "È per un motivo *molto* diverso." Appoggiò i gomiti sulle ginocchia e si sporse in avanti. "Sai, sarei potuta andare alla polizia."

"E perché? Non ho tempo per i tuoi indovinelli."

"Oh, diverse cose." Mila lasciò andare un sospiro esagerato. "Vediamo, abbandono di bambini, questa è importante, no? Abuso di droga. Violenza domestica. Costante, proprio *costante,* furto nei negozi. Ma la principale... la ciliegina sulla torta, è pornografia infantile."

Lui impallidì. Divenne bianco come un lenzuolo.

"Ho quindici anni in alcune di quelle foto, papà. Te ne sei reso conto?" Stava mentendo, ma lui non lo sapeva.

"Ora vattene, Millie."

"Proprio no. Non finché non vedo che le cancelli. Come hai fatto a trovarle?"

"Hai lasciato qui il tuo vecchio computer."

Espirò rumorosamente dal naso, arrabbiata on sé stessa. L'aveva dimenticato nella fretta di andarsene da quel posto. E poi Christopher le aveva comprato un portatile nuovo e non ne aveva avuto più bisogno.

"Perché mi stai ricattando?" Chiese lei. Appoggiò le dita sulla lattina di sidro, infilando l'unghia sotto l'anello di apertura. "Forse qualcuno ha bisogno di farti abbassare un po' la cresta, ricordarti che sei una Crawley e non qualunque nome ti sei inventata."

"Davidson."

"Sì, vabbè. Sei una Crawley fino al midollo. Sennò perché staresti sposando quel... Quel pezzo di merda."

"Stanne fuori, papà," lo avvisò. Si abbassò per prendere la borsa e cercò quello che aveva portato con sé per placarlo. "Tu non sai niente. Quindi stai zitto."

"Cosa ne direbbe Carrie?" Chiese lui, uno scintillio maligno negli occhi. Sapeva quali corde tirare e Carrie era quella a cui Mila non poteva resistere.

"Non pronunciare nemmeno il suo nome." Le sue dita si strinsero sulla busta bianca che aveva preso dalla borsa. La gettò verso di lui. "Tieni. I tuoi sporchi soldi. Dovrebbe essere sufficiente a ripagare quelli da cui hai preso un prestito. E ora puoi lasciarmi in pace. E... voglio il mio vecchio computer e poi voglio vedere il tuo telefono e qualunque altro dispositivo in questa casa."

Lui aprì la busta e fece passare le dita tra i soldi. "Aspetta qui."

Non era stato facile avere quel denaro. Ne aveva preso metà da un conto bancario che aveva aperto per mettere via quanto poteva. Mila non era stupida. Sapeva che Rafael voleva una donna da tenere prigioniera, che dipendesse da lui. Ma c'erano momenti in cui il suo senso di colpa lo rendeva generoso. Le dava soldi per costose giornate alla spa, trattamenti per la pelle e vestiti nuovi. Mila comprava abiti non troppo eleganti e gli attaccava cartellini di articoli di design. Non andava alla spa. Metteva i soldi sul suo conto. Ma sarebbe morta piuttosto di lasciare che suo padre avesse tutto quello per cui lei si era data da fare. Così, aveva prelevato qualche migliaio dal suo conto privato, su cui erano rimaste più di cinquemila sterline e aveva venduto una spilla di diamanti che le aveva regalato Rafael. A quel punto aveva imparato quali erano le cose di cui avrebbe notato la mancanza, come gli orecchini che le aveva regalato per il compleanno, e quelle che non avrebbe notato, come la spilla. Rafael tendeva a regalarle gioielli costosi ogni volta che la picchiava. Ma dato che non ammetteva la sua violenza, tendeva a dimenticare anche quei particolari regali.

In attesa che suo padre tornasse, Mila si alzò per sgranchirsi le gambe. Notò un volgare soprammobile a porcospino sul caminetto. Portava gli occhiali da sole e una camicia hawaiana. Lo prese e lo infilò nella borsetta senza nemmeno sapere perché. Le piaceva l'idea di rubarglielo.

Dopo non molto, il padre arrivò con i suoi dispositivi elettronici e lei rimase a guardarlo mentre cancellava tutti i file. Per molte figlie, il padre che guarda le proprie foto di nudo sarebbe stato umiliante e imbarazzante. Ma lei ormai da tempo si era dissociata da quell'uomo. Lo chiamava ancora papà, ma per lei quella era una parola senza significato. In un certo senso, per Mila tutte le relazioni funzionavano in quel modo. Tranne per Carrie e, forse, per Christopher. Per Carrie avrebbe fatto qualunque cosa. Qualunque.

"È un affare da due milioni di sterline," disse Rafael, riportando i pensieri di Mila all'auto e alla lunga strada davanti a loro. "E per una volta è stata un'idea mia. È perché ho questa... energia. Questo brio."

Quella è la cocaina, pensò Mila.

Quando non ne poté più, disse: "Va bene, tesoro, basta affari prima del matrimonio. Rilassati. Prendila con calma."

Lui rise e si allungò per prenderle la mano. "Hai proprio ragione."

Scendeva una pioggerella ghiacciata, ma le condizioni atmosferiche non erano troppo male. Si erano fermati in un pub tranquillo per pranzare, arrivando quindici minuti prima dei genitori di Rafael. E per una volta, un sentimento pesante le prese la bocca dello stomaco. Paura. Il presagio di un terrore sconosciuto. E non riusciva proprio a capire perché, proprio in quel momento, aveva cominciato ad assalirla. Di certo non era un'emozione che conosceva o capiva particolarmente bene. Forse era la lunga permanenza di Rafael in bagno, indice del suo utilizzo di cocaina, o il sorriso compiaciuto che le aveva rivolto Ana Maria mentre nessuno guardava, oppure l'incontro con il padre la settimana precedente. Qualcosa *non andava*.

"Oh, Mila, dovresti vedere il vestito." Ana Maria afferrò la mano di Mila e la strinse. "Lo proveremo questo pomeriggio, mentre i ragazzi vanno a sparare."

Mila lanciò un'occhiata al fidanzato, sentendosi colta di sorpresa. “Vai a sparare?”

“Tiro al piattello,” disse Rafael alzando le spalle. “Ha organizzato Peter, una specie di mini-addio al celibato.”

Era quello? Pensò a Rafael e José, entrambi armati di fucile, e subito perse l'appetito.

LUCY

Lucy guardò il suo peggior incubo diventare reale. Jacob entrava in campo con un fucile. Le sorrise con un ghigno o, meglio, indirizzò un ghigno verso di lei, e la sensazione di vermi che si agitavano nel suo stomaco la mise in tensione.

Era alla finestra di Wilder House, ogni muscolo teso. Gli uomini al campo da tiro erano piccoli, come soldatini giocattolo, accanto a un estraneo con un berretto che sembrava dare loro una dimostrazione.

Si allontanò. Era una sorta di evento pre-matrimonio. Un secondo addio al celibato, praticamente. Non che Henry ne avesse fatto un altro. Ripensandoci, Lucy non ne era sicura che Henry avesse tanti amici in generale. La sua parte di elenco degli invitati era piuttosto scarna come minimo. Lanciò l'ennesima occhiata verso la finestra. Notò altri due uomini, probabilmente di uno degli altri ricevimenti. Non aveva visto molto altri ospiti fino a quel momento.

Aprì una mappa e cercò di orientarla con quello che vedeva dalla finestra. A nord-ovest rispetto all'albergo c'era il lago Rookthwaite, avevano superato una stretta striscia d'acqua arrivando, e, più avanti nella stessa direzione, il villaggio di Rookthwaite. A differenza delle destinazioni più turistiche della zona, come Windermere, rimaneva un posto piuttosto isolato. Forse a causa dei folti alberi che impedivano la maggior parte della vista. Non era per niente pittoresco come altre località che aveva visitato nel Lake District. Aveva comunque alcune caratteristiche affascinanti, come il lago, caffetterie dall'aspetto antico nel villaggio e un casotto d'altri tempi che la wedding planner aveva menzionato. Si era offerta di organizzare una visita nel pomeriggio ma Lucy aveva rifiutato. Voleva restare da sola.

Sua madre e gli amici di scuola non erano ancora arrivati, ma aveva ricevuto alcuni messaggi in cui dicevano che erano per strada. In totale c'erano circa quaranta invitati, un ricevimento tra pochi. Alcuni di loro sarebbero arrivati la mattina seguente. Per lei andava bene, perché avrebbe avuto modo di controllare di nuovo il forum incel di Jacob. Lui aveva cancellato la storia dei siti visitati ma lei ricordava ancora il suo username. Aveva scaricato una VPN su un altro telefono e creato un account su RedPills. Tramite la VPN poteva collegarsi senza preoccuparsi che Jacob, uno dei moderatori del sito, potesse vedere da dove veniva l'account e sospettare che fosse lei.

RedPills sembrava essere un forum gestito privatamente, ospitato su uno di quei siti che offrivano template per forum. Lucy aveva creato un account con il nome di **anon714** e aveva atteso l'approvazione, arrivata in poco tempo. Era entrata e ora poteva cercare lo username di Jacob, il delizioso **throatpuncher** e filtrare tutti i suoi commenti. Molti erano normali post di moderazione: escludere gli utenti che rendevano pubblici dati privati di altri, mettere insieme i thread sullo stesso argomento. Però quello che attirò l'attenzione di Lucy erano i post in cui Jacob rivelava aspetti più personali della sua vita.

LM ha scoperto il forum e ha cercato di farmi fuori. Ho dovuto cancellare la storia del browser e comprare un telefono usa e getta.

LM probabilmente stava per La Matrigna. E così ora sapeva che Jacob aveva comprato un telefono usa e getta per accedere al forum. Henry doveva dargli una mancia sostanziosa se era in grado di comprare un secondo telefono. Un'altra cosa che la infastidiva.

San Giddy non avrebbe sopportato le stronzate che devo sopportare io da LM. Sono quasi al limite con questa femminoide. Voglio farla a pezzi. Voglio che se ne vada.

Lucy si sentì impallidire. Alzò lo sguardo alla finestra. Uno scoppio le rimbombò in tutto il corpo. Il primo sparo.

Aprì una nuova finestra e digitò "San Giddy" nella barra di ricerca. Il primo risultato la portò su Urban Dictionary. *San Gideon, o San Giddy, fa riferimento a Gideon Harris, un assassino. Dopo aver ucciso la sorella, la madre e due adolescenti della sua scuola, postò online il suo manifesto intitolato* Le mie piccole perle nere, *prima di togliersi la vita. Gli idioti incel considerano Gideon un martire ed eroe della loro causa perché non hanno cellule cerebrali.*

Il cuore di Lucy si mise a correre. Scorse altri commenti, ampliando la ricerca oltre i commenti di Jacob per vedere il resto del forum. E con un sobbalzo, si rese conto che Jacob non era nemmeno vicino alla cattiveria di alcuni degli altri utenti. C'erano dozzine di commenti su "San Gideon" e centinaia su "femminoidi", "Chad" e altri ancora. Alcuni descrivevano le loro fantasie violente, altri parlavano del loro desiderio di trovare delle vergini perché, secondo loro, erano più facili da manipolare. Le si girò lo stomaco. Chiuse tutte le schede e rimase con la testa tra le mani.

La maggior parte degli incel facevano solo chiacchiere, questo lo sapeva. La violenza delle loro parole la scioccava ma le consentiva anche di mettere in prospettiva i commenti di Jacob. I suoi thread sembravano più farneticazioni che promesse. Ma se si fosse sbagliata? Come si poteva capire la differenza tra un giovane arrabbiato che aveva bisogno di sfogarsi, che avrebbe potuto uscire presto dal suo stadio di odio, dovuto alla sofferenza e mancanza di sfogo, e qualcuno come Gideon Harris? E se avesse pensato che Jacob era capace di fare qualcosa di simile,

Henry le avrebbe creduto? Ci sarebbe stato qualcuno che le avrebbe creduto?

Dopo le rivelazioni di Jacob la settimana precedente, lei e Henry si erano seduti a parlare di Sunil. Alla fine, Lucy aveva confessato cosa era successo: lo studente aveva approfittato di quando lei era ubriaca e poi l'aveva perseguitata fino a che lei aveva accettato di incontrarlo. Per una volta, Henry prese le sue parti. Non si era parlato di cancellare il matrimonio. Lui sembrava più preoccupato riguardo a lei di ogni altra cosa.

Come se fosse stato programmato, il suo telefono vibrò. Aveva ricevuto un'altra e-mail da Sunil. Non voleva aprirla. Fissò la borsa degli abiti appesa alla porta del guardaroba nella sua stanza. Si appoggiò allo schienale della poltrona di velluto, lasciando rotolare la testa prima a sinistra e poi a destra. Poi pensò alla scatola chiusa a chiave e a quello che ci aveva trovato dentro il giorno prima.

Anche se la reazione di Henry alle attenzioni di Sunil l'aveva un po' calmata, lei sapeva che non avrebbe potuto sposarlo senza sapere cosa conservava in quella scatola. E così, la forzò. Incastrando un cacciavite nel lucchetto, riuscì a rompere il debole meccanismo e ad aprire il coperchio. Avrebbe dovuto fornire un po' di spiegazioni dopo il matrimonio, ma aveva bisogno di sapere. Quello che trovò dentro erano due passaporti, alcune vecchie medaglie di guerra, il certificato di nascita di Jacob e... i documenti del divorzio, non firmati da nessuno. Ma erano lì, nero su bianco, a dimostrazione che Sunil non aveva mentito. E da quel momento, Lucy stava lentamente prendendone atto.

La spaventava sapere che Sunil aveva ragione riguardo al divorzio, ma ripensandoci non riusciva ancora a fidarsi di lui. E se avesse esagerato? Henry poteva aver detto qualcosa a Sunil in confidenza e Sunil poteva aver aggiunto un po' di drammaticità inventandosi di aver sentito delle discussioni? Voleva disperatamente parlarne a Henry, ma aveva fatto un casino. Prima, gli aveva parlato del forum di Jacob senza avere prove, e questo l'aveva screditata, e poi aveva curiosato tra le sue cose private. Per non parlare del flirt con Sunil e del loro incontro segreto. Ripercorrendo tutti i suoi passi falsi, si chiese perché si comportava in quel modo. Un completo e totale disastro. Una che non poteva farsi valere, che prendeva una pessima decisione dopo l'altra.

Ricondusse tutto al suo ex. Quando era al massimo della sofferenza per gli abusi subiti, lei si zittiva e si richiudeva in sé stessa. Immaginava la sua voce come fumo in una stanza vuota. All'inizio riempiva ogni spazio e poi qualcuno faceva un buco nel muro e usciva tutto, senza lasciare niente. Aveva deciso di non voler più accettare niente del genere eppure era lì, aveva perso la voce. Ma se avesse parlato, ci sarebbe stata una buona probabilità di perdere Henry per sempre.

E cosa provava a quel pensiero? Sarebbe stato terribile perdere Henry? O sarebbe stato un sollievo? In quel momento era un pensiero che voleva evitare, al punto che si ridusse ad aprire la e-mail di Sunil.

Lucy,

Non andare avanti con il matrimonio. Ti prego. Henry non è un brav'uomo e io sono preoccupato per te. Non sposarti, per favore. Non c'entrano i miei sentimenti per te, ma è quello che provo verso di lui.

Mi trasferisco per il PhD a Birmingham. Non posso più lavorare con lui. Volevo credere che fosse migliore di come è. E lo denuncerò al dipartimento per come ha trattato la studentessa. L'ultimo pezzo del rompicapo sei tu, Lucy. Devi lasciarlo. Si merita di restare da solo. Tu sai che ho ragione.

. . .

Il suo dito passò sopra al simbolo del cestino dei rifiuti vicino al messaggio ma esitò, chiudendolo senza cancellarlo. Un attimo dopo, ricevette un messaggio eccitato dalla madre. **Ci siamo quasi! Non vedo l'ora di abbracciarti! Sono così eccitata per il matrimonio della mia piccolina! Xx**

Lucy sentì il sapore amaro della bile ricoprirle la lingua.

CLAIRE

Si sentì per la seconda volta *Love Story* di Taylor Swift mentre la playlist di Adrianna per il viaggio del matrimonio ricominciava dall'inizio. Claire si abbandonò sul poggiatesta, mimando con la bocca le parole. Guardava Ade cantare a pieni polmoni mentre guidava, i riccioli che si agitavano seguendo i suoi movimenti.

"Cosa?" Ridacchiando Adrianna si girò verso di lei, l'aria condizionata le spostava i capelli intorno al volto.

"Niente può rovinare questo momento. Qualunque cosa succeda, questo è perfetto." E lo pensava davvero. Dopo qualche telefonata alla banca, era riuscita ad avere indietro i suoi soldi. Aveva riferito tutto all'agente Deol, che stava ancora raccogliendo prove per il caso. Il poliziotto aveva promesso di far sapere loro qualcosa ma Claire aveva seri dubbi sul fatto che giungesse a una qualche conclusione. In ogni caso, nonostante tutti i problemi, si sentiva sempre più leggera, man mano che si allontanavano da casa.

"Potrei provare il tiro al piattello questo pomeriggio," disse Claire. "Se non facciamo troppo tardi." Guardò l'orologio sul cruscotto. Erano appena passate le due e mezza.

"Davvero?" Adriana inserì la seconda. Il lago Rookthwaite si trovava nella valle dietro la collina. Erano vicine a Wilder House, circondate da un paesaggio punteggiato di alte conifere e ippocastani.

"Sì, perché no? Almeno imparerò a sparare con il fucile."

Adrianna si incupì. "Non ne hai bisogno."

"Lo so," disse Claire. "Ma potrebbe essere divertente."

"Dopo le ultime settimane, non ne sono sicura. Stare in mezzo a fucili e rumori forti potrebbe essere una situazione che ti fa scattare l'ansia. Non pensi?"

Claire alzò le spalle. "Forse hai ragione."

Raggiunsero la cima della collina e mentre la Vauxhall di Adrianna iniziava la discesa, dietro agli alberi apparve Wilder House. Era passata meno di una settimana da quando c'erano andate per sistemare le decorazioni ma a Claire tolse comunque il fiato. Quelle pietre scure, alta e con le torrette. I sentieri stretti che percorrevano ondeggiando la proprietà, i rami spogli del boschetto che delineava i prati. Era un posto grandioso, con porte ad arco e finestre alte, ma con un senso di precarietà, come se dalla collina potesse scendere da un momento all'altro una valanga a distruggere tutto. Wilder era il nome perfetto per quella dimora.

"Se il tempo regge potremmo provare a fare qualche foto all'esterno," disse Adrianna. "Magari vicino a quell'albero inquietante per renderle più drammatiche."

Claire annuì, ma i suoi occhi furono attirati dagli edifici annessi al corpo principale. L'ultima volta che era stata lì non aveva notato le stalle vuote. O quello che sembrava una sorta di ripostiglio o gabinetto esterno convertito. E improvvisamente si sentì allerta, pensando ai tanti posti in cui qualcuno avrebbe potuto nascondersi. Poi scacciò il pensiero. Wilder House doveva avere personale che girava dappertutto durante il giorno. Avrebbero sicuramente notato un estraneo che dormiva nelle stalle. Restava il fatto che era un posto molto isolato per qualcuno che aveva a che fare con uno stalker. Un posto vulnerabile. Controllò il telefono e si sentì sollevata al vedere che c'era segnale.

Adrianna parcheggiò, aprì la sua portiera e sollevò il colletto della giacca per coprirsi la gola. "Sai, mi sa che sta per nevicare. L'aria è decisamente frizzante."

"Non c'è nelle previsioni," mormorò Claire, seguendo Ade fuori dall'auto. La maggior parte degli ospiti sarebbero arrivati in serata e a loro restavano un paio d'ore per qualche tocco finale insieme, un selfie a figura intera, i centrotavola, i fiori e le targhette con i nomi.

Mentre Claire e Adrianna toglievano gli scatoloni dall'auto, un furgone entrò nel parcheggio. Poi la loro wedding planner, Colleen, corse a salutare gli autisti.

"Qualcuno ha assunto una società per organizzare il matrimonio," disse Adrianna, mentre due donne sulla trentina scaricavano grandi contenitori di plastica contenenti quelli che sembravano fiori e festoni. Gli occhi di Claire si spostarono al logo su lato del furgone: *Cherish Events*.

"Cavolo, avremmo dovuto farlo anche noi," disse Claire.

"Non ce lo possiamo permettere," le ricordò Adrianna.

"Giusta osservazione."

"Care!"

Claire, presa uno scatolone di fiori secchi, si girò trovandosi Colleen che zoppicava verso di loro.

"Volete portare queste cose direttamente in biblioteca?" Chiese.

"Sarebbe fantastico." Disse Claire.

"Vi faccio entrare. Seguitemi."

Adrianna si appoggiò lo scatolone sul fianco mentre aspettavano che Colleen passasse davanti a loro. Claire fece lo stesso e poi insieme seguirono la wedding planner rallentando il passo per lasciare che le guidasse.

"Com'è andato il viaggio? Siete quelle che abitano più vicino, tra tutte le coppie, penso," disse Colleen.

"Tranquillo, non molto traffico," disse Adrianna.

"Bene." Colleen si frugò nella tasca per recuperare un mazzo di chiavi. Respirava pesantemente mentre cercava quella giusta.

"A dire la verità siete l'ultima coppia ad arrivare. Qualcuno degli altri è andato al campo in alto per il tiro al piattello."

"Oh, è già cominciato?" Disse Claire.

"Volevi partecipare? Mi dispiace. Avremmo aspettato se l'avessimo saputo."

"Fa niente," disse Claire. "Sarà per un'altra volta."

Colleen aprì la porta e la tenne aperta per le ospiti. Ora i tavoli erano a posto, Claire vide per la prima volta il loro matrimonio ben allestito. La stanza odorava di vecchia pelle e lavanda. Sorrise mentre gli occhi andavano all'angolo in fondo alla biblioteca, dove era stato predisposto un corridoio che portava a uno splendido arco coperto di lucine colorate. Il giorno seguente, sarebbe stata in piedi vicino all'arco e avrebbe guardato Adrianna camminare verso di lei di fronte a quaranta tra i loro più intimi amici e famliari.

Adrianna sospirò. "Mi ero dimenticata di quanto è bello questo posto."

Colleen annuì. "E siete le prime a sposarsi qui. Non avevamo pensato di aprire questa sala fino a poco tempo fa."

"Vi siete persi la possibilità di ospitare il matrimonio da sogno di ogni amante dei libri," disse Claire, appoggiando una delle scatole per terra, ai suoi piedi.

Il telefono di Colleen squillò e lei si allontanò.

"Vado a prendere un altro scatolone dall'auto," disse Claire ad Adrianna.

Dopo aver risposto, Colleen allontanò il telefono dall'orecchio e sussurrò: "Quasi mi dimenticavo. C'è un pacchetto per voi alla reception. Penso che sia un regalo arrivato in anticipo."

A Claire si gelò il sangue. No. Non lì. Lanciò un'occhiata ad Adrianna che capì subito che qualcosa non andava.

"Qualcuno ha mandato un pacchetto," disse Claire, e poi si allontanò decisa, senza nemmeno guardare Adrianna. Si affrettò lungo i corridoi, superando le pareti pannellate in legno e le finestre piene di spifferi. Notò a malapena due donne sedute alla reception a chiacchierare, o gli organizzatori di eventi che attraversavano l'edificio portando scatoloni. Aveva gli occhi fissi sul bancone della reception.

"C'è... ehm, c'è un pacchetto per Claire Rivers," disse.

"Certo. Solo un momento." La giovane sorrise e sparì nello stanzino sul retro.

Claire si strofinò le palme sudate sui jeans e quando Adrianna le posò una mano sulla spalla sobbalzò.

"Cosa succede?" Chiese Ade.

"Ha spedito qualcosa qui. Sa dove siamo."

"Come fai a..."

La receptionist ritornò portando un mazzo di fiori. "Ecco qui! Rose, splendide."

Claire non riusciva a parlare. Stava semplicemente a fissare i fiori rosso sangue. Fu Adrianna che ringraziò la receptionist e prese il mazzo. Claire si lasciò guidare dalla fidanzata verso un gruppo di sedie nei pressi dell'entrata. Si sentiva vagamente conscia di due donne che la guardavano dall'altra parte della stanza.

"Stai calma," sussurrò Adrianna. "Controllo se c'è un biglietto. Non sappiamo ancora se è lui. Potrebbe essere un regalo per il matrimonio" Claire guardò terrorizzata mentre le dita di Adrianna frugavano tra gli strati di cellofan e carta intorno ai gambi verdi. Alla fine, trovò un biglietto attaccato con un pezzo di nastro adesivo.

"Cos'è?" Chiese Claire, la voce soffocata con il tono alto.

"È di mio padre," disse Adrianna. "Non riesce a venire." In silenzio, posò il biglietto sul tavolo davanti a loro e Claire emise un sospiro di sollievo. Ma volle immediatamente ritirarlo quando vide indurirsi l'espressione di Adrianna. "Beh, sono contenta che tu sia sollevata. Mio padre non viene ma almeno tu sei felice."

"Ade... no... mi dispiace. Dice perché non riesce a venire?"

"Sembra che sia bloccato in Francia." Alzò le spalle. "È una scusa. Non riesce ad accettarmi per quello che sono."

Claire prese i fiori dalle mani della fidanzata e la strinse in un abbraccio. “Mi dispiace, amore.”

“Oh, ma chi se ne frega,” disse, allontanandosi. “E che vada al diavolo.” Infilò le mani nella maniche e si asciugò rabbiosamente le lacrime sotto gli occhi. “Sapevo che l’avrebbe fatto, non so perché sono sorpresa. Forza, disfiamo le valigie e poi andiamo a prendere qualcosa da mangiare. Sto morendo di fame.”

“Sei sicura? Possiamo parlare ancora un po’ se vuoi.” Gli occhi di Claire si spostarono sulle donne dall’altra parte della stanza. Non stavano guardando, ma non stavano nemmeno parlando tra loro. Sospettò che stessero origliando. “Magari però non qui.”

Adrianna si alzò, raccolse i fiori e si diresse a lunghi passi fuori dall’hotel. Claire la seguì e la vide buttare il mazzo nel cestino della spazzatura all’esterno. Corrugò la fronte, preoccupata per l’agitazione di Ade. Sarebbero davvero riuscite a sposarsi in mezzo a tutto quel caos? Prima lo stalker e ora il padre di Adrianna che non si presentava. Si ritrovò a controllare l’esterno della residenza, osservando le auto e il personale che attraversavano la proprietà. Si sentiva a disagio. I fiori alla fine si erano dimostrati innocui ma lei non riusciva a scrollarsi di dosso la paura.

COLLEEN

Con Patrick Crawley in una stanza, Dolores Rodriguez che si consolava con una cioccolata calda e Adrianna di ritorno al ricevimento con un bicchiere d'acqua e la sua famiglia intorno, Colleen decise di controllare le dépendance. Scivolò fuori dalla cucina, cercando di non attirare l'attenzione degli ospiti, e corse fuori in mezzo alla neve. Almeno la tempesta si era calmata. La neve cadeva ancora fitta ma il cielo si stava schiarendo. Sperava che i servizi di emergenza fossero in grado di arrivare al più presto.

Il ginocchio pulsava. Si strinse addosso il cappotto e si infagottò nella sua mole.

Si diresse per prima cosa alle stalle. Venivano utilizzate principalmente come magazzino e il giardiniere aveva disposto con ordine lungo le pareti rastrelli, pale e simili. Non sembrava ci fosse niente fuori posto. Gridò il nome di Claire un paio di volte ma il posto era chiaramente vuoto. Poi controllò il gabinetto esterno, utilizzato come cabina di stoccaggio degli avanzi. Il posto era più polveroso e sporco: in inverno non veniva usato molto. Il giardiniere ci metteva vasi e semi e in primavera ci curava i germogli.

Restavano altri due posti da controllare: la vecchia cantina dei vini e l'armeria. L'anno precedente, c'era stato un incidente in cantina e il posto era stato chiuso a chiave e isolato da allora. Uno dei camerieri era quasi caduto nel pavimento quando una pietra si era spostata ed era rotolata lontano. C'era un tunnel in profondità, sotto la cantina, che era stato usato dal vecchio duca di Kelkirk per portare le sue amanti in casa. Dopo l'incidente, non ci era più entrato nessuno. Beh, a dire il vero, dopo che avevano spostato la maggior parte dei vini costosi. Colleen aveva chiesto al proprietario di far ispezionare l'edificio per scoprire cosa fosse accaduto, ma le era stato risposto che non c'era budget per una cosa simile. L'albergo non faceva abbastanza profitti e i proprietari ritenevano di non poter gestire ulteriori ammodernamenti. Avrebbero risolto quel problema più avanti.

Colleen non aveva parlato ad Arianna della cantina. Avrebbe potuto essere un errore. E se Claire fosse caduta in quel buco? Corse lì, con il cuore che batteva forte. A mente fredda, poteva essere la soluzione più ovvia. Altrimenti come mai era sparita? A meno che non se ne fosse andata perché non voleva sposarsi.

Colleen fece il giro dietro a Wilder House e scese gli scalini della cantina. La porta era ancora ben chiusa, le corde tese a mo' di dissuasori intatte. Cercò la chiave e aprì, sporgendosi sopra la corda. L'interno era buio. Cacciò dentro la testa: non aveva intenzione di rischiare di toccare quel pavimento decrepito.

"Claire?"

Silenzio.

Provò a voce più alta. "Claire?"

Nessuna risposta. Aspettò un attimo e poi gridò per altre due volte. "Sei qui?" Si sporse più avanti, cercando di capire se qualcuno poteva essere entrato e caduto nel pavimento. Ma sembrava tutto come l'ultima volta che aveva controllato il locale. Non era stato spostato niente. L'unica cosa che notò fu una leggera brezza che proveniva dall'interno, senza dubbio arrivava dal tunnel e dal pavimento rotto. Si allontanò e richiuse a chiave. Non aveva mai percorso il tunnel ma l'aveva visto nelle planimetrie. Percorreva tutta la strada tra la cantina e il cottage del guardiacaccia, che era il punto da cui i servitori introducevano in casa le amanti del duca senza che la moglie se ne accorgesse. Vecchio stronzo pervertito.

Doveva controllare anche il cottage del guardiacaccia. Non era più un cottage, ormai. Dopo la Seconda guerra mondiale non era mai stato riparato e alla fine era crollato a metà. Negli anni Settanta, i nuovi proprietari di Wilder House ne avevano trasformato i resti in quella che attualmente veniva utilizzata come armeria.

Bill, che gestiva l'attività di tiro al piattello, non viveva lì come guardiacaccia. Abitava a Rookthwaite e usava il cottage come ufficio e posto sicuro in cui tenere le armi. Tutti i fucili erano sotto chiave in una gabbia, le munizioni riposte con cura in cassetti chiusi. Bill non era al lavoro, ma Colleen aveva le chiavi. La pelle le formicolava mentre arrancava in mezzo alla neve. Il cottage era a metà della collina, verso la fine del bosco. Lei vide le mura, il tetto coperto di neve. Notò che non c'erano impronte nella neve tutto intorno. Era tutto intonso e pervaso da un silenzio avvolgente, come una tenda soffocante. Fece un respiro profondo e proseguì, con il cuore in gola.

Da quel punto, vide il paesaggio che terminava con gli alberi, ma per un momento si girò a guardare verso l'albergo. Vide le tracce degli pneumatici che uscivano dal parcheggio. Qualcuno aveva preso l'auto per andare a cercare la nonna. Notò come la neve davanti all'ingresso dell'edificio era stata calpestata, probabilmente quando avevano inseguito Patrick. Aveva sperato di vedere Claire da qualche parte, che tornava all'albergo. O le altre spose e sposi che, per quel che sapeva, non erano ancora rientrati dalla ricerca. Ma non c'era nessuno nei dintorni. Sospirò e continuò a salire la collina.

Colleen si asciugò il sudore dalla fronte mentre percorreva il sentiero scivoloso che portava al cottage. Prese il mazzo di chiavi dalla tasca e cercò quella giusta. La forma e il peso delle diverse chiavi dell'hotel le erano familiari, ma quella del cottage non l'aveva usata spesso, per cui aveva una targhetta di plastica per identificarla. Le dita ghiacciate faticarono a infilare la chiave nella toppa. Non girò. Diede la colpa alle mani fredde e provò ancora, ma fallì di nuovo. Poi tentò la maniglia e spinse la porta: si aprì. Il cottage non era stato chiuso a chiave.

Colleen non avrebbe desiderato altro che girarsi e correre via. Non c'era spiegazione logica per cui Bill potesse aver lasciato il cottage aperto il giorno di Natale in mezzo a una tempesta di neve. Non udì altro che il proprio respiro e il rumore soffice della neve che cade. Il terrore la fece sudare freddo.

Aveva assunto Bill cinque anni prima perché sapeva che aveva l'esperienza e il carattere giusto per gestire il tiro a segno. Era una delle persone più coscienziose che avesse mai incontrato. La porta si aprì lentamente, il cigolio dei cardini ruppe il silenzio. Le pulsavano le orecchie a causa del polso accelerato. Fece un timido passo verso l'interno ed esitò sulla soglia, aspettando, in ascolto. Ma se c'era qualcuno dentro, non riusciva a sentirlo.

"Bill?"

Nessuna risposta.

"Claire?"

Strofinò il ginocchio malato per infondergli un po' di calore e fece un passo all'interno. Vide la scrivania di Bill, gli stivali di gomma e le giacche cerate appese in ordine lungo la parete. Vide la pila di carte sulla scrivania, la fotografia di Bill insieme al figlio in una cornice argentata. Poi vide la porta della gabbia aperta.

"No. Oh, no." Sussurrò.

Si diresse verso la gabbia, il cuore che batteva così forte che sembrava scoppiare, le costole che praticamente le vibravano nel petto. Poi le cadde lo sguardo verso terra. Un piede con la calza. Chissà perché fu questa la cosa che la disturbò di più. Sapeva che Bill si toglieva gli stivali all'interno dell'ufficio, quindi sapeva che quel piede apparteneva a lui e sapeva che, se avesse girato l'angolo dietro la scrivania, lo avrebbe trovato. Lo sapeva già, Bill era morto, perché era l'unica spiegazione per quello che stava succedendo. Colleen si sentì stringere lo stomaco ancora prima di fare un altro passo. Cercò di rallentare il respiro in qualche modo e poi si diresse verso il piede che sporgeva.

Il sangue copriva il pavimento dell'armeria. Bill giaceva a faccia in giù, la testa insanguinata, il corpo contorto, le membra allungate come se non si fosse più mosso dopo essere caduto. Lei si piegò rapidamente e gli toccò il collo, sobbalzando e ritirando la mano al contatto con la pelle indurita e fredda come il ghiaccio. Fu presa da terrore puro, repulsione che la percorreva tutta, facendole girare lo stomaco. Corse fuori dal cottage, cadendo in ginocchio nella neve mentre il gin le fuoriusciva dalla gola. Tre conati e non c'era più niente. Si sedette all'indietro, appoggiando la schiena alla porta aperta. Povero Bill.

Colleen sentiva il mento tremare e il naso diventare rosso con la minaccia di lacrime. Ma doveva controllarsi in modo da poter chiamare la polizia, anche se con quel tempaccio forse sarebbe servito a poco. Recuperò il telefono e digitò 999, pregando che ci fosse segnale.

"Qual è la sua emergenza?"

"La mia... c'è..." Fece un respiro profondo. "Sono a Wilder House, Winding Gate, fuori Rookthwaite. Un membro del mio staff è morto. Io penso... penso che qualcuno lo abbia colpito con un oggetto pesante e lo abbia ucciso."

"Come fa a sapere che è stato colpito?"

"È a faccia in giù sul pavimento e il sangue... il sangue e sul retro della testa e..." Fece una pausa. "È stato rubato un fucile. Bill, lui si occupa dei fucili all'hotel e qualcuno l'ha ucciso per prenderli." Si sporse in avanti, passandosi una mano sulla fronte. "Qualcuno è qui fuori proprio ora armato di fucile. Nessuno a Wilder House è al sicuro." Un'idea la colpì proprio in quel momento: non c'erano impronte che portavano al cottage e questo significava che qualcuno era entrato *prima* che cominciasse a nevicare. Quindi potevano essere le 6 della mattina oppure avevano ucciso Bill nella notte e lo avevano lasciato lì.

Bill poteva essere arrivato così presto? Il giorno di Natale? No, non aveva senso, quindi chiunque lo aveva ucciso lo aveva fatto il giorno prima, alla sera. Lui non aveva chiamato in albergo per salutare. Colleen la notte scorsa aveva dormito lì perché c'era molto da fare. Sapendolo, l'uomo sarebbe passato a fare un salto. Ma lei era stata così occupata che non se ne era accorta.

Bill, dopo la separazione dalla moglie, viveva da solo al villaggio. Forse nessuno della sua famiglia aveva notato la sua assenza il giorno di Natale a causa della tempesta e del segnale telefonico malfunzionante. Chiunque fosse il colpevole doveva aver parlato con Bill per scoprire, se non tutti, almeno alcuni di quei dettagli. Forse si era lasciato sfuggire che viveva solo e l'assassino aveva individuato l'opportunità. Si sentì mancare, stordita da tutti quei pensieri che le vorticavano in testa.

"Stia calma," disse l'operatore. "Mandiamo qualcuno appena riusciamo."

"Quando?" Chiese Colleen.

L'operatore fece una pausa. "Devo trasferire la chiamata alla polizia. Un momento."

Ma Colleen già sapeva cosa avrebbero detto. La tempesta aveva reso praticamente impossibile arrivare in quella zona di campagna. Wilder House era rimasta isolata in quel modo già altre volte. Erano bloccati e lei aveva la casa piena di ospiti che sarebbero andati in panico non appena lei avesse comunicato quello che era successo. A meno che... a meno che lei non dicesse niente. Almeno fino all'arrivo della polizia.

Riagganciò dopo aver parlato con la polizia e si alzò. Tremando, chiuse la porta a chiave, girando intorno al suo vomito. Ma mentre si stava avviando, suonò il cellulare.

"Chi parla?"

"Nina. Patrick, sai, quello che sostiene di essere il padre di Mila Davidson, è uscito dalla stanza senza farsi vedere e ha lasciato l'hotel."

"Pensavo che David e Sammi fossero a guardia della porta."

"C'erano. Si è arrampicato fuori dalla finestra."

"Merda," borbottò Colleen. "Io sono fuori ma sto rientrando."

Poteva essere stato lui? Patrick aveva nascosto il fucile da qualche parte in albergo? E se era così, cosa aveva in mente di farci?

MILA

Mila sedeva con Rafael, José, Ana Maria, Felicia e Peter nel ristorante dell'hotel. Sorrideva, annuiva, sorseggiava il vino e diceva a tutti quanto era eccitata per il grande giorno. Da brava fidanzata, stringeva la mano di Rafael e cercava di ignorare gli sguardi preoccupati di Felicia. Forse era stato un errore mostrarle quei lividi. Completamente presa dall'organizzazione del suo piano a lungo termine, Mila non aveva pensato che Felicia avrebbe potuto cercare di impedirle di sposarsi. E se avesse parlato della violenza domestica di Rafael ai suoi genitori? Forse non sarebbe importato. Dalle minacce di Ana Maria di qualche settimana prima, Mila immaginava che sapessero esattamente che tipo fosse il figlio.

"Il tuo tipo non sa sparare per un cazzo," disse Peter, ridendo, pezzi di carne rosa che gli rotolavano nella bocca.

Mila trattenne un conato. Guardare la gente che mangia le faceva venire da vomitare.

"Aspetta," disse Rafael. "Ho avuto il secondo punteggio più alto!"

"Solo perché quello strano ragazzino e il padre erano davvero terribili," disse Peter.

"Quale strano ragazzino?" Chiese Mila.

"Il figlio di qualcuno che si sposa domani." Rafael sorseggiò il caffè. "Erano gentili ma piuttosto silenziosi, sai? Intellettuali."

"Non so," disse Peter. "Il ragazzo a me sembrava più un teppista. Aveva i capelli dal taglio floscio che di questi tempi porta la maggior parte dei ragazzini di merda."

Rafael rise. "Vero."

"Mi è sembrato che stesse dando fastidio all'organizzatore. Come si chiamava? Bill? Continuava a fare miliardi di domande."

Rafael annuì. "Sì, ma era interessante, non ti pare? Sai, dal punto di vista di qualcuno che non è mai stato prima al tiro a segno."

L'attenzione di Mila cominciò a vacillare. Lasciò che gli occhi vagassero per il ristorante. Dall'altra parte della stanza, seduta da sola, una donna sulla trentina la fissava. Quando i loro sguardi si incrociarono, la donna arrossì e lei si girò. Mila tornò a concentrarsi sul suo gruppo. Ana Maria parlava di come lei e José erano arrivati a Wilder House per un weekend anni prima. Mila sorrise e annuì. Rafael gongolò. Era il motivo principale per cui avevano scelto quella location per il matrimonio. Rafael ovviamente avrebbe potuto permettersi qualcosa di più elegante. Mila tornò a girarsi verso il tavolo della donna che la fissava. Se ne era andata.

Tre matrimoni nello stesso posto di certo lasciavano spazio ai pettegolezzi. Aveva già visto due donne coinvolte in un discorso piuttosto intenso nella reception. Lei non era solita ascoltare le conversazioni degli altri, ma era stata tutto il tempo con Felicia a parlare del matrimonio o, piuttosto, ad ascoltare Felicia che cercava di *dissuaderla* dal matrimonio.

"Sei pronta?" Chiese Ana Maria.

Mila sbatté gli occhi, si rese conto che la sua mente si era allontanata. "Scusa?"

"La prova finale del vestito. Hai mangiato abbastanza? Possiamo andare?"

L'agitazione stava avendo la meglio. A dire il vero aveva

mangiato solo la metà della sua bistecca. Non riusciva a mandare giù il resto. "Certo."

"Ci vediamo più tardi, ragazzi." Ana Maria allontanò la sedia dal tavolo. "Vieni anche tu, Felicia?"

Il discorso sul vestito sembrò ravvivare Felicia. Appoggiò il tovagliolo sul tavolo e ridacchiò. "Volentieri. Facciamo portare dello champagne in camera?"

"Perfetto!" Disse Ana Maria.

Mila si sentiva come un cavallo da esposizione. Non ci aveva pensato prima, ma il suo aspetto al matrimonio sarebbe stato giudicato dalla famiglia e dagli amici di Rafael. Per loro sarebbe stato uno *spettacolo*. Gli ospiti ne avrebbero parlato alle sue spalle, discutendo se il vestito le donava, se il trucco era troppo o troppo poco. Dopo tutto, era questo che doveva fare. Non aveva mai partecipato a un matrimonio. La famiglia Crawley non veniva invitata spesso, soprattutto se gli sposi volevano tenersi tutti i regali.

Uscendo dal ristorante si guardò indietro, cercando di trovare la strana donna. Perché la stava fissando in quel modo? E chi era? Colleen le aveva detto che la maggior parte degli ospiti sarebbe arrivata quella sera o la mattina del matrimonio A quel punto, solo le coppie che si dovevano sposare e le loro famiglie erano arrivati. Poteva essere una delle spose degli altri matrimoni? Sembrava piuttosto triste che una sposa cenasse da sola la sera prima del grande evento.

"È un peccato che tua madre non sia potuta venire, Mila," disse Ana Maria. "Una madre dovrebbe essere presente al matrimonio della figlia."

Sembrava una frecciatina. Lei seguì gli altri su per le scale, rispondendo per le rime. "Non siamo in buoni rapporti da molto tempo."

"Rafael me l'ha detto. Ma non mi ha mai detto il motivo."

"È complicato," rispose lei a denti stretti. Si sforzò di sorridere.

Accelerarono il passo lungo il corridoio, superando un uomo

in giacca di tweed con un ragazzo alto e dinoccolato al suo fianco. L'uomo sorrise e salutò ma il ragazzo rimase a fissarsi le scarpe. L'uomo era particolare. Aveva un fascino intellettuale dietro quegli occhiali dalla montatura spessa. Ma allo stesso tempo le ricordò i disgraziati con cui si era confrontata prima del matrimonio, Roger e Dominic. Forse per il modo in cui gli occhi gli erano caduti sotto al mento di lei. Nemmeno lui era discreto. Il ragazzo non attirò per niente la sua attenzione.

Mila aprì la porta della sua camera e lasciò entrare le altre. Si diresse all'armadio per prendere il vestito all'interno del porta abiti. L'aveva già provato prima, quello stesso giorno, e l'orlo aveva bisogno di essere tirato leggermente su. Avevano messo gli spilli quel pomeriggio e Ana Maria aveva portato la macchina da cucire per aggiustarlo. Avrebbero dovuto farlo la settimana precedente, ma Mila aveva continuato a rimandare, sostenendo di essere troppo impegnata con il resto dell'organizzazione. In verità, non voleva trascorrere con la futura suocera più tempo di quanto non fosse strettamente necessario. E, considerando le minacce che Ana aveva rivolto alla sua famiglia, era meglio così.

"Devo fare un salto in bagno." Sorrise Mila. "Versatemi lo champagne se arriva mentre non ci sono." Si affrettò nel bagno en-suite e chiuse la porta, lasciando morire il sorriso.

Sentì tutto il peso della stanchezza. Le doleva il volto per aver mantenuto la compostezza. Ma non poteva fallire proprio ora. Per la frustrazione, tirò un po' troppo forte la zip della borsa, facendola incastrare. Dal momento in cui erano partiti per Wilder House, la paura le stingeva sempre più la bocca dello stomaco. Ma perché in quel momento? Diede la colpa al padre che non pagava i debiti. L'affare delle fotografie l'aveva destabilizzata più di quanto avesse pensato. Si era sentita così in controllo a seguire quegli uomini fino al momento in cui si era resa conto di chi la stava manipolando. Le aveva ricordato che *poteva* essere manipolata. Se c'era riuscito il padre, forse l'avrebbe fatto anche il suo fidanzato o i suoceri. O chiunque.

Mila non era mai sembrata una donna che potesse diventare

preda dell'incertezza. Fino al momento in cui aveva capito chi la ricattava.

Si tirò il vestito sopra la testa. C'era più pizzo di quanto le piacesse, con maniche lunghe e lo scollo alto. Si sentiva come Kate Middleton, che si copriva per non offendere la monarchia. Se avesse potuto, Mila avrebbe scelto un abito a schiena nuda e scollato. Il bordo di seta del vestito toccava il pavimento quando lei tornò in camera. Ana Maria le fece segno di mettersi su un seggiolino.

"Vai su. Ho quasi finito," disse la futura suocera con uno spillo tra i denti.

"Oh, sei splendida." Felicia le passò un flûte di champagne.

"Lo so." Mila ridacchio e bevve.

Stavano mentendo entrambe. Il vestito non era proprio brutto, ma non evidenziava le sue migliori caratteristiche. E nonostante la capacità di Mila di sfruttare la bellezza a suo vantaggio, non era nemmeno esattamente bella, era semplicemente carina. Niente le dava più fastidio dei complimenti falsi.

Ana Maria sollevò l'orlo e si mise al lavoro. "Mio figlio è un uomo fortunato." Il tono della voce suggeriva che pensasse il contrario. "Ha sempre avuto un debole per le belle donne."

"Come erano le sue altre ragazze, Ana?" Chiese Mila.

"Beh, sai," disse lei infilando uno spillo nella seta-. "Belle. Forse non così intelligenti."

Mila cercò di nascondere un sorriso.

"Non ero sicura che Rafael si sarebbe mai deciso a sistemarsi," continuò Ana Maria. "Continuava a passare da una ragazza all'altra. Però ce n'era una che mi piaceva."

Ci siamo... pensò Mila.

"Era una ragazza tranquilla. Non voleva causare problemi." Sospirò. "Ma ovviamente non era all'altezza di Rafael. Lei lo annoiava. Ho sempre pensato a lei come la madre dei suoi figli. Anche quando si sono lasciati."

Mila vuotò il bicchiere. "Non preoccuparti. Ti daremo un bel numero di nipoti."

"Sono lieta di sentirlo." Ana Maria infilò un altro spillo. Poi tolse la copertura della macchina da cucire. "Non farei il mio dovere se non te lo chiedessi un'ultima volta, Mila. Firmerai i documenti per proteggere mio figlio e la sua famiglia?" Alzò lo sguardo verso Mila con un'espressione neutra ma decisa sul volto. Dall'altra parte della stanza, Felicia sorseggiava lo champagne con gli occhi spalancati.

"No, non firmerò."

Ana Maria sospirò. "Lo temevo. Beh, passami il vestito. Mi ci vorrà qualche ora per sistemarlo. Forse voi ragazze potete andare giù al bar a bere qualcosa." Lanciò a entrambe un sorriso appena accennato.

* * *

Mila e Felicia ordinarono una bottiglia di Merlot al bar e lo portarono in un separé. Peter e Rafael non si vedevano da nessuna parte. Forse erano andati a Rookthwaite a cercare un pub. In ogni caso, lei era felice di non averli intorno.

"Va tutto bene?" Chiese Felicia. "È stata una conversazione piuttosto pesante."

Mila scacciò una ciocca di capelli. "Sinceramente, pensavo che sarebbe stato peggio. Per un attimo è sembrato che lei avesse una sorta di asso nella manica. Come se intendesse farmi qualcosa se non firmavo l'accordo prematrimoniale."

"Già, ho avuto la stessa impressione. Ma ha smesso di parlare. L'hai trovato strano?"

Mila annuì.

"So che l'ho già ripetuto un milione di volte, ma sei sicura di volerlo fare? So che è demoralizzante annullare un matrimonio all'ultimo momento, ma sarebbe comprensibile. Rafael è... un uomo difficile. Il modo in cui Ana Maria ha parlato delle sue ex... Mi ha fatto pensare che lui abbia uno schema di comportamento."

"So in cosa mi sto mettendo," disse Mila con una certa gentilezza. "Fidati di me. Okay?"

Prima che Felicia replicasse, Mila fu distratta da due donne che entravano. Raddrizzò la schiena. Una era la donna che aveva visto a cena, quella che la fissava. Senza pensare, si alzò in piedi e si diresse verso di lei. La donna aveva circa trent'anni, capelli castani e occhi marrone. Era alta più o meno come Mila, forse leggermente più tonda ma, tutto sommato, più o meno la stessa corporatura. La donna più anziana vicino a lei, con gli stessi occhi marrone e le sopracciglia alte, era ovviamente la madre.

"Ciao," disse Mila. "Mi sembra di averti vista a cena. Sono Mila, una delle spose. Del ricevimento Davidson-Rodriguez."

La donna più grande fu la prima a tendere la mano. "Piacere di conoscerti, Mila. Sono Beth, la mamma di Lucy. Anche lei si sposa."

"Ah, ho pensato che potessi essere una delle spose. Posso offrirvi qualcosa da bere? Volete unirvi a me e alla mia amica Felicia?"

"No, grazie," disse secca Lucy. Beth si girò scioccata verso la figlia. Poi Lucy scosse lentamente la testa, come riprendendosi. "Forse più tardi. Grazie, comunque."

Mila esitò prima di allontanarsi. "Ma certo. Buona serata e buona fortuna per domani."

"Anche a te," disse Lucy. "Buona fortuna."

C'era qualcosa di stranamente sincero nel modo in cui Lucy disse quelle parole. Non poteva togliersi di dosso l'idea che ci fosse qualcosa che non andava in quella donna. Era sembrato che le volesse parlare. Come se avesse un desiderio urgente di parlare, ma per qualche ragione, non potesse. Che strano.

Comunque, Mila aveva altre cose di cui preoccuparsi. Tornò al tavolo da Felicia e si versò un altro bicchiere di vino.

LUCY

Quando un paio di braccia sorprendentemente forti la circondarono stringendo, gli occhi di Lucy si riempirono di lacrime. Era passato troppo tempo da quando la madre l'aveva abbracciata. Perché lasciava sempre passare tanto tempo? Erano in piedi nell'ingresso dell'albergo, circondate da valigie e Beth, sua madre, era appena arrivata.

"Che bello vederti." Beth si allontanò tenendo le mani sulle spalle di Lucy. "Va tutto bene?"

"Parliamo davanti a una tazza di tè," suggerì Lucy, prendendo la valigia di Beth.

Dopo aver posato la valigia in camera della madre, tornarono al bar e ordinarono un tè per due. Mentre la madre lo versava, Lucy parlò del matrimonio e di quello che restava da fare. Colleen aveva chiesto ad alcuni dipendenti di appendere i festoni e di legare dei nastri intorno alle sedie, poi dovevano sistemare gli addobbi dei tavoli e le bomboniere. Le damigelle di Lucy non erano ancora arrivate. Aveva deciso di chiedere auna vecchia compagna di scuola, Deepa, se le sue bambine volessero farlo. Era estremamente conscia di essere stata inaffidabile come amica dopo aver finito la scuola e si vergognava di chiedere alle sue amiche.

"Sta succedendo qualcos'altro?" Chiese Beth. "Non sembri te stessa, amore."

Lucy si morse il labbro, pensando se doveva dirle qualcosa e poi buttò fuori tutto. Raccontò alla madre di quello che aveva visto sul sito RedPills e del tremendo tema di Jacob. L'unica cosa che non disse fu il fatto che Sunil l'aveva seguita e le carte del divorzio. L'utilizzo del computer di Jacob senza permesso era tutto quello che si sentiva di ammettere in una volta.

"E Henry? Cosa dice di tutto questo?"

"Lui si rifiuta di vedere, mamma. Jacob è un ragazzo pieno di rabbia ma è addolorato e forse ha il diritto di essere arrabbiato. Oltretutto ha cancellato la storia dei siti visitati su Internet e non sono riuscita a mostrargli quello che c'era su quel forum incel."

Beth sospirò. "Io non capisco questo mondo, questo... Internet. Qualche volta penso che sarebbe meglio che la gente tenesse i suoi pensieri per sé.

"Cosa pensi che dovrei fare?" Chiese Lucy.

"Andiamo a sistemare il resto degli addobbi," disse Beth. "Sono sicura che ti farà sentire meglio."

"Va bene," disse Lucy. Iniziò ad andare verso il giardino d'inverno con la madre e poi si fermò. "Scusa, ho dimenticato il telefono in camera. Aspettami qui, faccio un salto a prenderlo."

"Va bene, amore."

Lucy lasciò la madre al bar ma si diresse invece verso la reception. "Salve, mi spiace disturbarla. Mio figlio ha chiamato dal tiro al piattello. Mi ha chiesto di portargli la giacca che è in camera sua ma non ho le chiavi. Posso prendere in prestito quella di scorta da voi? La riporto subito."

"Certo," disse la receptionist sorridendo.

Lucy si sentì pervadere dal sollievo. Non era sicura che fosse permesso. Jacob ovviamente aveva la sua stanza dato che aveva quindici anni ma, dopo tutto, dato che aveva quindici anni, non era un adulto e le sembrò che la receptionist fosse contenta di darle una scheda per l'accesso.

Ringraziò la donna e corse su per le scale. Non aveva molto tempo per trovare il telefono usa e getta. Immaginava che con tutto l'equipaggiamento necessario per il tiro al piattello probabilmente aveva deciso di lasciarlo in camera. Fece passare la scheda ed entrò, con il cuore che le batteva in petto. Doveva essere veloce.

La stanza di Jacob era già tutta in disordine. Aveva lasciato le scarpe da ginnastica in mezzo, una felpa per terra. Frugò nelle tasche della felpa, poi in quelle di un paio di jeans appoggiati a una sedia. Spalancò il cassetto del comodino. Il cassetto fece un rumore ma si trattava di un blocco note e di una penna che avevano sbattuto contro il legno, nessun telefono. Poi cercò sotto il cuscino.

Emise un sospiro di eccitazione. Era lì. Un vecchio modello di iPhone. Doveva averlo comprato di seconda mano. Vide che era protetto da password e l'entusiasmo scemò. La data del suo compleanno? Provò ma senza fortuna. Forza, Lucy, pensò, ogni secondo che passava poteva essere scoperta. E quella di Sue? Forse la sua data di nascita avrebbe funzionato? Ma non la sapeva. L'unica altra data che si ricordava era quella in cui era morta. La digitò. Spalancò gli occhi. Il telefono era sbloccato, poteva accedere.

Ora doveva mettersi al lavoro. Passò tutte le schede aperte da Jacob e ne fece delle foto con il suo telefono. Fotografò user name e password del forum RedPills e fece lo stesso con i social media. Le sembrava che degli insetti si arrampicassero sulle braccia e le gambe. Se Henry avesse scoperto cosa stava facendo... Ma ormai era tardi, era entrata nel buco del coniglio ed era troppo dentro per fermarsi. Rimise il telefono al suo posto sotto il cuscino di Jacob e lasciò la stanza, con il sudore che le correva lungo la schiena.

* * *

Lucy rimase distratta per tutto il pomeriggio. Lavorava in automatico ad appendere decorazioni e discutere i posti a sedere. Capiva che la madre avrebbe volute parlarle del padre, ma si sentiva troppo vulnerabile per affrontare quel discorso. L'esperienza di sua madre con il padre era diversa dalla sua. Anche se Beth ora riteneva che Jim fosse stato un marito amorevole (era morto di infarto cinque anni prima) Lucy si ricordava il lato negativo. Si ricordava di come lui sminuiva la madre e le sue scelte, pretendeva un pasto completo alle sette ogni sera, lamentandosi se Beth rimaneva indietro con i lavori di casa. Lucy ricordava di come non le era consentito di vedere gli amici o di fare i buchi alle orecchie o indossare gonne sopra al ginocchio. Si ricordava l'odore di alcol che emanava dal suo alito e il modo in cui il volto gli diventava paonazzo quando era arrabbiato.

Ma la madre voleva dirle quanto sarebbe stato orgoglioso di vederla andare all'altare e ogni volta che lo menzionava Lucy sentiva il petto che si stringeva. Osservò la stanza, con le rose gialle che aveva scelto, i tavoli preparati in giallo le file di luci per l'illuminazione e lo sfondo della loro cerimonia, una tenda di fiori di tessuto giallo, e le venne voglia di tirare giù tutto.

Ritornando in camera di Lucy incontrarono Henry e Jacob che rientravano dal tiro al piattello. Beth li abbracciò entrambi, anche se Jacob si ritraeva e rimase teso al contatto.

"Oh, sono così eccitata per domani," disse Beth. "Sarai bellissimo con il completo, Jacob."

Jacob fece un sorriso affettato e distolse lo sguardo,

"Meglio che andiamo a lavarci," disse Henry. Con sorpresa, Lucy notò le guance arrossate e il sogghigno, come sostenuto da pensieri sul matrimonio. Non aveva mai pensato prima che potesse essere eccitato a quell'idea. "Credo che siamo sporchissimi."

Henry le baciò una guancia. "Ci vediamo per cena? Verso le sei?"

"Va bene," disse Lucy.

"Perfetto," disse Beth.

Andando ognuno nella propria stanza, Lucy riusciva a pensare solo a quanto tempo le restava per esaminare gli scatti che si era inviata. Con suo disappunto, la madre però aveva deciso di farle compagnia con una bottiglia di prosecco e due bicchieri. Aveva bevuto troppo in fretta, impigliandosi le dita nel ferro arricciacapelli mentre si preparava per la serata.

"Ochetta imbranata," disse Beth aiutandola a far scorrere l'acqua fredda sulla bruciatura. "L'agitazione dell'ultimo minuto. Non ti preoccupare, domani non lo noterà nessuno."

Lucy annuì.

Beth cambiò rapidamente argomento e iniziò a parlare di ospiti, orari di arrivo e altri banali dettagli del matrimonio. Ma Lucy non riusciva più a sopportarla. Alle cinque, suggerì di scendere al bar. Anche se aveva la mente già piuttosto annebbiata, ordinò un bicchiere di Pinot Nero per sé e una shandy per la madre. Il prosecco le faceva girare lo stomaco. Si aspettava che da un momento all'altro le venisse il singhiozzo.

"Dai, amore," disse Beth. "Andra tutto bene, sai? È normale l'agitazione e tu hai avuto alcuni mesi pesanti. Andrà tutto meglio."

"Vuoi dire come tra te e papà?" Scattò, poi immediatamente se ne pentì.

"Oh, Lucy," disse Beth. "Non ritorniamo di nuovo su quell'argomento."

Lucy si strinse la base del naso. "Va bene. Non dire niente di brutto. Sorridi semplicemente e sopporta."

Beth non disse niente. Appoggiò la mano sul braccio di Lucy e lo strinse. Fece venire le lacrime agli occhi alla figlia, che appoggiò il suo Pinot Nero sul bancone, pronta per girarsi e andarsene. Poi notò l'ingresso di un gruppo appartenente a uno degli altri matrimoni. Davanti a tutti c'erano due donne magre in abiti attillati e capelli acconciati alla perfezione. Non la videro nemmeno mentre passavano ridacchiando e si dirigevano al ristorante sul retro. Erano belle, ma non le facevano scaldare il sangue quanto l'uomo che camminava alle loro spalle. Le si fermò il fiato in gola e per un terribile momento pensò di essere sul punto di svenire.

Lui non la notò e lei non ne fu sorpresa. Aveva cambiato i capelli dall'ultima volta che l'aveva visto. Era stato tanto tempo prima, oltretutto, e lei non aveva mai pensato che Rafael fosse il tipo da ricordarsi le donne che aveva usato e gettato via. Ma sua madre la vide. Non appena la vista da aquila di Ana Maria notò Lucy, lei distolse lo sguardo. Lucy si afferrò al bordo del bancone. Non avrebbe mai più voluto vedere Rafael. Si ricordava ancora il modo in cui le mani di lui le avevano afferrato la gola e la sua lingua era rimasta sul dente incapsulato che lui una volta le aveva rotto. Quella volta lui le aveva sbattuto la faccia sul bancone della cucina. Si girò per guardare verso il bar, la pelle accaldata e rossa.

"Tutto bene, tesoro?" Chiese Beth. "Quello era...?"

"Sì," disse Lucy senza fiato. "Era lui."

"Bastardo."

Lucy fu sorpresa di sentire parole al vetriolo venire dalla bocca della madre. Si raddrizzò e si girò mentre Rafael e il suo gruppo sparivano nel ristorante.

"Pensi che sia ospite di un matrimonio?" Chiese Lucy.

"Non so," disse Beth. "Forse dovremmo andare da qualche altra parte per cena. Possiamo prendere un taxi per Rookthwaite o Fellkirk."

Lucy annuì. Proprio in quel momento arrivò Harry da solo.

"Jacob non si sente bene," disse. "Qualche problema allo stomaco. Penso che sia nervoso per domani."

Lucy ne dubitava ma fu sollevata a non doverlo guardare in faccia per qualche ora. Beth suggerì di sfidare il freddo e andare a Rookthwaite per cena. A Henry non dispiaceva rinunciare a bere e così girarono per un po' e poi trovarono un pub chiamato The Black Swan. A quel punto Lucy andò di nuovo in automatico, ridendo alle battute di Henry, guardando la madre sorridere, buttandosi sul pasticcio di carne e birra. L'atmosfera tra loro era cortese ma fredda e nessuno desiderò fermarsi dopo la cena. Così se ne andarono presto, senza nemmeno ordinare il dolce.

Tornati all'hotel, Lucy decise che doveva *vederlo* un'ultima volta. Si era convinta che non fosse reale. Anche se sapeva che le avrebbe fatto male, desiderava con tutta sé stessa guardarlo in volto, vedere ogni nuova ruga, ogni capello grigio appena spuntato. Aveva incontrato Rafael quando aveva venticinque anni e lui trenta. Non era una grande differenza di età ma la reciproca esperienza del mondo era enorme.

Cresciuta in una casetta nei sobborghi, Lucy non aveva viaggiato e non aveva avuto una grande vita sociale. Dopo aver finito la scuola aveva lavorato part-time, passando da lavori in ufficio a lavori occasionali di vendita al dettaglio. Non aveva fatto esperienza dell'università né trascorso i weekend alle feste. Aveva sempre preferito restare a casa con un buon libro. Rafael era l'esatto opposto.

Si sedette al tavolo di fronte al suo ex e alla sua famiglia. Era ancora presto, erano solo le otto. Vide la donna bruna girarsi verso di lei. Le si ghiacciò il sangue nelle vene. Si alzò per andarsene e in quel momento un pensiero terribile le attraversò la mente. Rafael era lì per sposarsi.

CLAIRE

Il sole invernale stava tramontando quando i loro ospiti cominciarono ad arrivare. Claire abbracciò i suoi genitori, con lo stomaco chiuso dal senso di colpa, sapendo che il padre di Ade aveva dato forfait all'ultimo. Nono c'era ancora nessuno della famiglia della povera Adrianna: la madre e la sorella sarebbero arrivate il mattino dopo da Londra.

Comunque, vedere i vecchi amici e la famiglia fornì una buona distrazione. Mostrò alla madre e al padre la biblioteca, fece una passeggiata nei giardini con loro, abbottonati nei cappotti invernali, e si scambiarono anche qualche regalo di Natale al bar.

"Abbiamo preso un pensierino per ciascuna di voi," disse la madre. "Non volevamo mettere in ombra il matrimonio ma abbiamo pensato che un paio di cose sarebbero state bene."

"Grazie, mamma!" Disse Claire, scartando una bella bottiglia di vino e del bagnoschiuma. Baciò entrambi i genitori sulle guance.

"Anche per te, Ade." La mamma di Claire le passò un regalo avvolto in carta glitterata che si sparpagliò come forfora sul tavolo del pub.

"Grazie, Emily. Non dovevi."

Claire notò che Adrianna era un po' in difficoltà senza la sua famiglia intorno. Negli ultimi due anni, c'erano stati un po' di problemi con il padre di Adrianna. Dopo il divorzio dalla madre, si era trasferito in Francia e aveva la tendenza a evitare le riunioni familiari. Soprattutto quando aveva una nuova fidanzata. E anche se sosteneva che non gli importava del fatto che sua figlia sposava una donna, qualche volta si comportava come se fosse il contrario.

"Sono deliziose, grazie." Adrianna sollevò le ciabatte pelose e sorrise.

Claire si allungò e prese la mano di Ade. Solo qualcuno che la amava davvero poteva far finta di apprezzare un regalo come quello. Ovviamente la madre di Clare non aveva voluto fare ad Ade un regalo brutto, ma probabilmente era andata nel panico perché non aveva la minima idea di cosa comprare.

La serata trascorse abbastanza tranquilla, anche se Adrianna era silenziosa e questo faceva male al cuore di Claire. Odiava l'idea che si dovessero sposare senza che fosse tutto perfetto. Ma era troppo tardi per riprogrammare tutto. Oltretutto non aveva detto niente ai genitori dello stalker e quel segreto le pesava molto.

Quando si alzò per andare a prendere da bere per tutti, Claire non si aspettava di sentirsi ansiosa o preoccupata. A dire la verità, non era più così esageratamente vigile come quando era arrivata ma, dirigendosi al bar, ebbe la sensazione di occhi che la fissavano. Le si sollevarono i peli sulla nuca. La pelle d'oca le ricoprì le braccia. Si girò subito ma dietro di lei non c'era nessuno.

Claire si allontanò dal bar e si diresse dalla parte opposta, verso la reception. Esitò, osservando ogni uscita. La porta dell'hotel fece un rumore, come se qualcuno l'avesse appena chiusa. La spalancò e si avventurò nel gelo della tarda serata. Una notte limpidissima avvolgeva l'albergo nell'oscurità, le stelle luccicanti nel cielo nero.

"Che cazzo stai facendo qui?" Chiese una voce di donna.

Claire si nascose nell'ombra, accucciandosi accanto al bovindo. Verso le stalle, un uomo e una donna erano in piedi uno di fronte all'altra. La donna era alta, in un vestito aderente, tacchi alti che sprofondavano nella ghiaia. Anche l'uomo era alto, più vecchio, malmesso e con i peli del volto ingrigiti che avevano urgente bisogno di un taglio. Nessuno dei due notò Claire. Lei rimase in silenzio, intrigata dal tono e dal linguaggio del corpo sulla difensiva della donna. E se la coppia avesse avuto qualcosa a che fare con Simon Botham? Sembrava poco probabile, ma doveva restare e cercare di scoprirlo.

"Cosa c'è di così terribile nel voler vedere la mia bambina sposarsi?"

"Bugiardo." La donna accese una sigaretta e fece un tiro. "Dimmi la verità sul perché sei qui."

"Stai tramando qualcosa, Millie, e voglio sapere di cosa si tratta."

"Tu vuoi sapere se si tratta di soldi," scattò la donna.

"Beh, è così?"

Claire sapeva di doversene andare. Ora sapeva che non avevano niente a che fare con i Botham e poteva rientrare. Ma non lo fece. Rimase lì, ad ascoltare.

"Senti, *papà*," disse la donna, "rovinerai tutto e io non posso permetterlo. Ho un piano. Vai a casa, okay?"

Si girò per andarsene ma l'uomo trasandato la afferrò per il braccio. "Non vado da nessuna parte se non mi dici cosa sta succedendo."

"Lasciami andare," sibilò lei.

Ma lui continuava a tenerla. Il cuore di Claire batteva forte. Era a pochi secondi dal mettersi in mezzo ma esitò.

"Sì, va bene. Ci sono dei soldi. Ma è..." la donna fece una pausa, guardando verso le finestre come per controllare che nessuno li vedesse. "È una partita lunga. Al momento non ho un bel niente. È meglio se vai a casa."

"No," disse lui. Il suo tono era deciso, ma le lasciò il braccio.

Lei sospirò.

"Gli dirò chi sei a meno che tu non mi procuri dei soldi. Stasera."

"Non essere stupido."

"Lo faccio, Millie. Tua madre ha bisogno di aiuto. Lei è..."

"Una drogata, lo so. E tu vuoi sembrare quello che la aiuta ma spendi tutti i soldi in alcol e altra droga. Fottiti." La donna si diresse alla porta. "Digli quello che ti pare. Non crederà a una parola. Pensi davvero che un uomo come Rafael si preoccupi di un vecchio criminale relitto e ubriacone come te? Io negherò *tutto*. Ora vattene. Torna nella tua auto e *vai a farti fottere*."

La donna strattonò la porta dell'albergo e si precipitò dentro. Ora Claire era sola con l'uomo e non le piaceva proprio per niente. Lui scalciò la ghiaia e bestemmiò prima di fiondarsi al parcheggio. E in quel momento, qualcun altro sbucò dal lato dell'edificio.

Era alto, ma il modo in cui le braccia sembravano troppo lunghe per il corpo indicava che si trattava di un adolescente. Mentre si avvicinava, la luce della luna illuminò i lineamenti. Vide tracce di acne sulla mascella e sul mento. Decisamente un adolescente. Claire trattenne il respiro. Non si mosse. Si sentiva esposta. Il ragazzo avrebbe potuto facilmente guardare nella sua direzione ma non lo fece. Portava un borsone sportivo e attraversava a grandi passi il vialetto di ghiaia. Sparì nell'albergo, chiuse la porta e finalmente Claire fu sola. Lasciò andare un sospiro di sollievo. Dio, che stupida. Si era allontanata solo per prendere da bere.

Rientrata in hotel, si strofinò le mani per scaldarle e si diresse di nuovo al bar. La donna con il vestito attillato era lì seduta davanti a un bicchiere di champagne e fissava nel vuoto. Claire cercò di non fissarla mentre ordinava i suoi drink.

"Sei qui per uno dei matrimoni?" Chiese la donna.

Claire si sentì in imbarazzo a rispondere dopo quello che aveva sentito ma non poteva ignorare la domanda. "A dire il vero mi sposo domani."

"Anch'io." Ridacchiò la donna. "Noi siamo il matrimonio Davidson-Rodriguez, nella sala da ballo."

"Noi ci sposiamo in biblioteca."

"Mi chiamo Mila," disse, porgendo la mano.

"Claire."

"Sei eccitata all'idea del matrimonio, Claire?"

"Non vedo l'ora. E tu?"

Un fremito attraversò il volto di Mila. Incertezza, paura, fastidio? Era difficile da interpretare. Claire notò che i suoi occhi non dimostravano molta emozione.

"Sono elettrizzata," disse lei. "Ma sono impegnativi, no? I matrimoni. Tutta la pianificazione e nello stesso tempo dover gestire la famiglia." Fece una smorfia. "Ma alla fine ne sarà valsa la pena."

Claire sorrise. "Certo, è così."

Mila fece un cenno con il capo verso un tavolo turbolento di ospiti del matrimonio. "Sarà meglio che torni. Magari ci vediamo in giro per l'hotel domani, altrimenti, buona fortuna."

"Anche a te," disse Claire raccogliendo i suoi bicchieri.

Guardò la donna allontanarsi mentre la conversazione che aveva origliato poco prima le girava ancora in testa. Non erano affari suoi ma allo stesso tempo si chiedeva cosa mai stesse succedendo con quella famiglia. Era così distratta dai suoi pensieri che non notò la persona vicino alla finestra. Non vide che aveva lo sguardo fisso su di lei. Penetrante. Minaccioso.

* * *

Era quasi mezzanotte quando Claire e Adrianna si separarono dal loro gruppo e si diressero verso le camere per andare a letto. Avevano deciso di dormire in stanze separate prima del matrimonio. Unica tradizione a cui avevano acconsentito. Ma nel momento in cui succedeva Claire sentì un peso sullo stomaco al pensiero di un letto vuoto. Si ritrovò a camminare lentamente, a passi faticosi. Accanto a lei, Adrianna sembrava imbronciata, diversa da come era di solito. Aveva le braccia incrociate sul petto e si fissava i piedi. Un attimo dopo si fermò, bloccando la salita delle scale.

"Non penso di potercela fare," disse Adrianna.

"Grazie a Dio, perché nemmeno io voglio dormire da sola. Non con tutti quegli incubi..."

"No," scattò Adrianna. "Gesù Cristo, Claire, smettila di pensare che giri tutto intorno a te e a quel maledetto stalker. Non so se riesco a fare *questo*. Il matrimonio. Non con tutto quello che sta succedendo. Tu sei al limite. Mio padre non viene. Non ho avuto notizie di mia madre o mia sorella per tutto il giorno. Io... non è come volevo che fosse."

"Dici sul serio?"

"Sì." Annuì freneticamente con la testa, con gli occhi talmente spalancati che Claire poteva vedere il bianco del bulbo oculare. "Sono maledettamente e fottutamente seria. Non sono sicura di volere il matrimonio con la mia sposa che si guarda continuamente alle spalle in cerca di qualche mostro che potrebbe volare fuori dall'ombra."

"Questo... non è corretto, Ade. Mi fai sembrare una pazza," disse Claire. "Non sono pazza, ne ho passate tante di recente. Lo sai."

Adrianna si strofinò la parte superiore delle braccia e sospirò. "Oh, credimi, lo so." Le spalle si rilassarono e lei si addolcì. "Lo so. Scusa. Non volevo puntare su quello. Sono così tesa e ho camminato sulle uova per tanto tempo intorno a te e semplicemente... non so se posso continuare a farlo. Sono esausta. E ora dovrei incollarmi un sorriso in faccia e..."

Un uomo, inconscio dei loro problemi, le superò, interrompendole, ridendo al telefono.

Claire sollevò i palmi delle mani in un gesto di difesa. "Non so cosa dire. Non voglio che tu debba incollarti il sorriso in faccia per sposarti. Sono stanca. Vado a dormire. Domani arrivano tutti gli ospiti e non riesco a credere che stiamo avendo questa discussione." Scosse la testa, cercando di trattenere le lacrime che le si stavano formando negli occhi. "Non è da te, Ade."

"Forse non sai come sono." La voce di Adrianna suonò gonfia di emozione.

Claire alzò di scatto la testa. "Non dire una cosa simile."

Le lacrime scorrevano lungo il volto di Adrianna. "O forse tu conosci la versione di me che hai costruito nella tua testa. Non tieni conto del resto di me."

Claire si lasciò cadere sulle scale. "Di cosa stai parlando?"

"Niente. Vado a dormire. Non posso..."

Claire si rialzò in piedi. "Aspetta. Noi... ci sposiamo domani?"

Adrianna fece sbavare il mascara asciugandosi gli occhi. "Non so. Forse sono ubriaca." Alzò le spalle.

Claire sedette di nuovo sulle scale, allibita. Non voleva vedere Adrianna che si allontanava da lei.

LA SPOSA

NATALE

I ricci ormai andati, i capelli inzaccherati e ingarbugliati dal vento, dalla base della collina stava tornando verso il casotto. La neve picchiettava intorno a lei con un ritmo delicato. Sentiva l'umidità nell'aria, pioggia mista a nevischio.

La sposa recuperò il telefono dalla tasca della giacca e si diresse verso gli alberi, in attesa di trovare il segnale. Raggiunto un punto in cui c'era qualche tacca, inviò un messaggio.

Incontriamoci al casotto. Ho qualcosa da dirti.

Poi digitò un altro numero e fece una chiamata. Lui rispose al secondo squillo.

"Chi parla?"

Lei glielo disse. Poi gli promise una cosa. "Ma solo se fai esattamente quello che ti dico. È chiaro?"

Riagganciò e sorrise. Finalmente stava prendendo il controllo. Cominciò a camminare.

PARTE TERZA

IL GIORNO DEL MATRIMONIO

MILA

Mila fece finta di andare a letto. Salì le scale fino in cima e poi si girò e si diresse di nuovo al bar. Era chiuso ma lei sedette a uno dei tavoli, si tirò le ginocchia sotto al mento e rimase così per qualche minuto, persa nei suoi pensieri. Era passata la mezzanotte, quindi era Natale. Ed era anche il giorno del suo matrimonio.

"Ciao."

Gli occhi di Mila incrociarono la proprietaria di una voce titubante. Lucy, l'altra sposa, quella che sembrava voler parlare ma si rifiutava di farlo.

"Posso farti compagnia?" Chiese Lucy.

Mila annuì con la testa e lasciò cadere le gambe sul pavimento di moquette.

"Scusa se non ti ho raggiunta prima," disse Lucy. Mila notò che giocherellava con le maniche della maglietta, muovendo gli occhi intorno invece di guardare la sua interlocutrice.

Mila alzò le spalle. "Fa niente."

Lucy non rispose, iniziò a spingere l'unghia del pollice sul piano del tavolo.

"Qualcosa non va?" Chiese Mila, che stava perdendo la pazienza.

"Non so come dirlo," rispose Lucy.

"Dillo e basta."

Gli occhi di Lucy scattarono in su a quel tono secco. "Sposi Rafael Rodriguez?"

"Sì," disse Mila.

"Non farlo." Lucy emise una breve risata priva di umorismo. "Sono stata la sua ragazza per un po'. Per quasi un anno, a dire il vero, mi ci è voluto tanto per lasciarlo. Durante quel periodo, mi ha abbattuta, letteralmente e metaforicamente, finché non sapevo più chi fossi."

"Merda," disse Mila. "Mi dispiace tanto."

Lucy alzò le sopracciglia. "Tu... Tu non sembri sorpresa né inorridita."

Mila si tirò con i denti il labbro inferiore, cercando di decidere come rispondere a quella donna. In quel momento sospettò che fosse la fidanzata di cui aveva parlato Ana Maria, quella sottomessa che le piaceva. "Si comporta allo stesso modo con me."

"Oh, Dio. Mi dispiace davvero." Gli occhi di Lucy si riempirono immediatamente di lacrime. Si allungò attraverso il tavolo e prese la mano di Mila. "Non devi farlo per forza. Puoi andartene. Ora. Io ti posso aiutare." Allontanò lo sguardo per un momento. "Io... anch'io sto pensando di andarmene."

"Davvero?" Chiese Mila.

Lucy abbassò la voce. "Non penso che il mio fidanzato sia l'uomo che pensavo che fosse. Lui... e suo figlio..." Si interruppe, gli occhi che vagavano sulla parete. "Non so se riesco a farcela. Ma poi penso che potrei essere paranoica. Che sto esagerando ed è tutto nella mia testa. Quando... quando Rafael ti fa male, ti sembra mai che ti stia portando via la voce? Come se tu non potessi mai rispondere? Io non sono sicura di aver più riavuto la mia voce."

Mila appoggiò la mano libera su quella di Lucy. "Senti, tesoro. Tu hai una voce. Ce l'hai. E nessun uomo potrà mai portartela via finché respiri. Hai capito?"

"Sì."

"Promettimi che farai una cosa."

"Cosa?" Chiese Lucy.

"La prossima volta che ti sembra che ti stiano portando via la voce, voglio che tu gridi più forte che puoi." Mila si sporse verso la donna e aggiunse con feroce convinzione nella voce: "Devi gridare così forte da far scoppiare i timpani di quel pezzo di merda. Hai capito?"

Lucy, con gli occhi spalancati e il viso rigato di lacrime, fece di sì con la testa. Mila le strinse un'ultima volta la mano e poi se ne andò.

* * *

Ana Maria stava aspettando Mila fuori dalla sua stanza. La suocera aveva le labbra strette, facendo mostra di disapprovare il fatto che Mila rimanesse fuori da sola fino a tardi.

"Ti stavo aspettando per darti questo," disse, porgendole la borsa con i vestiti.

"Grazie," disse Mila.

"Dove sei stata?"

"Ho deciso di dedicare un po' di tempo a me stessa al bar." Non parlò del fatto che era rimasta al piano di sotto per assicurarsi che quel disperato del padre non cercasse di infilarsi di nuovo nell'albergo.

Ana Maria strinse gli occhi. "Sei una donna strana, Mila. E non sono contenta che tu sposi mio figlio. Conosco il tuo passato, sai. Ho visto le foto. Il nostro investigatore privato ha rintracciato un uomo di nome Roger Smythson."

Quelle parole la colsero di sorpresa. Dannato Roger. Doveva essere successo dopo che lei lo aveva affrontato. Senza dubbio il ficcanaso privato di Ana gli aveva offerto una bella somma per le foto. Lei rimase impassibile, scuotendo leggermente la testa. Spalancò gli occhi con finta innocenza. "Quali foto? Chi è Roger Smythson?"

"Le foto che hai spedito in cambio di soldi. Ho sempre saputo che non eri abbastanza per il mio ragazzo e ho sempre saputo che sei una puttana."

"Si fanno cose incredibili con Photoshop di questi tempi. Sono sicura che chiunque sia questo Roger Smythson ha fatto quello che doveva per cavare soldi all'investigatore," disse Mila, ignorando gli insulti.

"José sta ancora decidendo cosa fare." La matriarca fece un passo indietro. Aveva la schiena dritta, il corpo in tensione.

"Deve essere frustrante essere sposate a un uomo come quello. Sei una donna intelligente. Scommetto che ti piace gestire gli affari di famiglia. Ma invece sei relegata a cucinare e rammendare vestiti, crescendo un uomo narcisista a cui piace controllare e picchiare le ragazze."

L'espressione di Ana Maria si trasformò, la pelle pieghettata e ripiegata mentre sogghignava. Fece due passi avanti finché i loro nasi furono quasi a contatto. "Guardati le spalle. So che c'è dell'altro che ci tieni nascosto. Non sei chi dici di essere. Non appena lo scopro..."

"Ormai è un po' tardi, no?"

"Non sei ancora sposata," scattò lei. "Interromperò questo matrimonio prima ancora che inizi." L'espressione bruciante di rabbia. Si allontanò stringendo le mani a pugno. "Quel vestito non ti sta bene, comunque."

"Lo so," disse Mila. "Ma io comunque sono sexy. Non come il tuo culo molle. Buonanotte, mamma!" Fece un gesto allegro con la mano e si infilò nella sua stanza. Le arrivò una scossa di adrenalina. Chiuse immediatamente la porta e si lasciò andare sul letto. Una risatina le stava nascendo in gola, ma la soffocò. Che emozione mettere Ana Maria a posto, ma ormai era passata, doveva guardare avanti. Domani. Il matrimonio. Le foto. Il suo piano era a malapena iniziato e già le stava crollando addosso.

LUCY

Si svegliò alle sei di mattina, inzuppata di sudore freddo e avvolta nelle lenzuola come in un bozzolo, creato in qualche momento durante la notte. Tirò fuori la testa. Nel letto dall'altra parte delle stanza la mamma di Lucy russava delicatamente.

Sua madre aveva sempre avuto il sonno pesante, soprattutto dopo un paio di bicchieri di vino. Infatti, non aveva nemmeno notato che Lucy era sgattaiolata fuori dalla stanza qualche minuto dopo mezzanotte. Sperava di incontrare quell'altra sposa, Mila, e ci era riuscita. Era stato un tentativo azzardato, ma Mila non sembrava il tipo di donna che va a letto presto come avevano fatto Lucy e la madre. Tuttavia, parlare con Mila era stato emotivamente pesante a diversi livelli. Dopo, si era asciugata gli occhi ed era praticamente collassata a letto, addormentandosi quasi subito.

Si strofinò via il sonno dal viso e si mise seduta. La mattina di Natale. Il *giorno del suo matrimonio*. Non sembrava più tanto romantico. Aveva la gola secca, l'aria intorno a lei era gelida e temeva quello che stava per succedere. In silenzio, si mise la biancheria, un paio di jeans e lo stesso maglione del giorno prima. Uscì dalla camera in punta di piedi, infilandosi le scarpe da ginnastica mentre scendeva di sotto.

Il bar era vuoto, come si era aspettata, ma si sedette vicino alla finestra, sorpresa di vedere che fuori stava nevicando. Strinse gli occhi per guardare attraverso la spessa lastra di vetro, sentendosi avvolta dall'oscurità dell'esterno. Poi il suo telefono ronzò.

Ho bisogno di vederti. Sto venendo su.

Di nuovo Sunil. Non riusciva a farsi un'idea su di lui. Sembrava più che altro geloso della carriera di Henry e sospettava che la fissazione per lei nascesse da quello. La desiderava o voleva distruggere la vita del suo fidanzato? Immaginava la seconda.

NON VENIRE QUI! Rispose lei. Poi fece una pausa e proseguì. **Qui non sei il benvenuto. Non so cosa pensi che stia succedendo, ma non è quello che pensi tu. Sei chiaramente ossessionato da Henry. Voglio che lasci in pace me e la mia famiglia.** Fece un respiro profondo e premette Invio.

Un attimo dopo: **Sei un'illusa. Ti ucciderà come ha fatto con la prima moglie.**

Quello era troppo. Lucy andò nei contatti sul telefono e bloccò il numero. Si sentì subito più leggera. E un problema era risolto. Cosa fare con gli altri? Diede un'occhiata al telefono. Erano le sei e trenta. Il fotografo sarebbe arrivato alle dieci. Poi parrucchiere e truccatore. Aveva progettato una bella colazione con sua madre alle otto. Doveva far passare ancora qualche ora. Aprì le foto scattate al telefono usa e getta di Jacob ingrandendo l'immagine per recuperare i dettagli di accesso al forum. Il cuore le batteva più forte che mai mentre caricava il browser e andava su RedPills. E se Jacob avesse impostato una notifica per avvisarlo che qualcuno con un indirizzo IP diverso stava accedendo con il suo account? Esitò. Almeno se lui l'avesse affrontata sarebbe venuto alla luce tutto. No?

Fanculo, pensò, digitando **throatpuncher** nella barra dello username.

"Lucy."

Sobbalzò così violentemente al sentire il suo nome che lanciò il telefono in aria, facendolo atterrare sul ginocchio. Una mano era volata al petto.

"Va tutto bene?"

Annuì, afferrando il telefono e cacciandolo nella tasca dei jeans. Henry si sedette di fronte a lei, corrucciato. Aveva scoperto cosa aveva fatto?

"Anch'io mi sono svegliato presto," disse, strofinandosi la base del naso con due dita. "Forse sono nervoso. Tu sei nervosa?"

"Sì," disse lei, non osando aggiungere altro.

"Lo capisco," disse lui. "So che le cose con Jacob non sono andate bene ultimamente."

Non era da Henry riconoscere una cosa simile e questo catturò l'interesse di Lucy. Si sporse leggermente verso di lui, aspettando che proseguisse.

"Ci ho pensato molto, in questi giorni. Soprattutto al tema. È stato tremendo e penso che forse ho cercato di rimuoverlo perché non accetto di vedere quando sta soffrendo mio figlio. E, sinceramente, sta soffrendo. Lo vedo fisicamente." Henry fece un sorrisino, le mani che si agitavano in aria come per dimostrare la manifestazione del dolore.

"Lo so," disse Lucy.

Con sua sorpresa, la voce di Henry si ispessì e lei vide gli occhi luccicare per le lacrime. "A essere sincero ho sofferto anch'io, ma incontrarti mi ha aiutato. Non sono stato una brava persona di recente. No." Scacciò le lacrime, tirando su pesantemente con il naso. "Il mio lavoro ne ha sofferto. Ho chiuso gli occhi davanti... a tutto quello che succedeva a casa. Non ti giudico per aver curiosato nel computer di Jacob perché ti ho lasciata in quella casa senza un alleato, non è così? Mi dispiace tanto."

Lucy fissò gli occhi umidi del fidanzato e fece di sì con la testa. Allungarono contemporaneamente le mani e se le strinsero.

"Devo dirti una cosa," disse Lucy. "So che avevi in mente di divorziare da Sue. Sunil... beh, Sunil mi ha perseguitata. È convinto che tu l'abbia uccisa."

Henry lasciò cadere immediatamente le mani di Lucy e la sua espressione divenne di pietra. "*Cosa*?"

Lucy si allontanò, sorpresa dalla sua reazione fredda. "Io, comunque, non gli credo."

"Lo ha detto Sunil?"

"Io penso che sia geloso di te."

Henry emise un lungo sospiro e distolse lo sguardo. Il suo corpo si contorse e si sistemò, come se volesse ricomporsi fisicamente. Quando parlò, gran parte della vulnerabilità che Lucy aveva notato era sparita. "Ho pensato a quel ragazzo come a un secondo figlio, ma penso di aver riposto male il mio affetto. È vero che Sue e io stavamo discutendo del divorzio quando è mancata. È uno dei motivi per cui mi è stato difficile accettare la sofferenza. Capisci? Per il senso di colpa."

"Capisco," rispose Lucy.

Henry sembrava distante. "Anche Jacob convive con questo, sai. Convive con il senso di colpa."

Lei non seppe cosa dire. Non voleva dire proprio niente. Si sentiva così ferita, dentro e fuori, ed esausta, ogni parte di lei consumata.

CLAIRE

Le parole di Adrianna avevano continuato a girare in testa a Claire finché, a un certo punto della notte, era crollata in un sonno senza riposo. Gli incubi la perseguitavano come al solito. Solo che ora Ade era inseguita da Simon Botham e mentre Adrianna correva senza sosta, gridava a Claire: *è tutta colpa tua*. Claire si svegliò di colpo. Corse in bagno a vomitare, poi si accasciò tremante sul duro pavimento di piastrelle.

Alcune delle cose dette da Adrianna erano saltate fuori dal nulla. Altre, le capiva. Ovviamente comprendeva quanto fossero state stressanti le ultime settimane. Ma Claire era sicura di conoscere la sua fidanzata meglio di chiunque altro. Perché Adrianna aveva buttato lì che si era costruita una sua versione di fantasia? Non era vero. Vivevano insieme. Aveva visto ogni possibile lato di Adrianna. Non era così?

Forse c'era qualcosa di vero. Claire non si era aspettata che Ade reagisse così male al fatto che il padre non veniva al matrimonio. Ma questo era perché lo stalker l'aveva messa in crisi. Era stata sollevata al vedere il biglietto del padre di Adrianna e, a causa di quel sollievo iniziale, non era riuscita a vedere il quadro completo.

Aveva deluso la sua compagna. Doveva vedere Ade.

Erano le otto e quaranta. Adrianna aveva chiamato una caffetteria locale a Rookthwaite e organizzato una colazione speciale con gli amici. Claire doveva incontrare i genitori al ristorante dell'albergo. Claire aveva appuntamento verso le nove mentre Adrianna era diretta al villaggio alle otto e mezza. Non era riuscita a incrociarla. Inviò subito un messaggio: **Possiamo parlare?**

Adrianna rispose quasi subito: **Non ce n'è bisogno. Ieri sera è stato solo un tentennamento.**

Claire si appoggiò con la schiena alla parete del bagno. Sembrava un capovolgimento degli eventi improvviso. Quasi troppo improvviso.

Ne sei sicura? Se vuoi possiamo parlare di ieri sera. Voglio che tu sia felice.

Lei rispose ancora rapidamente: **Davvero, sto bene. Ci vediamo dopo x**

Poi, dopo una manciata di secondi: **Sarò quella con il vestito bianco.**

Sarai quella splendida con il vestito bianco. Me ne sono occupata io.

Claire lasciò andare un sospiro di sollievo. Gioioso sollievo. Lo stomaco disteso, le dita rilassate sul telefono. Si alzò faticosamente per prepararsi per la colazione. Lei e Ade avevano scelto di condividere anche parrucchiere e truccatore. Adrianna si sarebbe preparata alle dieci e Claire alle undici. Una parte di Claire era infastidita da tutta quella programmazione e dalla rigida pianificazione. Mali necessari per assicurarsi che tutto procedesse senza intoppi ma, alla fine, in quella giornata mancava il romanticismo della spontaneità.

Poi si ricordò che di recente le sorprese erano state anche troppe.

* * *

La colazione fu veloce. I suoi genitori erano chiacchieroni ed eccitati. Ancora afflitta dal mal di testa del dopo sbornia, Claire non riuscì a mangiare molto, anche se i genitori l'avevano avvisata che dopo le sarebbe venuta fame.

"Le spose non mangiano mai molto al ricevimento," disse la mamma. "C'è troppo da fare, troppe persone a cui parlare."

"Non preoccuparti, amore," disse il padre. "L'agitazione è normale."

Lei non parlò loro della sua discussione con Ade la sera prima. Non le sembrava giusto parlarne. Ma ora nascondeva due cose ai genitori, lo stalker e la discussione. Tre, se contava gli attacchi di panico al lavoro.

Dopo una mezz'ora, Claire si scusò e si alzò prima di finire, sperando di riuscire a infilare un riposino di mezz'ora prima di doversi preparare. Le tremavano i muscoli mentre saliva le scale. Ancora troppo alcol le scorreva nelle vene. Avrebbe dovuto stare attenta. Quando appoggiò la testa sul cuscino, non si aspettava di addormentarsi subito, ma la stanchezza ebbe la meglio. Dopo quelli che le sembrarono pochi secondi, la sveglia del telefono vibrò accanto al cuscino. Claire si sedette, si strofinò gli occhi e la spense. Lasciò il letto e si diresse alla doccia per rinfrescarsi prima che tutti scendessero per la festa di preparazione. Aveva una speciale vestaglia di seta, scelta per l'occasione. Poi vide la busta bianca sulla moquette accanto alla porta della camera.

Claire attraversò in un balzo la camera e raccolse la busta da terra. Prima di aprirla, le sue dita agitate aprirono la serratura e lei si sporse in corridoio. Era vuoto. Con il cuore in gola, tornò indietro e strappò la busta per aprirla. Ne uscì un'altra fotografia. Un bambino. Sedeva da solo su uno sgabello, in posa per una foto scolastica. Sei o sette anni circa. Aveva occhi azzurri luminosi e un ciuffo di capelli corti biondicci. Claire non aveva mai visto prima quel bambino in vita sua. Girò la fotografia. Scarabocchiato dietro c'era un messaggio: **Te la farò pagare per quello che gli hai fatto.**

Che *lei* gli aveva fatto? Claire non aveva mai visto quel

bambino. Non capiva. Barcollò all'indietro e si sedette sul bordo del letto. Per tutto quel tempo, la persecuzione era per quel ragazzino, ma lei non capiva. Girò la fotografia avanti e indietro, per cercare di capire di che epoca fosse. Ma la carta era spessa e rozza. Un campione per la scuola. Non aveva altri indizi. Quel bambino avrebbe potuto essere un adulto, ormai, per quello che ne sapeva.

Si portò l'immagine vicino al volto. Chi era? C'era un bambino coinvolto nel caso Botham? Kevin Botham aveva una famiglia. Forse era il figlio? O il figlio di Simon Botham? E se invece non aveva capito niente? Se lo stalker non avesse avuto niente a che fare con il processo per omicidio? Qualunque fosse la risposta alle sue domande, una cosa era certa: qualcuno aveva infilato a mano la fotografia sotto la porta della camera d'albergo mentre lei dormiva.

Ancora con i vestiti stropicciati, Claire corse fuori dalla stanza, lungo il corridoio verso le scale. Poi si fermò e indietreggiò. Qual era il piano? Annullare il matrimonio? Dire ad Adrianna che erano in pericolo e mandare via tutti gli ospiti a poche ore dalla cerimonia? Dopo la discussione della sera prima, si preoccupò che la loro relazione non fosse così solida come pensava. E se rimandare il giorno che avevano progettato da tanto finisse per essere l'ultima goccia?

Claire corse giù verso la reception e chiese di Colleen. Mentre aspettava, camminava per la sala di ingresso, con il telefono all'orecchio, riferendo il messaggio minatorio all'agente Deol. Con l'angolo dell'occhio notò qualcosa di insolito all'esterno di Wilder House. Stava nevicando. E non una spruzzata... una tempesta.

LA SPOSA

Il casotto sembrava caldo, stando fuori nella neve. Aspettò vicino alla finestra, pronta a nascondersi non appena l'avesse visto entrare. Aveva tolto la corda dai pantaloni e l'aveva arrotolata sul pugno sinistro. In quello destro aveva il coltello. Si appoggiò una mano sulle costole e premette forte, valutando il dolore. Sussultò appena. Non era così male.

Con il corpo che tremava per il freddo, le labbra screpolate, il trucco sbavato su tutto il volto, si concentrò finché riuscì a canalizzare l'attenzione come la punta di un ghiacciolo. Ritornando al casotto aveva fatto qualcosa di sconsiderato, ma forse avrebbe funzionato. Forse... forse... Se fosse stato così, per lei sarebbe andato tutto a posto. In caso contrario, sarebbe stato un completo disastro.

Aveva usato il telefono per contattare due uomini, ma aveva la sensazione che quello con il fucile sarebbe arrivato prima. Immaginava che fosse più vicino. Ovviamente, questo per lei significava pericolo. Quindi, doveva cogliere l'attimo. Non aveva altro che un coltello contro un'arma da fuoco e ora doveva usare il cervello.

Aprì la finestra di una fessura, pronta per quello che sarebbe venuto dopo. Il suo piano richiedeva agilità. Tese i muscoli e attese.

Quando udì il rumore inconfondibile di passi che schiacciavano la neve, si appiattì contro il muro, trattenendo il respiro. Non ancora. Aspetta. Fai con calma. La porta si aprì cigolando. Scarpe batterono contro le tavole di legno dell'interno. Scricchiolò la porta di una credenza, un'altra si chiuse di scatto. Stava controllando il posto. Poi il rumore di un rubinetto aperto. Si stava versando un bicchiere d'acqua. Osò dare una rapida occhiata attraverso la finestra, lui era girato dall'altra parte. Quando lo vide voltarsi verso di lei, si ritirò di corsa dietro al muro. Lui bevve almeno due grandi sorsate d'acqua, poi si mosse di nuovo. Lei sentì il rumore di lui che si sistemava sui cuscini del divano, il peso che affondava e i calzoni di poliestere che grattavano sul tessuto. Sapeva che in quel modo l'uomo dava le spalle alla finestra. Aveva controllato attentamente perché immaginava che avrebbe deciso di stare seduto con lo sguardo verso la porta. Non aveva notato che la finestra era leggermente aperta.

Ora lei doveva muoversi in fretta. Non sarebbe stato facile.

La sposa si inginocchiò e prese una pietra che aveva cercato appositamente. Non era troppo pesante ma era di discrete dimensioni. Si posizionò in modo da stare di fronte alla finestra, sempre lentamente. Non fece scricchiolare la neve come aveva fatto lui. Fece scivolare i piedi. Mise il coltello nella tasca posteriore, sollevò la finestra e lanciò la pietra con tutta la sua forza. Colpì l'orecchio sinistro del bersaglio, con un forte rumore sordo. Lui cadde in avanti, preso alla sprovvista, il cappello che rotolava in terra.

Saltò sul davanzale e si gettò in avanti. Il parapetto metallico della finestra le scavò l'addome. Allungò le mani in fuori, cercando di raggiungere il divano, sfiorandone il bordo con la punta delle dita. L'uomo si appoggiò per rialzarsi dal pavimento, il fucile ancora in mano ma apparentemente stordito dal colpo. Le ginocchia di lei colpirono con forza il pavimento. Riuscì a mettersi a quattro zampe, spostandosi di lato come un granchio e osservando le mosse di lui, in modo da fare gli stessi movimenti e restare nascosta alle sue spalle, dove non poteva essere afferrata né colpita. Lui stava ancora cercando di riprendersi. Rimise a posto il fucile con uno scatto, il sangue che colava da un taglio dietro l'orecchio. Lei saltò in piedi brandendo il coltello preso dalla tasca ma lui si era già girato e le stava puntando il fucile. Istintivamente, lei si accucciò mentre lui sollevava la bocca del fucile senza sparare. Fece una pausa.

Strabuzzò gli occhi per lo sconcerto. La bocca spalancata. "E tu chi sei?"

Lei afferrò la canna del fucile, cercando di strappargielo dalle mani. Ma, nonostante la figura snella, lui era più forte e mantenne la presa. Lei sollevò il coltello e si fermò con la punta sotto la giugulare dell'uomo. Lui tentennò, barcollando all'indietro. Lei tirò il fucile ma le dita di lui scivolando colpirono il grilletto e uno scoppio ruppe la quiete. Lei restò senza fiato, con le orecchie che rimbombavano. L'uomo sembrava sotto shock. Si portò una mano all'orecchio sano. Lei fece scorrere lo sguardo per la stanza e vide il buco nel muro e i pezzi di intonaco che coprivano il pavimento.

La sposa approfittò della confusione dell'uomo. Si lanciò in avanti con il coltello alzato e lo colpì al braccio. Lui sobbalzò e cercò di allontanarsi. Lei emise un verso gutturale, lasciò cadere il coltello e prese con entrambe le mani la canna del fucile, strappandogli l'arma di mano.

"Cazzo," gridò lui. Il volto gli era diventato grigio dalla paura o dal dolore, oppure per entrambi. Fece pressione sul taglio sul braccio facendo qualche passo indietro. "Ti prego non spararmi."

"Mettiti in ginocchio," disse lei.

Lui obbedì.

"Metti le mani dietro alla schiena."

Lei tremava mentre si inginocchiava dietro a lui. Appoggiò per un attimo il fucile, prese il coltello e lo puntò al fianco dell'uomo.

"Muoviti e ti buco i polmoni," sibilò.

Lui non si mosse. Lei prese la corda e gli legò le mani più forte che poté. Lungo il collo dell'uomo il sangue continuava a colare.

Lei si allontanò, prese il fucile e lo sollevò all'altezza della spalla, poi fece cinque passi indietro. "Siediti sul divano."

Lui faticò a mettersi in piedi, cercò alle sue spalle i cuscini e si sedette. Aveva gli occhi scuri e duri, brillanti come petrolio sull'acqua. Lei prese l'altra sedia e la spostò in una posizione da cui poteva controllare sia lui che la porta. Sentì una scossa di adrenalina: ora era in posizione di vantaggio. Stava andando tutto a posto. E, per la prima volta dalla mattina del matrimonio, pensò che avrebbe potuto davvero cavarsela con l'omicidio.

MILA

Il vestito le stava più stretto rispetto al giorno prima. Il colletto la soffocava. E quando il velo era abbassato sulla sua corona di riccioli le veniva voglia di strapparlo via. La pelle le prudeva. Sorseggiò un mimosa e sorrise, del tutto conscia di Ana Maria che la guardava stando in un angolo.

La piccola stanza era affollata di gente. Il fotografo si muoveva intorno a lei, attaccandole la macchina al volto e feticizzando ogni dettaglio che dava la sensazione del femminile: i bicchieri di champagne, le scarpe con il tacco alto, il pizzo, i fiori, tutto mentre cercava di togliere qualunque emozione da lei e da sua suocera. I capelli erano acconciati, le labbra ritoccate con rossetto rosa, il mascara impastato sulle ciglia. Lei si era mostrata allegra con le altre donne nella stanza, le aveva abbracciate, aveva letto i loro biglietti, ammirato i loro vestiti. Felicia era l'unica damigella, poi c'erano un paio di zie e due cugine di Rafael che avevano voluto prepararsi con loro. Si sentiva già esausta.

Durante la fase di trucco, Mila aveva notato diverse volte dei colpi alla porta e teste che sbucavano per dare un'occhiata. Peter. José. Di nuovo Peter. Sussurravano a chiunque avesse aperto la porta, ovviamente cercando di tenerle nascosto qualcosa. Il sorriso di Felicia si era gelato una o due volte. Quando successe per la quinta volta, Mila decise di intervenire.

"Cosa sta succedendo?"

"C'è un piccolo problema," disse Felicia. I suoi occhi corsero alla finestra.

Mila attraversò la stanza e tirò da parte la tenda. Spalancò gli occhi. Non aveva notato tutta la neve. Enormi fiocchi cadevano dal cielo, impedendo la vista. I campi erano coperti da un tappeto bianco e per qualche momento pensò che la scena all'esterno ispirava bellezza e pace. Desiderava quel tipo di pace.

"Alcuni ospiti sono bloccati per strada." Disse Felicia. "I loro alberghi a Rookthwaite e Fellkirk hanno chiuso. Penso che molti non ce la faranno."

"Rafael lo sa?" Chiese Mila.

Lei annuì.

"Vuole comunque andare avanti?"

"Penso di sì," disse Felicia.

"Bene," replicò Mila.

Felicia si accigliò.

Quando si girò, Mila notò che Ana Maria se ne era andata. Prima che potesse chiedere come mai non ci fosse, il fotografo le chiese di posare vicino alla finestra con la neve sullo sfondo. Anche se tutta quella confusione infastidiva Mila, doveva ammettere che non vedeva l'ora di poter guardare le fotografie che le erano state scattate.

Poi anche Felicia sparì dalla stanza. Mila si chiese se stesse accadendo qualcos'altro, oltre alla neve. Esitò, incerta sul da farsi. Una parte di lei si era chiesta se dovesse andare avanti come se niente fosse. Ma sarebbe sembrato che non le importava? Non conosceva molto bene il resto della famiglia di Rafael, così decise di seguire Felicia giù dalle scale. Mentre usciva con il vestito da sposa, udì gente che alzava la voce vicino alla reception. Si fece strada per avvicinarsi, facendosi coraggio per qualunque cosa la aspettasse. Temeva che suo padre potesse avere qualcosa a che fare con la confusione. Le venne la pelle d'oca pensando al modo in cui era apparso la sera prima. Dove aveva dormito? Lo immaginò accoccolato al gelo nel retro della sua Toyota. Si alzò il vestito e scese con attenzione gli ultimi gradini. Un piccolo gruppo di persone si era radunato vicino alla reception. Notò Rafael, José e Peter intorno a Colleen, la wedding planner.

"Cosa succede?" Chiese Mila.

Nessuno sembrò stupito di vederla o commentò il vestito. Erano troppo presi dalla discussione. Quando Rafael si girò per la prima volta verso di lei, i suoi occhi erano duri e arrabbiati.

"*Abue* è scomparsa," disse. "Il personale dell'hotel l'ha lasciata uscire da sola. In mezzo alla neve."

"Soffre di demenza," aggiunse José.

"Cerchiamo di restare calmi," aggiunse Colleen. "Non siamo sicuri che la signora Rodriguez abbia lasciato l'albergo. Le mie persone stanno chiedendo agli ospiti degli altri due matrimoni se l'hanno vista. Ho anche chiamato la polizia, ma temo che con la neve..."

"Quella donna ha più di ottant'anni! Dobbiamo trovarla subito!" Il volto di Rafael era rosso di rabbia.

Mila non voleva avvicinarsi a lui ma lo fece e appoggiò una mano sul suo braccio, cercando di calmarlo. Lui allontanò il braccio da lei con uno strattone. Mila, confusa, notò che Ana Maria aveva un sorriso compiaciuto.

LUCY

Chiese scusa e sparì in bagno. Era uno dei primi momenti in cui riusciva a stare sola da quando si era svegliata quella mattina. Era truccata, con i capelli acconciati e indossava il vestito. Non si ricordava che fosse così stretto, la prima volta che l'aveva provato. Ma quel giorno ogni parte di lei le sembrava pesante, come se in fondo, dentro di lei, ci fosse una pietra.

Lucy sedette sul bordo della vasca e scorse il telefono. Aveva controllato il forum di Jacob per tutta la mattina e finalmente aveva trovato qualcosa di interessante: un collegamento a un gruppo privato su Discord.

Aveva scaricato l'app Discord nei momenti rubati tra parrucchiere, trucco e fotografie. Ora doveva accedere con username e password di Jacob. Fortunatamente, aveva avuto la prontezza di scattare una foto al suo gestore di password e sapeva già che utilizzava varianti della stessa password: saintgiddy.

Effettuò l'accesso a Discord e fece scorrere i messaggi del ragazzo il più rapidamente possibile. Non aveva molto tempo prima che qualcuno si chiedesse dove fosse e se stava bene. Lesse rapidamente le conversazioni. Quello che vide le fece gelare il sangue.

Oggi è il giorno. La faccio finita con questo mondo e la porterò con me.

Quando qualcuno bussò alla porta del bagno, Lucy fece cadere il telefono per terra.

"Tutto bene lì dentro, tesoro?" Gridò sua madre.

"Sì, certo," rispose Lucy.

"È passato qualcuno dell'hotel," continuò. "Sembra che una signora anziana si sia allontanata. Volevano sapere se l'avevamo vista."

Lucy afferrò il telefono e aprì la porta. "Chi è scomparso?"

"Qualcuno del..." la madre esitò. "Beh, del matrimonio Rodriguez. La nonna, penso."

Lucy si ricordava Dolores. Era sempre stata gentile, così come la madre di lui, Ana Maria. "Io non l'ho vista, e tu?"

Beth scosse la testa. "No, nessuno di noi l'ha vista. E il tempo fuori è terribile. Spero che stia bene."

Lucy fece segno di sì con la testa. Si sentiva lontana migliaia di chilometri. "Lo spero anch'io."

Si avvicinò alla finestra facendo finta di guardare il paesaggio. Ma proseguì la lettura dei messaggi di Jacob.

Hai intenzione di uccidere LM? Chiedeva un utente.

Mi libererò di lei come ho fatto con la mia inutile madre.

CLAIRE

Metà degli ospiti non ce l'avrebbe fatta a causa della neve. Fortunatamente la madre e la sorella di Adrianna erano arrivate prima della chiusura delle strade. Se qualcuno avesse detto a Claire che una strega aveva maledetto il suo matrimonio, gli avrebbe creduto. Anzi, a quel punto pensava che fosse stato lanciato un anatema sulla sua intera vita.

Mentre la parrucchiera le arricciava i capelli, Claire non riusciva a smettere di pensare all'immagine che era stata infilata sotto la porta della sua camera. Poteva avere inavvertitamente ferito il bambino della foto? Non era mai stata coinvolta in un incidente d'auto. A scuola era sempre stata studiosa e tranquilla, in compagnia di ragazzi nerd. Non aveva mai bullizzato nessuno. E poi, dopo il processo Botham, Claire non aveva più preso decisioni che potessero influire sulla vita di un estraneo. Non aveva idea di cosa stava succedendo. Non aveva la più pallida idea. Sapeva solo che tutto quello che poteva andar male prima del matrimonio era andato male e che lei desiderava esclusivamente stare in piedi davanti agli amici e alla famiglia e dire a tutti quanto amava Adrianna.

Prima di iniziare a prepararsi, Claire aveva detto a Coleen

della misteriosa fotografia e le aveva chiesto di controllare i nomi degli ospiti prima del loro ingresso in biblioteca. Ma poi, con la nonna scomparsa e la nevicata improvvisa, era diventato tutto caotico. Mancava anche parte del personale e Claire era preoccupata che non ci fosse nessuno pronto ad agire in caso Simon Botham si fosse presentato con un fucile, pronto a ucciderla.

"Forse dovremmo scendere alla reception," disse la madre. "Magari io e tuo padre potremmo vedere se serve aiuto per trovare la signora scomparsa."

"Credo che dovremmo andare tutti," disse Claire, che non voleva restare da sola.

"Oh, e se Adrianna ti vede?" Disse la madre.

"Penso che abbiamo già avuto tutte le sfortune che potevano capitare," disse Claire. Suo padre rise.

Scendendo di sotto, si ritrovò a cercare di scorgere Adrianna e il suo vestito. Dato che erano entrambe donne, sapeva che Ade avrebbe scelto qualcosa di strabiliante e lungo. A volte si era preoccupata che potessero aver scelto lo stesso vestito. Anche se sarebbe stata una bella storia da raccontare ai nipoti.

Colleen era in mezzo a un gruppo di persone con l'espressione agitata e la fronte lucida per il sudore.

"Sembra che una signora anziana si sia avventurata fuori nella neve," stava dicendo la wedding planner. "Abbiamo del personale che la sta cercando ma se qualcuno degli ospiti lo desidera, organizzerò dei gruppi di ricerca."

Claire scorse un altro abito bianco e il suo cuore si fermò per un attimo, ma poi si rese conto che era la donna della sera prima, quella che aveva avuto la conversazione intensa con l'uomo all'esterno dell'albergo. Fece un rapido sorriso e l'altra sposa glielo restituì.

"Bene, vado a segnarmi," disse suo padre. "Voi due aspettate qui."

"Forse dovremmo venire con te," disse Claire. Per qualche motivo l'idea di stare lontano dal padre la rendeva nervosa.

"E il tuo vestito?" Disse la madre, stupita. "Non puoi uscire in mezzo alla neve."

"Posso andare a cambiarmi," disse Claire. "Questo è di sicuro più importante." Guardò fuori con aria perplessa. Quella povera donna poteva scivolare, cadere, ferirsi seriamente.

"Non preoccuparti, amore. Torna in camera. Noi torneremo appena la trovano," disse la madre, stringendole la mano.

Claire guardò la folla dividersi in piccoli gruppi. Era impossibile. Come poteva sentirsi sicura quando c'era tutta quella confusione? Chiunque avrebbe potuto sgattaiolare dentro in mezzo a un tale viavai. Sentì un pizzicore alla cute della testa. Era la sensazione di occhi che la fissavano da dietro ma quando si girò non c'era nessuno.

MILA

Mentre José e Ana Maria parlavano alla wedding planner, Rafael le sussurrò all'orecchio. "Dobbiamo parlare."

Rabbrividì. Aprì la bocca per chiedere di cosa ma lui si era già allontanato. Mila si diresse verso la finestra accanto all'entrata. Guardando fuori, vide l'uomo con l'aspetto da intellettuale parlare a un asiatico nel parcheggio. Entrambi incuranti di vento e neve. A un certo punto l'uomo più anziano spinse il giovane, che cadde a terra. Mila continuò a guardare, chiedendosi se dovesse avvertire qualcuno. Poi l'intellettuale si girò e rientrò in albergo e lei si allontanò dalla finestra.

"Voglio prendere la Range Rover e andare a cercare lungo le strade," disse José a Rafael. "Ma siamo entrambi bloccati dal furgoncino del catering."

"Oh, ma non si può fare," disse Colleen. "Le strade ora sono pericolose."

"Non può essere andata lontano," aggiunse Mila. "Magari provate prima intorno all'albergo."

Rafael la fulminò con lo sguardo. Era pieno di rabbia, ma perché? Cosa gli aveva detto Ana Maria? Si trattava delle foto? Oppure sapeva tutto?

"Tu aspetta qui mentre noi cerchiamo," disse Ana Maria, guidando Mila verso una sedia accanto all'ingresso.

Lei sedette e Felicia prese posto vicino a lei. Mentre gli altri uscivano nella tempesta, lei guardò fuori verso il parcheggio. L'asiatico che aveva visto cadere ora se ne era andato.

LUCY

Lucy esitò in corridoio, guardando la madre camminare verso le scale. Beth aveva deciso di cercare Colleen per offrire il suo aiuto, lasciando Lucy da sola. Nonostante la mancanza di Dolores Rodriguez fosse una questione drammatica, Lucy non riusciva a pensare ad altro che a quanto aveva letto su Discord. Aveva già cercato di chiamare Henry ma lui non aveva risposto. Guardò nella direzione opposta, verso la camera di Henry e Jacob: cosa sarebbe successo se si fosse ritrovata bloccata da sola in camera con il ragazzo?

La mamma subito si girò e tornò indietro correndo verso Lucy. "Sta arrivando Henry. Torna veloce in camera prima che ti veda con il vestito. Porta sfortuna!"

Lei annuì e andò verso la porta, ma poi si fermò e guardò la madre allontanarsi. Non appena vide Henry salire le scale, lo prese per il polso.

"Dobbiamo parlare. Ora," disse.

"Lucy, cosa..." Gli occhi di lui la squadrarono da capo a piedi, ammirando il vestito. "Non dovrei..."

Lei tirò fuori il telefono. "Ho fatto qualcosa che non approverai ma quando è troppo è troppo. Guarda le cose che ha scritto tuo figlio su questa app. Guarda bene." Fece scorrere le pagine, indicando con il dito le frasi più tremende. "Cosa sta succedendo, Henry? Dice che vuole uccidere me come ha ucciso sua madre."

Henry entrò nella stanza di Lucy e chiuse la porta. "Lucy, ascoltami. Lui non ha ucciso Sue, è ridicolo. È una fantasia. Sta solo facendo scena."

"*Facendo scena*? Stai delirando?

"La caduta di Sue è stata un incidente."

Esasperata, lei si mise le mani sui fianchi. "Pensavo che stessi cominciando a prendermi sul serio."

"Ma certo, è così, tesoro. Ma so anche che tutto quello che scrive sono un sacco di stronzate. Inventa le cose per impressionare gli amici." Henry alzò le spalle. "Sai cosa si dice del curiosare, no? Che alla fine scopri cose che avresti preferito non sapere."

Lei scosse la testa. Voleva che lui uscisse dalla stanza. Ancora meglio, che andasse via da quel posto. Via da tutti. Poi le tornò in mente qualcosa che aveva detto Henry. "Come fai a sapere che Jacob non c'entra niente con la morte di Sue? Tu non c'eri."

"Jacob era con me," disse. Dopo di che si girò dall'altra parte.

"Stai mentendo." Nel dire queste parole Lucy si rese conto della verità. "Hai sempre mentito sul giorno in cui Sue è morta, vero?"

Lui si tolse gli occhiali e sospirò. "Il fatto è che loro avevano litigato appena prima."

Campanelli d'allarme suonavano a tutto volume. *Vattene al diavolo*, dicevano. Ma prima lei chiese: "Quanto prima?"

"Loro... beh, stavano litigando quando lei è caduta."

"Caduta?"

"Sì," scattò lui. "Caduta."

"Henry, dimmi la verità, hai visto Sue cadere?"

Lui sospirò. "No." Lei lo udì fare tre respiri e poi aggiungere: "Ma l'ho sentita cadere."

Lucy lo superò andando verso la porta, ma lui le prese il braccio. "Dove vai?"

"Ho bisogno di aria," disse. "E... E penso di dover dire a qualcuno dello staff di chiamare la polizia. Tuo figlio è violento e mi ha minacciata." Strappò il braccio dalla presa di lui e infilò i piedi in un paio di scarpe da ginnastica.

"Ci... ci sposiamo oggi?"

Lei non riuscì a rispondere. Doveva andarsene fuori di lì, lontano da lui.

CLAIRE

Claire si sentiva impotente, lì ferma, a guardare la folla in agitazione. I piedi, infilati in scomode scarpe con il tacco, le dolevano dall'alluce alla caviglia. Colleen si asciugava il sudore dalla fronte mentre abbaiava ordini al personale e teneva testa alle domande degli ospiti. Poi, notò Adrianna che scendeva le scale. Claire si nascose dietro una porta in modo da non essere vista. Non poteva resistere all'idea di dare una sbirciata alla sua fidanzata da lontano, ma voleva vedere la reazione di Ade al suo vestito al momento della cerimonia.

Ade, con la madre e la sorella, se ne stava imbarazzata dall'altra parte della stanza. Claire ebbe la sensazione che il suo cuore si fosse gonfiato fino a raddoppiarsi. Ade aveva i capelli intrecciati e avvolti intorno alla testa come una corona. Indossava un vestito aderente con una coda da sirena e lo scollo a forma di cuore. Era raggiante. La pelle marrone caldo brillava, anche sotto le luci tenui dell'hotel. Claire rimase a guardare Adrianna che mandava sua madre a parlare a Colleen e poi tutte e tre lasciarono la reception e si diressero al ristorante.

Claire uscì dal suo nascondiglio e pensò di tornare in camera. I suoi genitori avevano ragione, non poteva esattamente girovagare intorno all'edificio nella neve. Forse poteva chiamare il fotografo per farsi fare qualche foto. Almeno non sarebbe rimasta sola.

"Ciao, sei Claire Rivers?" La voce interruppe il suo corso di pensieri. Non aveva notato il tipo che le si era avvicinato, ma lo riconobbe dalla sera prima. Il barista.

"Sì," rispose.

"Adrianna ti sta cercando. Ha detto che si trattava di un problema relativo al matrimonio e che aveva bisogno del tuo aiuto."

"Ma certo. Dov'è?"

"Era vicino alla cantina quando l'ho vista. Devi attraversare queste porte verso il retro dell'albergo. Ma fai attenzione quando arrivi là perché l'anno scorso abbiamo avuto alcuni problemi con la cantina. Il pavimento non è sicuro e non ci si può camminare sopra. Comunque, ha detto che ti aspettava lì. Va bene se ti lascio andare da sola? Devo andare ad aiutare gli altri di fuori."

"Sicuro," disse Claire. "Grazie per avermelo detto."

Ade voleva vederla, ma perché? Forse voleva annullare il matrimonio. O magari voleva parlare per chiarire tutto e assicurarsi che tra loro non ci fossero problemi. Oppure non avevano comprato abbastanza bottiglie di champagne per il brindisi o più probabilmente altri ospiti non sarebbero arrivati a causa della neve.

Qualunque cosa fosse, doveva vederla. Al diavolo la superstizione.

Claire seguì le istruzioni del barista, dirigendosi verso una doppia porta e seguendo un lungo corridoio sul retro dell'albergo. La colpì la dimensione di quella residenza. Corridoi adiacenti correvano verso ali separate. Dovunque si girasse, i volti pallidi dei ritratti la fissavano dalle pareti pannellate in legno. Una corrente le raffreddò la pelle. Si strofinò la parte alta delle braccia, rimpiangendo di non aver aggiunto al vestito il bolero abbinato.

Al termine del corridoio vide la porta che portava alla cantina. Era attraversata da una corda e un segnale di attenzione impediva l'ingresso al pubblico, tutto come aveva detto il barista. Ma non c'era traccia di Adrianna. Si guardò intorno.

"Ade?"

Silenzio di tomba. Dov'era? E se lì non c'era nessuno, perché i peli alla base della testa si stavano rizzando?

JACOB

Li guardò litigare. Sapeva che sarebbe successo. In primo luogo, aveva ricevuto dei messaggi ogni volta che Lucy si era autenticata in uno dei suoi account. L'aveva semplicemente lasciata fare perché aveva chiuso con tutto. Con la scuola, con il padre e, soprattutto, con ogni singola femmina che lo aveva rifiutato o sminuito.

Era iniziato tutto con sua madre, la persona migliore che conosceva. Almeno, lo era stata fino al momento in cui lui non l'aveva scoperta con uno degli studenti del corso post laurea. Una *studentessa*, per la precisione. Non solo aveva tradito suo padre, ma gli aveva mentito su di sé. Sua madre era una puttana bugiarda.

Non aveva avuto intenzione di ucciderla. Non si era messo a congegnare un piano che gli consentisse di farlo senza pagarne le conseguenze. Ma la mattina in cui l'aveva affrontata, lei si era comportata da vera stronza. Jacob aveva pensato che, come minimo, si sarebbe messa a piangere e chiedere perdono, ma non l'aveva fatto. L'aveva trattato con condiscendenza. Gli aveva detto che aveva delle debolezze: era umana, faceva degli errori e si era innamorata di qualcun altro. Lei non aveva mai amato davvero suo padre. Erano più che altro buoni amici. E avrebbero divorziato così lei avrebbe potuto vivere la sua vita come preferiva. Si comportava come se quella relazione sordida fosse una cosa positiva perché lei aveva *ritrovato sé stessa*, queste erano state le sue parole.

E al figlio ci aveva pensato? Cosa ne sarebbe stato di lui quando lei se ne fosse andata? Avrebbe dovuto andare avanti e far finta di niente? Il fatto che lei non se ne fosse nemmeno preoccupata era quello che l'aveva fatto infuriare.

Il litigio era cominciato in camera di Jacob, ma era lui che si era precipitato fuori. In cima alle scale, la madre l'aveva raggiunto per impedirgli di andarsene e avevano continuato a discutere.

"Ti comporti come se io non ti volessi bene," aveva detto lei. "Io ti voglio tanto bene."

"Non è vero. Non agiresti così altrimenti."

"Non ho fatto qualcosa a te. È successo. Qualche volta la vita è complicata, soprattutto per gli adulti e... beh, ci vuole tanto tempo per capire chi si è e cosa si vuole."

"Tu non mi vuoi." Si era allontanato da lei, scuotendo la testa.

Lei si era girata per affrontarlo, dando la schiena alle scale. "Non è vero. Io ti voglio bene."

"Bugiarda."

"Jacob, smettila, non puoi parlarmi in questo modo. Io sono tua..."

L'aveva spinta. Lei aveva sussultato. Aveva battuto forte la testa sulla ringhiera ed era caduta, il corpo che cozzava contro il legno.

Non aveva intenzione di ucciderla. No. Non si era nemmeno reso conto che qualcuno *potesse* morire cadendo dalle scale. Nei film gli stuntmen lo facevano continuamente. Lui aveva tredici anni. Gli uscì muco dal naso, seguito da un lamento basso che sorgeva dal fondo della gola. Poi udì i passi pesanti del padre attraversare di corsa la casa, probabilmente dallo studio. Vide il padre con gli occhi spalancati per lo shock. Una pozza di sangue si stava formando sotto al corpo senza vita della madre.

"È caduta," aveva sussurrato. "Io non... non sono riuscito a prenderla quando è caduta."

Da quando Jacob aveva memoria, davanti a un problema il padre sceglieva sempre la soluzione più facile e pigra. Odiava i conflitti, odiava affrontare i problemi che aveva davanti. Anzi, rifiutava di vederli, semplicemente ne negava l'esistenza. Così, Henry aveva aiutato Jacob a scendere le scale, evitando il sangue della madre, e lo aveva portato fuori di casa in modo che entrambi avessero un alibi. Dopo un po' erano tornati e aveva chiamato i servizi di emergenza, inventando la storia che aveva raccontato alla polizia. Henry aveva fatto la cosa più semplice, non quella giusta. E per un po' di tempo dopo la morte della madre, il ragazzo si sentì davvero invincibile.

Iniziò a uscire dal guscio. Jacob non aveva molti amici. Però aveva dei prepotenti che se la prendevano con lui. Fu coinvolto in qualche rissa e alla fine lo lasciarono in pace. Un paio di bulli divennero anche suoi amici. Ma nonostante questa nuova sicurezza, c'era qualcosa che mancava. Quando compì quattordici e poi quindici anni, notò che gli altri ragazzi a scuola cominciavano a formare delle coppie. Ma lui non riusciva a trovare una ragazza.

Immaginava che sentissero l'odore su di lui. Jacob aveva ucciso una donna e forse ora tutte le donne sapevano, istintivamente, che aveva ucciso una di loro. La vide come una sorta di cospirazione. Lo odiavano e non c'era niente che lui potesse fare. A differenza di alcuni degli altri incel incontrati online, Jacob poteva essere considerato attraente. Perlomeno, abbastanza attraente perché la maggior parte delle ragazze della sua età potessero considerare la possibilità di una relazione con lui. Ma lui rabbrividiva quando le aveva intorno. Le aveva sentite sussurrare cose su di lui, dicevano che sembrava uno "stupratore".

Quando il padre aveva iniziato la sua relazione con Lucy, una donna molto più giovane, Jacob si era vergognato di avere fantasie sessuali su di lei. Per quanto cercasse di evitarlo, non riusciva a smettere di pensare a Lucy quando faceva la doccia o la vedeva in pantaloncini. Quelle immagini si insinuavano nei suoi sogni. Gli stavano addosso. E lui la odiava per questo. Le odiava tutte, le ragazze a scuola che lo deridevano, la matrigna che faceva di tutto con insistenza per cercare di stabilire una relazione anche se lui la allontanava e, soprattutto, la madre che aveva assassinato. Ora era perseguitato da tutta questa *colpa*. E non poteva smettere. Il padre si sarebbe sposato e sarebbe continuata per sempre. Doveva trovare il modo di *impedirlo*.

Jacob vide Lucy correre fuori dall'hotel. Non si era nemmeno messa un cappotto sopra al vestito da sposa. Un attimo dopo, era sparita nella tempesta. Doveva muoversi rapidamente. Prese il borsone sportivo, si mise in testa un cappellino da baseball e si affrettò a uscire. Non era quello che aveva pianificato, non avrebbe avuto lo stesso effetto drammatico dell'ucciderla mentre percorreva il corridoio tra le sedie, ma andava bene lo stesso. E oltretutto con la nonna scomparsa c'era abbastanza confusione per riuscire a sfuggire al padre e al resto degli ospiti del matrimonio senza provocare scompiglio. In ogni caso, la gente tendeva a non notare Jacob, per cui nulla lo preoccupava.

LUCY

Cazzo. Cos'aveva fatto? *Cos'aveva fatto?* Era scappata dal suo matrimonio con addosso il vestito da sposa e scarpe da ginnastica, gettandosi proprio in mezzo alla tempesta di neve. Ora non poteva fermarsi. I suoi piedi la spingevano avanti come se avessero volontà propria.

Il freddo penetrava attraverso il vestito. Sulle spalle aveva un bolero corto ma le braccia erano scoperte e, tremando, se le stringeva intorno al corpo mentre continuava a camminare. La neve le colpiva la pelle nuda e le cadeva sulle ciglia. I ricci erano ormai bagnati.

Prima di andarsene, aveva cercato di trovare la wedding planner per avvisarla di fare attenzione a Jacob, ma con la confusione che c'era in reception non era riuscita a trovarla. Poi aveva provato a chiamare l'albergo al telefono, con l'unico risultato di scoprire che la linea era interrotta a causa della tempesta. Infine, aveva sentito qualcuno dire che avevano chiamato la polizia per aiutare nella ricerca della nonna di Rafael, Dolores. A quel punto era entrata nel panico, conscia che Jacob aveva espresso pensieri violenti contro di lei e che il suo fidanzato si illudeva troppo riguardo al figlio per proteggerla. Era corsa fuori al freddo, sperando di incontrare la polizia in arrivo. Ma poi...

Beh, poi le erano venuti dei dubbi. Non aveva riflettuto a sufficienza. Gli eventi delle ultime settimane le avevano confuso le idee.

Lucy si fermò quando raggiunse la strada che portava fuori da Wilder House. Udì un rombo e si girò. La macchina di Henry si avvicinava. Ma perché? Presa dal panico saltò sopra una recinzione, poi si accucciò, nascondendosi dietro il muretto a secco. Guardandosi intorno, notò che l'auto stava viaggiando troppo veloce con quel clima. Henry non avrebbe guidato in quel modo. E se fosse stato Jacob dietro al volante? Si fece ancora più piccola, sperando che la tempesta la aiutasse a non essere visibile.

L'auto proseguì, senza notare la sua presenza. Lucy emise un sospiro di sollievo e si alzò per superare di nuovo la recinzione. Ma poi vide emergere una figura. Jacob non era nell'auto di Henry, si stava allontanando a piedi dall'edificio e andava *verso* di lei. Aveva un borsone in spalla e indossava un cappellino da baseball, ma lei riconobbe il modo in cui camminava, con le spalle incurvate. *Cosa c'era in quel borsone?* Si abbassò di nuovo dietro al muretto, guardando fuori dal punto in cui era nascosta, e vide che Jacob camminava con decisione, come se volesse seguire l'auto. Pensava che l'avesse presa lei? La stava inseguendo? Lei si spinse in giù con il corpo, appiattendosi sulla neve ghiacciata con il vestito da sposa. Scorse le scarpe da sera in vernice del ragazzo che correva. Poi si accorse che si era fermato vicino a dove si trovava lei. Troppo vicino. Sentì il rumore di una zip. Vide il borsone cadere a terra. Sentì che lui infilava qualcosa nelle tasche. Le si fermò il respiro in gola. *Cosa aveva in quel borsone?*

Dopo un attimo il giovane ripartì, continuando a seguire il Discovery e lei si concesse di emettere un lungo sospiro di sollievo. Si mosse molto lentamente e, uscita dal nascondiglio, osservò la schiena di Jacob che si spostava lungo la strada. C'era qualcosa di strano nel modo in cui camminava, come se portasse un grosso oggetto. Poi un braccio dondolò verso il basso e lei vide che era qualcosa di lungo. All'inizio pensò che potesse essere un sorta di mazza o di bastone ma poi ne vide bene la forma. No, non era una mazza, era un fucile.

Lucy guardò con orrore la figura del ragazzo sparire nella tempesta sempre più violenta e poi si precipitò disordinatamente lontano dalla strada e cominciò a correre.

HENRY

Odiava ammetterlo, ma non aveva più la forza di lottare. Forse non l'aveva mai avuta. La lasciò andare. Cosa avrebbe potuto dire per farle cambiare idea? Si sedette sulle scale, si tolse gli occhiali e li pulì con la manica della camicia. Sue avrebbe riso di lui in quel momento. Se il paradiso esisteva, lei sarebbe stata lì a guardarlo con gioia, gridandogli quanto si meritava tutto quello che stava accadendo. E avrebbe avuto ragione.

Almeno Sue aveva amato Jacob con tutta sé stessa. Lui lo sapeva, dentro di sé. Lo aveva amato quando lo amava lui. Qualche volta Henry restava sveglio di notte rivivendo più volte nella mente quel momento. Jacob in cima alle scale, rannicchiato in un angolo, un lamento orribile che usciva da qualche parte al suo interno. E Sue, la povera Sue, evidentemente morta, il collo spezzato, il sangue che sgorgava da una ferita alla testa. Era cauta qualche settimana prima della sua morte, inciampando sulle scale della veranda. La polizia ne aveva tenuto conto durante l'indagine. Era uno schema. Sue ogni tanto cadeva. Era goffa. Avevano creduto alla storia che aveva inventato, di lui e Jacob che erano andati insieme a visitare l'università. Lui aveva girato a caso in strade secondarie, evitando qualunque videocamera, parcheggiando su una strada residenziale per evitare di dover registrare il numero di targa in un parchimetro. Henry si era assicurato che i colleghi vedessero che stava facendo fare un giro a Jacob. La polizia non aveva fatto troppe ricerche, a dire la verità. Sia lui che Jacob erano incensurati e nessuno dei due aveva qualcosa da guadagnare dalla morte della donna. Sue non era ricca. Lavorava part time nella stessa università, ma l'economia della famiglia si reggeva sullo stipendio e sui soldi di famiglia di lui.

L'unica cosa che lo aveva preoccupato era l'amica di Sue, Eleanor. La donna aveva partecipato al funerale e poi non era successo altro. Dopo poco Eleanor si era trasferita in Spagna, lasciando Henry con il dubbio se la loro storia fosse stata seria come Sue gli aveva raccontato. Sue era sempre stata un filo drammatica.

Alla fine della storia, lui credeva senza dubbio al figlio. Nessuno avrebbe potuto fingere quel dolore. E, sì, forse aveva percorso una brutta strada nel periodo seguente, ma Jacob si sarebbe ripreso presto. Anche Henry era stato un giovane arrabbiato, ma a nessuno era mai importato. All'esterno, si presentava come il solito studioso, ma in privato, la sua poesia e i suoi racconti erano pieni di violenza. Aveva odiato sinceramente il padre fissato con la disciplina, descrivendo per iscritto le sue fantasie di vendetta ogni volta che discutevano. Vedeva il figlio fare la stessa cosa. Henry era sicuro che, se avesse avuto una matrigna quando aveva quindici anni, anche lui avrebbe fatto un po' di scena. I suoi blocchi per appunti sarebbero stati pieni di vetriolo.

Henry si alzò in piedi e decise di controllare il putiferio del piano di sotto. Aveva bisogno di una buona distrazione dopo le rivelazioni di Lucy. Suppose che la polizia sarebbe arrivata una volta terminato di nevicare e avrebbero dovuto affrontare i post violenti di Jacob. Era un crimine fare minacce a vuoto? Non ne era sicuro. In quel caso poi, anche lui avrebbe dovuto essere arrestato, considerato quello che aveva detto a Sunil la mattina. Gli era sfuggito anche quello. Il giovane schiumava gelosia e ossessione. Henry sapeva che la salute mentale di Sunil negli ultimi tempi era stata agitata. Non c'era niente di preoccupante, ma aveva la tendenza ad esagerare o inventare. Forse era giunto il momento che Sunil si prendesse un periodo di pausa.

Quando arrivò alla reception la maggior parte della folla si era dispersa. Gironzolò vicino alla finestra, incerto su cosa fare. Sembrava che i gruppi di ricerca fossero già tutti fuori. Doveva trovare Jacob e avvisarlo di quanto stava succedendo, ma non voleva nemmeno tirare la corda. E poi vide Lucy correre nella neve. Era già a metà del viale verso la strada. Una figura bianca sfocata in mezzo al grigio. Corse al parcheggio. Cosa stava pensando Lucy per precipitarsi in quel modo in mezzo alla tempesta? Sarebbe congelata con quel vestito.

Esitò. Lei si muoveva troppo veloce, non l'avrebbe mai raggiunta a piedi. Decise di prendere l'auto. Fortunatamente aveva le chiavi in tasca da quando aveva offerto a Sunil un passaggio per Rookthwaite.

Ma quando si fu seduto al posto di guida e stava per chiudere la portiera, una mano la trattenne.

"Scusa, amico. Ho bisogno di prendere in prestito la tua auto."

Henry alzò lo sguardo e vide un uomo più giovane di lui, sui trentacinque, bello e con i capelli neri, che lo fissava. "Scusa?"

"Mi seve la tua auto, amico. Mia nonna ha ottantasei anni, la demenza senile e si è persa nella neve. La mia auto è bloccata e tu hai l'unica altra auto a quattro ruote motrici che può uscire dal parcheggio. Ne ho bisogno subito."

"Devo andare a prendere la mia fidanzata," disse Henry. "Sta correndo verso la strada nel vestito da sposa."

L'uomo si girò verso la strada e annuì. "La vedo. Non è così lontana. Cosa ne dici se le offro un passaggio mentre passo da lì?"

"Beh, non posso guidare io?"

"Preferirei di no." Sorrise, ma non con gli occhi. "Mia nonna si confonde facilmente. Preferirei che non ci fossero uomini estranei nell'auto. Penso che non avrà problemi con la tua fidanzata."

"Aspetta, la tua fidanzata è Lucy?" Chiese una voce. Una donna incredibilmente attraente in un vestito da sposa di pizzo spinse da parte l'uomo.

"Sì," disse Henry.

"La conosco," disse la sposa. "Abbiamo chiacchierato ieri sera al bar. A me darà retta."

Henry esitò. "Almeno prendi il mio telefono. Non so se lei ha il suo, ma il numero è registrato e puoi chiamarla. Puoi spiegarle che... beh, che mi dispiace di come sono andate le cose e voglio solo che sia al sicuro."

La sposa annuì. "Lo farò."

Con riluttanza, Henry uscì dall'auto e lasciò che l'uomo prendesse il suo posto. Prima di chiudere la portiera, lasciando Henry in piedi nel parcheggio, gli tese la mano. "Comunque, io sono Rafael. Mi dispiace di tutto questo. Siamo così preoccupati per *Abue*."

"Spero che la troviate sana e salva," disse Henry.

Aiutò Rafael a fare manovra con il Discovery nella neve e lo guardò mentre partiva verso la strada. Solo nel momento in cui l'auto schizzò via, si rese conto di una cosa. Lucy una volta gli aveva parlato di un fidanzato violento di nome Rafael. Se ne ricordò perché gli aveva anche fatto vedere una foto online. Un articolo che parlava della società multimilionaria di Rafael e del padre. Gli tornò anche in mente che le cose che Rafael aveva fatto a Lucy gli avevano fatto andare il sangue alla testa.

MILA

"Sai perché non ho voluto che quell'idiota venisse in macchina con noi?" Chiese Rafael cambiando marcia. I tergicristallo scricchiolarono nel tentativo di pulire il vetro dalla neve.

"Perché quel tipo odorava di vecchio?" Suggerì lei.

Rafael le lanciò uno sguardo che avrebbe trasformato in pietra un eroe greco. "Perché dobbiamo parlare."

La mano di Mila afferrò il bracciolo. Rafael non stava guidando particolarmente veloce, ma era troppo considerate le condizioni climatiche. Lei non riusciva più a vedere Lucy davanti a loro. La donna era sparita. Non si vedeva molto in generale. Era preoccupata che Rafael stendesse la povera donna con il suo agire rabbioso. Era una cosa che Rafael avrebbe benissimo potuto fare.

"Di cosa dobbiamo parlare?" Disse lei, evitando di alzare gli occhi al cielo. Se dovevano litigare, lei desiderava farlo e in fretta.

"Del fatto che sei una puttana," disse lui. "Una sporca, fottuta puttana. E non cercare di negarlo, ho visto le foto. Scommetto che metà Internet le ha viste a questo punto. Fottutamente disgustose, Mila. Riprovevoli. Cosa dovrei fare, ora? Dovrei sposarti? Sapendo che razza di zoccola sei? Ho pagato per tutto questo. Ho invitato tutta la mia famiglia anche se apparentemente tu non hai *nessuna* famiglia, cosa piuttosto *strana*. E ora dovrei sposarti? È così?"

"Non devi sposarmi," disse lei gentilmente.

Vide la sua gamba tremare mentre spingeva sull'acceleratore. Il cuore le batteva forte, riusciva a sentire le pulsazioni. Una parte di lei godeva della scossa di adrenalina che la percorreva. Come al solito, arrivò con uno scoppio di risa, ma c'era qualcos'altro che vi si sovrapponeva.

"Sei una vera stronza," disse lui. "Non te ne frega proprio niente che io spenda tutti questi soldi, vero?"

Con la mano libera le allungò uno schiaffo sulla guancia. Dopo poco chiuse la mano a pugno e la colpì, abbastanza forte da fare male ma non a sufficienza per lasciare il segno. Gli piaceva farlo. Aveva perfezionato la tecnica.

Mila strinse i denti. "Sai la donna che quell'uomo voleva che prendessimo su? La sua fidanzata Lucy? Sapevi che è una tua ex ragazza?"

Rafael aggrottò le sopracciglia confuso. "Cosa stai dicendo?" L'auto colpì del ghiaccio e scivolò, ma lui girò il volante e la tenne in carreggiata, rallentando a malapena.

Mila lasciò che l'adrenalina la rendesse coraggiosa. Sorrise a sé stessa, pronta a farla finita subito. "Era la tua ragazza ma tu l'hai picchiata finché ne ha avuto abbastanza di te e ti ha lasciato. Sei, senza alcun dubbio, il peggiore essere umano che abbia mai conosciuto."

"Ma che *cazzo*..."

Non gli lasciò condurre la conversazione. "Tua madre viene subito dopo, è ovvio, dopo tutto ha cresciuto un narcisista come te. È lei che ti ha fatto credere che il mondo è ai tuoi piedi. È lei che ha allevato un uomo che può investire e uccidere qualcuno con l'auto e considerare l'evento come *crescita personale*." L'auto aumentò la velocità, gli pneumatici che scivolavano sulla neve.

"Di cosa stai parlando?"

Mila si appoggiò una mano sul petto e parlò con voce lamentosa. "La mia esperienza di pre-morte mi ha cambiato. Sono una persona più felice. Ho visto le porte del paradiso e ho capito che per me la vita non era ancora finita. Sapevo che dovevo incontrare la mia anima gemella."

"Stai zitta."

"Non hai mai parlato della ragazza che hai ucciso in quell'incidente, vero Rafael? Non hai mai detto quanta cocaina e alcol ti eri fatto prima di metterti alla guida."

Rafael rimase in silenzio.

"VERO?" Gridò lei. Aveva finito. Aveva gettato il piano dalla finestra. Aveva desiderato da morire quel momento, quello che sognava da quando si era infilata di proposito nella vita di lui. Millie Crawley si era trasformata in Mila Davidson. Poi aveva guardato e seguito e stalkerato finché aveva dato il via al loro incontro in un caffè. E da allora aveva fatto finta. Ma ora... Ora desiderava che lui sapesse chi era lei. Ora che era tutto all'aria. "Si chiamava Carrie Crawley ed era mia sorella. Me l'hai portata via e hai trasformato la sua morte in un'esperienza di vita per te."

"Cosa?"

"Tieni gli occhi sulla cazzo di strada, cretino," scattò lei.

"Mila, di cosa stai parlando?"

"Non è il mio nome quello," disse. Ormai aveva perso Mila e Millie era risorta, piena di rabbia e di amarezza. Le capacità di sopravvivenza di Mila erano sparite. Il freddo gioco da calcolatrice andato. Mila aveva sempre voluto distruggere Rafael prendendogli la cosa che gli era più cara: i soldi. Ma anche questo poteva funzionare. "Mi chiamo Millie Crawley e tu hai ucciso la mia perfetta e meravigliosa sorella."

Le lacrime le corsero lungo il volto. Non aveva più pianto dal funerale di Carrie. Lei e Christopher si erano piegati in due dal dolore nella panca in prima fila. I genitori lì vicino, annebbiati dalla droga, due gusci umani senza dentro niente che assistevano alla funzione con occhi vuoti. Si ricordava che la bara era troppo piccola. Carrie aveva solo tredici anni. Era novembre e stava tornando a casa a piedi dopo l'allenamento di netball. Di solito era Mila che l'andava a prendere ogni settimana. Era il loro momento insieme. La portava a prendere un gelato e dava alla sua sorellina un po' di soldi per la settimana. Voleva curarsi di Carrie nel modo in cui Christopher si era preso cura di lei. Ma quel giorno non ce l'aveva fatta. Lavorava in un ristorante a quel tempo e una delle cameriere l'aveva pregata di fare un cambio turno. Aveva ceduto alla promessa che l'avrebbe ricambiata con due turni. Ovviamente, si odiava per quello.

Quello che non poteva prevedere era Rafael, che aveva appena comprato della coca da uno spacciatore vicino a casa dei suoi genitori. Aveva falciato la bella Carrie a cento chilometri all'ora, non lasciandole alcuna possibilità di sopravvivere. Mila non aveva potuto vedere il corpo di Carrie perché era stato smembrato nell'incidente.

"Stai zitta," disse Rafael. "Stai mentendo. Non è... non è così."

"Dovresti essere morto," disse Mila. "Sei l'unico che meritava di morire. E sai cosa? Ho pregato che fosse così da quando hai investito mia sorella."

"No." Gli tremava il labbro superiore. La velocità dell'auto aumentò.

"Sì. All'inizio volevo i tuoi soldi, comunque. È sempre stato quello il piano. Far male all'intera famiglia. Farli soffrire tutti." E il piano era già partito, quando aveva fatto notare le ferite a Felicia di proposito. Quando sarebbe arrivato il momento del divorzio, Mila aveva progettato di accusare Rafael di violenza domestica, facendosi dare più soldi possibili e distruggendo allo stesso tempo la reputazione della famiglia. Qualcosa che sarebbe dovuto succedere quando Rafael aveva ucciso sua sorella. Ma i suoi genitori avevano accettato un assegno da José e Ana in cambio del loro silenzio. Lo chiamavano risarcimento. Mila sapeva la verità, era una mazzetta.

Mila cominciò a provare un minimo di preoccupazione quando Rafael mollò l'acceleratore. Doveva agire in fretta. Rafael non poteva uscire da quella macchina vivo, era la sua unica possibilità. Aveva notato come il ciglio della strada si abbassava verso un'apertura. Vide il campo sulla destra. Vide un'enorme quercia nodosa solitaria. Afferrò il volante. L'auto sfuggì al controllo scivolando. Per un terribile momento Mila pensò che forse si sarebbe solo girata e poi si sarebbe raddrizzata. Ma non fu così. Si fece coraggio. Non aveva intenzione di sopravvivere ma quello non aveva importanza. Era sempre stata un po' simile a un guscio vuoto, come i suoi genitori. Carrie era stata quella riempita di amore. Pensava a Carrie in quel momento, mentre Rafael si portava le mani al volto. Mentre i rami bassi dell'albero incombevano sempre più vicini.

LUCY

La neve le cadeva intorno a larghe falde. Wilder House si vedeva a malapena in lontananza. Correre divenne impossibile e dovette rallentare fino a camminare, il respiro tremante. Il freddo penetrava sotto lo sterno, si infiltrava nei polmoni. Li faceva bruciare.

Jacob aveva un fucile. Ogni terribile messaggio che aveva lasciato, ogni commento pieno di rabbia, era reale. Chi era? Un ragazzo sperduto e arrabbiato che aveva a modello eroi sbagliati? Un forza fredda e malevola dove avrebbe dovuto esserci un'anima? L'aveva pensato anche di Rafael, una volta. Ma il tempo passato lontano da lui l'aveva portata a credere che fosse il suo narcisistico senso del diritto, e la mancanza di conseguenze, che attenuavano il senso di colpa che avrebbe dovuto provare. Rafael aveva bisogno di controllare tutto. Ma Jacob? Era una forza caotica. Imprevedibile. Rafael era estremamente prevedibile.

Si diresse verso l'ombra indistinta di Wilder House. Doveva dire a Henry cosa aveva fatto il figlio e doveva avvisare gli altri che Jacob era armato. Le gambe insensibili inciampavano contro il vento, fiocchi ghiacciati le colpivano occhi, guance e labbra. La neve le arrivava sopra le caviglie. Strati sottili si formavano a ogni passo. Il vestito bagnato le si attaccava ai polpacci ma lei era tutta concentrata a tornare indietro verso l'hotel.

Dal nulla spuntarono due braccia forti che la strinsero, fissandole le braccia ai fianchi e sollevandola di peso. Lei si contorse, urlando nel vento, ma la neve le portava via la voce. Sentì un respiro vicino all'orecchio e il calore di un altro corpo. I suoi piedi ricaddero nella neve e lui la trascinò via. Per quanto scalciasse non riusciva a ottenere niente. Lui era stato veloce.

Jacob? Pensò. Ma perché non spararle semplicemente quando ne avesse avuto l'occasione? Si sforzò di lasciare il corpo molle in modo che lui dovesse trascinare un peso morto. Lo udì sbuffare e ansimare per lo sforzo. Mentre lui la trascinava da dietro, lei girava la testa a destra e a sinistra per cercare di capire dove fossero diretti.

Lucy vide le luci di Wilder House alla sua sinistra invece che di fronte. Mentre avanzavano a fatica in mezzo alla neve, lei si rese conto che la stava portando attraverso uno dei campi nei dintorni della proprietà. Ma perché?

"Cosa stai facendo?" Gli chiese alla fine.

Chiunque fosse non disse una parola. Lei abbassò lo sguardo verso le sue mani, ma indossava i guanti e un cappotto gli copriva la pelle. Lei fece un respiro profondo, cercando di capire se riconosceva l'odore. No. Ma Jacob avrebbe dovuto avere un odore diverso. Lei era abituata al suo deodorante economico ed esagerato. Chiunque fosse il suo aggressore, profumava di dopobarba costoso.

"Dove mi stai portando?" Chiese.

Alla fine, lui rispose: "Sto cercando di aiutarti."

"Sunil?"

"Sì."

Lucy si agitò di nuovo, girando la testa più che poteva.

"Smettila," disse lui con un grugnito. "Ho detto che sto cercando di aiutarti."

"E allora perché mi rapisci?"

"Non c'era tempo. Sapevo che non avresti voluto parlarmi. Jacob è qui fuori con un fucile."

"Lo *so*," disse lei. "Stavo tornando in albergo per allertare tutti."

"No, non è sicuro," disse lui. "Puoi avvisare dal mio telefono quando arriviamo all'auto. È ancora un po' più su, sulla strada posteriore."

"La linea telefonica dell'hotel non funziona," disse lei. Iniziò a usare i piedi, stanca di fare resistenza. "Dobbiamo tornare."

"Ora ci siamo," disse lui. "Ti lascio andare. Non scappare."

Mentre la stretta di lui si allentava, Lucy sentì i muscoli rilassarsi. Si girò verso di lui, poi verso Wilder House e infine verso l'auto. Non aveva mai avuto tanto freddo in tutta la sua vita. Ritornare a piedi all'hotel avrebbe richiesto altri dieci minuti come minimo, mentre l'auto era riscaldata. Sunil aprì una delle portiere, ne prese un cappotto invernale e glielo avvolse intorno alle spalle.

"Ne tengo sempre uno in macchina," disse lui. "Per le emergenze. Vuoi salire?"

"Non mi fido di te," disse lei. "Perché sei venuto? È una follia arrivare qui in questo modo. *Sei* pazzo."

Lui alzò le spalle. "Pensavo che stessi per sposare un assassino."

Lucy scosse la testa. "Henry non ha ucciso Sue, ma penso che forse l'abbia fatto Jacob."

"Merda," disse Sunil. "Ne sei sicura?"

Lucy fece di sì con la testa. Si girò verso l'hotel e sospirò. "Va bene, salgo in macchina, ma devo chiamare Henry e fargli sapere che Jacob è in giro con un fucile rubato."

"Certo," disse Sunil. Le aprì la portiera del passeggero.

Quando fu salita, Lucy si avvolse stretta nel cappotto. Sunil avviò il motore e accese il riscaldamento. Lei rabbrividì nella seta bagnata del vestito.

Lui le passò il telefono e lei digitò il numero ma suonò a vuoto.

"Non risponde," disse lei. "Spero che non sia fuori nella neve a cercarmi." Dovevano esserci persone tutto intorno all'hotel alla ricerca dell'ospite del matrimonio sparita. Forse se avesse visto qualcuno di loro avrebbe potuto chiedere di riportare il messaggio in hotel. "Riscaldiamoci per una decina di minuti e poi torniamo in hotel. Mi potresti accompagnare?"

Sunil alzò le spalle. "A essere sincero non so se riesco a muovere la macchina con tutta questa neve."

"Dieci minuti," disse lei. "Poi andiamo ad avvisarli."

CLAIRE

Quando Claire si accorse di un movimento alle sue spalle era troppo tardi. Dita fredde avevano afferrato una manciata di capelli, tirandole indietro la testa. Prima che potesse reagire si trovò con qualcosa di affilato spinto forte contro la pelle sotto la mandibola. Una voce roca le sussurrò nell'orecchio: "Se gridi, ti taglio la gola senza pensarci due volte."

Stordita, Claire piagnucolò. In quel momento si rese conto che la voce apparteneva a una *donna.*

"Hai capito?" Chiese la donna.

"Sì," disse Claire a bassa voce.

"Bene, in questo modo sarà tutto più facile. Ora facciamo una bella passeggiata giù per questi gradini, okay?"

"In cantina?" Chiese Claire.

"Esatto."

La donna la fece girare verso la cima delle scale e Claire procedette lentamente. Doveva tastare il terreno con i piedi perché la donna le teneva la testa con il viso verso l'alto. Non vedeva quasi niente. A ogni movimento il coltello graffiava la pelle. La lama fece un taglio e un rivolo di sangue caldo cominciò a scendere lungo il collo.

"Stai attenta qui," disse la voce. "Tocca la corda. Sganciala. Così. Ora vai oltre e io la riaggancio."

Claire pensò che avrebbe potuto fare qualcosa in quel momento, magari muoversi mentre la donna era distratta, ma il coltello era rimasto esattamente nella stessa posizione mentre la misteriosa persona rimetteva a posto la corda.

"Apri la porta. Non è chiusa a chiave," disse lei.

Claire armeggiò cercando la maniglia. Doveva calmarsi. Aveva il cuore in gola, il respiro corto e irregolare.

"Molto bene," disse la donna in tono condiscendente. "Nessuno ha notato che ho rubato una chiave, sai. Questo posto ha così poco personale che non c'è da stupirsi della confusione lì di sopra"

Era la prima volta che si notava il suo accento. Cheshire. Come i Botham. Il coltello si allontanò dalla gola di Claire e lei si girò in tempo per vedere la donna che l'aveva aggredita chiudere la porta a chiave. Dopo aver chiuso fece un passo avanti, brandendo il coltello.

"Non cercare di muoverti."

Claire si accovacciò in un angolo. Lentamente, i suoi occhi si adattarono all'oscurità e riuscì a scorgere i lineamenti della donna. Era alta, con le spalle larghe e il corpo robusto, ma non muscoloso. Portava i capelli tinti di biondo legati in una coda di cavallo e indossava jeans aderenti con una camicia elasticizzata. Aveva un sottile strato di trucco. Aveva fatto il minimo per confondersi con il resto degli ospiti pur rimanendo in abbigliamento pratico per il suo piano.

"Chi sei?" Chiese Claire

Era la cosa sbagliata da dire. Le labbra della donna si serrarono e gli occhi si strinsero. "Non ti ricordi di me?"

Claire ripensò al processo, convinta che in quel modo avrebbe trovato le risposte. E poi le venne in mente. Era così preoccupata del fratello di Kevin che non aveva mai considerato la moglie. Ma la moglie era sempre stata lì, non seduta vicino a

Simon ma parecchie file indietro, qualche volta con vicino a sé i bambini.

"Sei... sei Natasha, vero? Natasha Botham?"

Natasha mosse di scatto il mento verso il fondo della cantina. "Vai avanti, dobbiamo arrivare dentro quel tunnel laggiù. Muoviti."

Controvoglia, Claire girò le spalle a Natasha e si diresse verso il fondo della cantina.

"C'è un'apertura nel pavimento. Devi accucciarti ed entrare."

Claire, spaventata e tesa da quando aveva sentito il coltello sulla sua carne, per la prima volta sentì che il terrore si stava impadronendo di ogni muscolo del suo corpo, facendolo irrigidire. Le gambe non volevano muoversi ma lei aveva troppa paura di non fare quello che Natasha chiedeva.

"Muoviti," la aggredì Natasha. "Le lumache sono più veloci di te."

"Va bene, va bene," disse Claire. A ogni respiro aveva l'impressione che non ci fosse abbastanza ossigeno. Le pareti sembravano stringersi intorno a lei. Allungò le braccia, ingoiata dall'oscurità.

"Ferma," disse Natasha.

Claire rimase immobile.

"Scendi dentro al tunnel," ordinò.

"Perché, cosa vuoi fare?"

"Fai quello che dico."

Tremando, Claire si chinò fino a mettersi in ginocchio. Poi cercò a tentoni l'apertura, si sedette sul sedere, infilò le gambe nel buco e si lasciò cadere. Con un grido, atterrò pesantemente, la caviglia sinistra le bruciava. Un singhiozzo le si fermò in fondo alla gola. Avrebbe potuto correre? In quel momento? Ma dove poteva andare? Natasha atterrò accanto a lei. Claire rabbrividì sentendo la lama della donna puntata sulla sua gabbia toracica. Un'altra minaccia per assicurarsi che obbedisse.

Natasha accese una torcia e le mura intorno a loro presero vita. Claire sussultò e si portò le mani alla bocca. Era evidente, dal sacco a pelo e dalle carte di cibo, che questa donna aveva campeggiato lì sotto per un po'. E, sulle pareti, c'erano attaccate dappertutto delle fotografie. Immagini dello stesso bambino la cui foto le era stata infilata sotto la porta della camera. Ma ora lo vedeva a età diverse. Vide una giovane Natasha in un letto di ospedale con un fagotto tra le braccia. Vide lei e Kevin posare con intorno dei bambini. Vide il bambino da adolescente imbarazzato, ciuffi di capelli negli occhi, brufoli sul mento.

"Lo riconosci?" Chiese Natasha.

"È tuo figlio," disse Claire.

Lei annuì. "David."

"È bello."

Natasha le scoccò un'occhiataccia. "Stai zitta."

Claire si spinse contro una delle fredde pareti, desiderando che la inghiottisse. Doveva pensare con lucidità ma, in quel momento, non riusciva a trovare il modo di cavarsela. E la cosa peggiore era che Natasha era evidentemente imprevedibile e confusionaria. Ogni cosa che Claire diceva avrebbe potuto provocare una reazione violenta. Natasha strappò una delle fotografie dal muro e la guardò, girandola avanti e indietro. Emise un lungo sospiro.

"Era gentile, sai. Per niente come suo padre. Amava gli animali ma non gli ho mai preso un animale domestico perché danno tanto da fare, sai? Dovevo badare ad altri quattro bambini."

"Dove sono ora i tuoi bambini?" Chiese Claire, sperando di riportare Natasha alla realtà.

"Da mia sorella," disse lei. "Quattro di loro sono da mia sorella." Lasciò cadere la foto e si girò verso Claire. "L'altro non potrò più riaverlo indietro."

Claire cominciò a capire. Un brivido le percorse la schiena. "Cosa è successo?"

"Non è riuscito a sopportarlo, quello che dicevano di suo padre in tribunale." Tirò su con il naso. "Io l'ho pregato di non venire, ma lui aveva sedici anni e ha insistito. Ha sentito tutte quelle cose orribili e ci ha creduto. Si è sentito come se il papà lo avesse deluso. David stava passando un brutto momento a scuola con tutti quei bulli e quella fu l'ultima goccia. Ha dovuto guardare il suo eroe andare in prigione per... per *quelle cose*. Si è impiccato."

Claire si strinse le braccia intorno al corpo per riscaldarsi. Scosse la testa. "Mi dispiace tanto per la tua perdita."

"Lascia perdere," scattò Natasha. "Non voglio la tua pietà."

Claire aspettò. Le sembrò che la donna non avesse finito.

"È tutta colpa tua," disse Natasha. "Forse pensi di avermi fatto un favore, vero? Scommetto che pensi ogni genere di male riguardo mio marito. Non è perfetto, lo so. Ma era buono con quei bambini. Si prendeva cura di loro. Li amava. E faceva tutto per bene. Conosceva le persone giuste, sai, e avevano selezionato la giuria. Ma tu sei stata infilata dentro all'ultimo momento, no? E ci hai messo i bastoni tra le ruote. Il capo di Kevin aveva pagato abbastanza da ottenere un verdetto di non colpevolezza ma non aveva calcolato te e la tua testardaggine. Era tutto circostanziale ma tu hai distorto le cose. *Tu* sei la causa della morte di mio figlio."

Claire sobbalzò quando lei le puntò contro il coltello.

"Cosa mi vuoi fare?" Chiese Claire, la voce tremante patetica anche alle sue orecchie.

Natasha si chinò e prese un paio di manette. "Mettiti queste. Dobbiamo aspettare che passi la tempesta. Dopo, dipende da cosa ha in mente mio cognato. Io ci tenevo a fare questa parte. Volevo che tu vedessi mio figlio." Quando Claire armeggiò con le manette Natasha gridò: "Mettitele! Subito!"

"Vuoi uccidermi?" Chiese Claire, facendo scattare il metallo sui polsi.

"Lo deciderà Simon," disse Natasha. Prese un'altra fotografia dal muro e lanciò un bacio in direzione del ragazzo sorridente.

Claire allora seppe che non avrebbe più rivisto il volto di Adrianna. Si lasciò cadere sulle pietre, il vestito da sposa gonfio intorno a lei.

JACOB

Non aveva capito bene come mai l'auto di suo padre correva lungo la strada che si allontanava dall'hotel ma sapeva che doveva seguirla. Forse il papà stava aiutando nelle ricerche della donna scomparsa. Lucy magari era con lui. O forse stavano scappando dal matrimonio, lasciando lui lì da solo in albergo. Lucy probabilmente aveva convinto il padre ad andarsene. Sarebbe stato proprio da lei. Egoista.

Dato che era a piedi, sapeva che stava perdendo terreno. Era preoccupato di non riuscire a trovare Lucy. Se lei e il padre fossero arrivati a Rookthwaite, avrebbe perso la sua possibilità.

Jacob spalancò gli occhi. Fiocchi di neve gli si scioglievano sui bulbi oculari, trasformandosi in lacrime. Fa niente. Gli piaceva il dolore. Se non fosse stato in grado di raggiungere Lucy, immaginò che il paesaggio duro e nevoso poteva essere un bel posto per farla finita. Tirò fuori il telefono e cominciò a fare un video. Prima la neve, poi il fucile e poi il suo volto. Non diceva niente. Non aveva un proclama o qualcosa del genere. Non aveva un desiderio bruciante di lasciare delle ultime parole. San Giddy comunque aveva già detto tutto quello che lui provava. Il mondo già sapeva cosa significa essere un uomo. Sarebbe stato come gridare nel vuoto. Qual era lo scopo?

Mentre stava per mettere via il telefono, Jacob notò qualcosa più avanti. Era un'auto? Era l'auto di suo padre? La neve si compattava sotto i suoi piedi mentre lui accelerava il passo. Faceva fatica a respirare. I polmoni gli bruciavano. Seguì le tracce di pneumatici, già coperti a metà dalla neve, che mostravano la traiettoria del veicolo verso l'enorme quercia. Una delle portiere era rimasta aperta, come se qualcuno se ne fosse andato senza preoccuparsi di chiuderla. Più Jacob si avvicinava, più capiva l'entità del danno. Il parabrezza in frantumi, i rami dell'albero che si infilavano nell'abitacolo come grandi dita. Il telaio accartocciato.

"Papà?" Gridò. "Papà stai bene?"

Appoggiò il fucile vicino all'auto e si infilò nella portiera aperta. C'era ancora qualcuno dentro. Lo stomaco di Jacob si rivoltò. Per mezzo secondo aveva pensato che fosse suo padre, coperto di sangue, pugnalato all'addome dai rami. Ma poi si rese conto che l'uomo aveva capelli neri, non grigi. Era più giovane. Anche da morto, era di bell'aspetto, nonostante la tinta bluastra della pelle.

Jacob appoggiò le dita sulla pelle dell'uomo, per accertarsi delle sue condizioni. Non si scompose, aveva già visto la morte. Quando gli fu evidente che non c'era polso, Jacob uscì dall'auto e vi si appoggiò. Non c'era motivo di chiamare la polizia a quel punto, no?

Cominciò a camminare, seguendo la strada. Aveva riconosciuto l'uomo dal tiro al piattello. Lo sposo dell'altro matrimonio, pensò. Il matrimonio Rodriguez. Ma perché era nell'auto di suo padre? Forse l'aveva presa in prestito per trovare la nonna. Sì, aveva senso. E quindi chi aveva portato con lui? Perché qualcuno aveva aperto la portiera. Magari suo padre? Jacob si mosse rapidamente. Socchiuse gli occhi in mezzo alla neve. Era sicuro di vedere una figura più su sulla collina. Vide la forma scura di una giacca sulla metà superiore della persona, ma la parte sotto non era visibile per la tempesta. Indossava qualcosa di bianco. *Un vestito da sposa*, pensò. *Lucy*?

PARTE QUARTA

DOPO L'INCIDENTE

MILA

Suo padre ci mise altri quindici minuti per arrivare e per tutto il tempo lei si preoccupò che il ragazzino potesse liberarsi. Sospettava che fosse più forte di quanto sembrava.

Alla fattoria con Denise, si era resa conto che i messaggi minacciosi erano diretti al telefono di Henry. Quando Rafael aveva preso in prestito il Discovery, Henry gli aveva dato il suo telefono. Doveva essere caduto nell'incidente e all'inizio lei aveva pensato che fosse di Rafael. Questo significava che i messaggi minacciosi riguardavano Lucy. A quel punto tutto aveva più senso. Aveva pensato che l'uomo armato fosse familiare, ma da lontano non aveva riconosciuto il figlio adolescente allampanato. Quello stronzetto voleva uccidere la fidanzata del padre. Beh, non poteva lasciarglielo fare.

Afferrare il volante e dirigere l'auto contro l'albero era stata pura follia. Non le era venuto in mente che avrebbe potuto sopravvivere senza danni. Almeno, relativamente senza danni, le costole le facevano ancora male. Ma lo scontro aveva funzionato. Rafael era morto e lei era viva. Ora doveva evitare di essere collegata all'omicidio e nel mentre risolvere alcune questioni in sospeso.

Il vecchio Paddy Crawley imprecò entrando nel casotto. "Cosa succede, Millie?" Si spolverò via un'infarinatura di neve dalla giacca del completo e Mila ne dedusse che la nevicata era decisamente diminuita. Non avevano molto tempo prima dell'arrivo della polizia.

"Non qui," disse Mila. "Andiamo fuori."

Lui protestò con un grugnito ma la seguì all'esterno.

Mila chiuse la porta e abbassò la voce. "Ho bisogno che mi aiuti a spostare un cadavere."

"Il ragazzo che hai legato lì dentro?"

"Non lui. Un altro."

Il padre aggrottò le sopracciglia. "Il tuo ganzo. Non era lui in auto sulla strada per venire qui?"

"Non è il mio *ganzo*," scattò lei. "Ha ucciso Carrie. E no, quello non era Rafael, è il padre del ragazzo. Ero con loro quando l'auto si è schiantata. Ho dovuto uccidere Rafael vicino al casotto perché ha capito chi sono."

Lui sospirò. "Non ci capisco niente. Perché fare tutta la fatica di organizzare il matrimonio per ucciderlo ora?"

"Perché non era quello che volevo. Avevo un piano più a lungo termine ma è andato a gambe all'aria, paparino. Hai intenzione di aiutarmi o cosa? Ti pagherò."

"Con cosa?" Chiese lui. "La tua gallina dalle uova d'oro è andata, amore."

Lei agitò una mano. "Lo sto derubando da tanto. Inoltre, posso vendere tutta quella costosa merda firmata che mi ha comprato."

Lei notò uno scintillio negli occhi del padre.

"Quindi," disse lui. "Cosa c'entra il ragazzino con il fucile?"

"L'ho trovato che vagava qui intorno armato di questo," disse Mila sollevando l'arma, che era aperta a metà e appoggiata sul suo avambraccio, le cartucce visibili nella canna. Si era cacciata molte altre pallottole nelle tasche prima dell'arrivo del padre. "Classico dramma familiare. Immagino che non gli piaccia la nuova matrigna."

"Gesù Cristo," disse Paddy osservando il fucile.

"La polizia arriverà appena le strade saranno agibili," disse Mila. "Non dovrebbe mancare molto ora che la tempesta è finita. Dobbiamo muoverci rapidamente."

Mila lanciò un'occhiata attraverso la finestra, verso il ragazzo legato. L'aveva imbavagliato con una calza che aveva trovato in una delle credenze. Si stava agitando per cercare di liberarsi, ma sembrava non riuscirci. Un attacco di nervi prese Mila allo stomaco. Aveva iniziato una catena di eventi potenzialmente devastanti. Sarebbe riuscita a portarli a termine?

Sì, decise, guidando il padre lontano dal casotto.

"Qui sopra," disse facendo un gesto verso la collina e gli alberi. La stessa collina che aveva risalito per scappare dall'uomo armato quando era penetrato nel casotto.

Paddy sbuffava e ansimava mentre salivano. Mila voleva che nevicasse più forte. Desiderava la neve così fitta da attutire il rumore di quello che aveva in mente. Aveva bisogno che i suoi passi fossero nascosti dalla neve. Aveva bisogno che le prove fossero distrutte.

"Cosa vuoi fare con lui?" Chiese Paddy. "Non possiamo seppellirlo, non con il terreno ghiacciato."

"Dobbiamo spostarlo in modo che sia più difficile trovarlo. Mi darà abbastanza tempo per andarmene da questo posto."

"Come l'hai ucciso?"

"L'ho pugnalato," disse Mila. Pensò al coltello ancora in tasca. Pulito come nuovo. Per ora.

"Come avrò i miei soldi?" Si fermò per chiedere.

"So dove vivi, ti ricordi?" Disse lei. "Te li spedirò. O li darò a Christopher."

La menzione del fratello di Mila sembrò tranquillizzare Paddy, che cominciò a muoversi. Mila fece una pausa di qualche momento, poi lo seguì, ma a passo molto più lento. Si leccò le labbra e richiuse il fucile. Trattenne il respiro mentre lo sollevava e poi vide che lui si fermava.

Paddy Crawley si stava girando verso di lei quando tirò il

grilletto. Non aveva avuto abbastanza tempo per imbracciare il fucile in modo da evitare il rinculo, che le colpì la spalla con un tonfo, facendola arretrare di qualche passo. Lo sparo echeggiò nel silenzio, uno spaventoso schiocco che spezzò in due l'aria. Le rimbombarono le orecchie. Il padre si accasciò in avanti, un liquido appiccicoso usciva a fiotti dal torso. Lei aprì il fucile e le cartucce vuote scattarono fuori. Le raccolse dalla neve, ancora calde, e se le ficcò in tasca.

"Millie?" Disse lui con un filo di voce.

"Mila," lo corresse lei.

"Aiutami..." Una mano sollevata, coperta di sangue.

Lei allontanò lo sguardo, verso il casotto e la sagoma lontana di Wilder House. Sospirò. Una strana sensazione di malinconia la pervase. Poi tornò a girarsi verso il padre, prese due cartucce dalla tasca e caricò il fucile.

"No," disse. "Questo è per Carrie. Non te ne è mai fregato un cazzo di lei o di me o di Christopher o di mamma e il mondo sarà un posto migliore senza Paddy Crawley." Fece un attimo di pausa, chiedendosi se il mondo non sarebbe stato un posto migliore anche senza di lei, ma poi decise che le piaceva stare al mondo e il mondo avrebbe dovuto accontentarsi.

Questa volta Mila prese bene la mira. Non era per niente un'esperta, ma aveva almeno imparato a bilanciare il peso del fucile con la spalla ora dolorante. Mirò al petto del padre e tirò il grilletto.

HENRY

Era tornato in albergo dopo aver prestato il Discovery a Rafael ed era rimasto a camminare avanti e indietro nell'area della reception, facendo passare il tempo guardando la wedding planner che si faceva in quattro. Suo figlio non rispondeva alle chiamate. La sua fidanzata non si trovava da nessuna parte. All'inizio, per quasi un'ora, aveva consolato la madre di Lucy, che gli aveva raccontato che Lucy aveva tentennato prima del matrimonio.

"Aveva visto un suo ex, capisci," disse Beth.

"Rafael?" Chiese Henry.

"Sì," disse lei. "Sai di lui?"

"So abbastanza, per così dire," rispose lui con le sopracciglia alzate.

Poi cercò Jacob in tutta Wilder House. Forse suo figlio si era unito a qualche gruppo di ricerca per trovare la nonna scomparsa, ma nessuno lo aveva visto. Era la goccia che faceva traboccare il vaso. Doveva andare fuori e trovarli. Prima, fece sistemare Beth nella sua camera con una tazza di tè. Prese in prestito il suo telefono per chiamare di nuovo Lucy e Jacob, ma nessuno dei due rispose. Anzi, scoprirono che il cellulare di Lucy vibrava vicino al suo cuscino.

"Lo ha lasciato qui," disse Beth. "Prendilo con te, in caso avessi bisogno di metterti in contatto."

Henry la ringraziò e lo mise in tasca. Indossò un ampio cappotto sopra il completo e si diresse fuori dall'albergo, nella tempesta.

Non aveva idea di dove iniziare, ma la strada sembrava offrire maggiori probabilità. Forse Lucy aveva deciso di scappare percorrendola tutta fino a Rookthwaite. Era tutta colpa sua. Prima, aveva allontanato Lucy e poi aveva lasciato che quell'uomo orribile prendesse in prestito la sua auto. E se Rafael avesse rapito Lucy? Lo avrebbe fatto con la sua fidanzata in auto insieme a lui? Chi lo sa? Forse...

Gli ci vollero circa venticinque minuti per raggiungere il luogo dell'incidente. Quando vide la portiera della sua auto penzolare aperta si mise a correre, con le scarpe che scivolavano nella neve fangosa. Si riuscivano a notare delle tracce di passi, parzialmente ricoperte. Alcune portavano all'auto, altre in direzione opposta. Henry era senza fiato quando raggiunse la carcassa della vettura. E quando vide il corpo all'interno, si arrampicò nel sedile del passeggero, inzuppato e congelato, per controllare il polso.

Era morto. L'ex fidanzato violento di Lucy era morto. Non gli dispiaceva per quell'uomo. Aveva sentito i racconti e visto le cicatrici all'interno delle cosce di Lucy. Soffriva per lei. Gli mancava e, Dio, perché non si era reso conto di quanto la amava fino a quel momento? Perché non l'aveva ascoltata?

Si sentì le ginocchia molli e dovette appoggiarsi un momento all'auto per riprendersi. Cosa significava tutto questo per Jacob e Lucy? C'era un collegamento? Oppure no? E dov'era la fidanzata di Rafael, Mila? Non aveva visto Mila tornare in albergo, perciò doveva essersi diretta da qualche parte a piedi nei dintorni per cercare un riparo. L'auto con il parabrezza sfondato non poteva tenere al caldo. Poi si ricordò che Bill, del tiro al piattello, aveva parlato di un casotto più fuori, verso la strada. Un posto usato dai cacciatori come riparo nel corso degli anni.

Forse anche Mila ne era a conoscenza. Doveva essere da qualche parte lì intorno.

Continuò a fendere la neve, seguendo le impronte fatte da qualcuno che si era allontanato dall'incidente. Cominciò a pensare che non sembravano per niente quelle della fidanzata di Rafael. Guardò l'orologio: l'auto si era schiantata non molto dopo aver lasciato il parcheggio, perciò dovevano essere passate circa tre ore da quando aveva prestato l'auto a Rafael e alla sua fidanzata. In quel momento la neve scendeva spessa e in quantità. Ne dedusse che qualcun altro si era avvicinato al luogo dell'incidente e si era allontanato. Infine, Henry si rese conto che non aveva ancora chiamato la polizia. Era rimasto troppo sbalordito. Era molto probabile che qualcuno avesse già chiamato, ma comunque prese dalla tasca il telefono di Lucy: non voleva avere problemi per non aver denunciato l'incidente.

Mentre le sue dita passavano sullo schermo, sentì uno scoppio. Raggelò. Sembrava un fucile. Digitò il servizio di emergenza e rimase in attesa. Dopo non molto, un nuovo scoppio si propagò attraverso l'aria. Mentre l'operatore dall'altra parte della linea gli faceva delle domande, Henry cominciò a correre.

COLLEEN

Una sposa bagnata fradicia sedeva nella poltrona accanto al fuoco scoppiettante. La donna inzuppata indossava un vecchio cappotto e aveva i capelli inzaccherati, con i ricci appesantiti dall'umidità che le pendevano sulla fronte. Gli ospiti si radunarono intorno a lei, riempiendo quasi completamente l'area del bar. Colleen si fece strada tra loro, dando colpetti sulle spalle per far spostare le persone e riuscire a passare.

Non è Claire, pensò Colleen. Il suo cuore sprofondò. Era preoccupata per Claire, soprattutto ripensando all'assassinio di Bill. No, la sposa seduta vicino al caminetto era Lucy Greyson.

Lucy si allungò e afferrò il braccio di Colleen. "C'è un ragazzo armato di fucile, lì fuori. Il figlio di Henry, Jacob. Ha quindici anni, capelli biondicci, è alto uno e ottanta e ha rubato un fucile."

Colleen deglutì. Jacob Farrah aveva rubato il fucile dall'armeria? Significava che un *teenager* aveva ucciso Bill? Aveva visto Jacob e il padre al tiro al piattello. Si ricordava che Bill aveva riferito che il ragazzo era molto chiacchierone quel pomeriggio e gli aveva fatto ogni genere di domanda sui fucili. Si chiese se Bill si era lasciato sfuggire che viveva da solo, e se Jacob avesse immaginato, correttamente, che nessuno si sarebbe accorto della sua scomparsa quella sera. Sentì il sangue lasciarle il volto. Un *teenager*.

"La polizia sta arrivando," disse Colleen. "Stai bene? Hai bisogno di qualche cosa?"

"Hai visto il mio fidanzato, Henry?" Chiese.

Colleen scosse la testa. "Non penso sia rientrato dalla ricerca. Ma chiederò a qualcuno del personale e degli ospiti di aiutarci a cercarlo. Perché non ti togli quel vestito bagnato?"

"Non voglio restare sola," disse Lucy.

Mentre Colleen cercava di farsi strada tra la folla per allontanarsi, cominciarono ad arrivare domande da ospiti e personale.

"Dovremmo chiudere a chiave le porte?"

"E se facessimo delle barricate alle finestre?"

"No, quello che dobbiamo fare è armarci anche noi. Dovremmo prendere gli altri fucili..."

"No," scattò Colleen. L'ultima cosa che desiderava era che gli ospiti trovassero Bill. "Le strade si stanno pulendo e presto arriverà la polizia."

"E cosa ne è di Claire?"

Lo sguardo di Colleen incrociò quello di Adrianna dall'altra parte della stanza. La famiglia si era raggruppata intorno a lei. Vide i loro volti rivolti direttamente a lei, in attesa di risposte.

"Non sono riuscita a trovarla," ammise Colleen.

Una donna più anziana, forse la madre di Claire, si mise a piangere.

"Per favore non saltiamo alle conclusioni," disse Colleen.

Un'onda di voci mormorò attraverso la stanza. Doveva riprendere il controllo prima che la mentalità della folla avesse il sopravvento. Togliendosi le scarpe, Colleen si mise in equilibrio precario sul sedile di una sedia e si schiarì la voce. La folla si girò verso di lei, i volti alzati, e lei parlò ad alta voce per farsi sentire da tutti.

"Per favore," disse. "*Dobbiamo* restare *calmi*. Ci occuperemo noi di tenere tutto sotto controllo. Mi accerterò che le porte dell'albergo siano ben serrate. Suggerisco a ognuno di voi di andare nelle vostre stanze e chiudersi dentro. Mi rendo conto che mancano alcune persone. Faremo del nostro meglio per trovarle. Ma con questa nuova informazione dobbiamo essere cauti. Il personale vi darà coperte e cioccolate calde da portare in camera, dando priorità agli ospiti più anziani. Per favore evitiamo il panico. Non sappiamo niente di questo ragazzo e di cosa voglia fare con l'arma rubata. Quindi, fate attenzione, mettete in carica i telefoni e non correte rischi. Il personale di Wilder House farà tutto il possibile per farvi stare comodi e al sicuro. Okay?"

"E mio figlio?" Saltò su José dal fondo della stanza. "Non è tornato. Anche la sua fidanzata è sparita."

"Mi dispiace, ma non possiamo mandare nessuno fuori a cercarli in questo momento. È troppo pericoloso."

"Non ci sono altri fucili in hotel?" Chiese un signore pelato che Colleen non aveva mai visto.

"No," disse Colleen. "Sono sotto chiave nel cottage del guardiacaccia."

"E se questo ragazzo torna e ruba altri fucili?" Chiese l'uomo.

"Mi sembra improbabile," disse Colleen. Anche se dentro di sé se ne preoccupava. Aveva chiuso a chiave il cottage ma non la gabbia delle armi. Non aveva voluto contaminare la scena. "Non sappiamo se questo ragazzo intenda farci del male. Dobbiamo stare molto attenti, ma non possiamo sapere cosa ha in mente. Ora, come ho detto, è meglio se ognuno si ritira nella sua camera. Chiudete le porte. Se qualcuno del personale ha bisogno di parlarvi, busserà tre volte, così." Si accucciò e fece la dimostrazione sul piano di un tavolo. "Altrimenti non rispondete, a meno che non siate assolutamente *sicuri* che è qualcuno di conosciuto."

La folla gradualmente si disperse. Gli ospiti si diressero alle loro stanze, lasciando il bar divisi in gruppetti. Colleen sospirò e scese goffamente dalla sedia, notando più di un'occhiataccia nella sua direzione. Nessuno l'aveva avvisata che un giorno avrebbe dovuto tenere al sicuro più di cento persone con qualcuno armato a piede libero. Nessuno l'aveva preparata a un evento del genere. Le si strinse di nuovo lo stomaco. In ogni caso, a essere precisi, non aveva mentito. Ma non aveva detto cosa aveva visto in armeria. Colleen sapeva per certo che il ragazzo era pericoloso. Aveva ucciso Bill. Chi altro voleva uccidere?

ADRIANNA

Si allontanò barcollando dalla sua famiglia. Aveva bisogno di stare sola. Aveva bisogno di un posto dove piangere senza che i genitori di Claire la stessero a fissare. Gli voleva bene, ma erano già sull'orlo di una crisi nervosa e la pressione del tenerli tranquilli la stava sopraffacendo. Con l'angolo dell'occhio, Adrianna vide un'amica che la seguiva e accelerò il passo per allontanarsi. Le si stringeva il cuore. Non poteva sopportarlo. Era successo qualcosa a Claire, poteva *sentirlo* nel midollo delle ossa. Ogni battito del cuore le diceva che Claire era in pericolo o peggio. No, per favore. Fai che non sia peggio.

Da quello che aveva detto Lucy Greyson, l'uomo armato non sembrava interessato a Claire. Ma anche se Claire non era il suo bersaglio. Poteva succedere qualunque cosa. Quel ragazzo chiaramente era assetato di violenza e Claire poteva capitare sulla sua strada. E se invece Claire avesse avuto ragione sui Botham e in qualche modo Simon Botham si fosse infiltrato nell'hotel?

Si diresse al retro del ristorante e si sedette da sola. La coda del suo vestito si appoggiò sulla vecchia moquette marrone. Doveva togliersi il vestito ma andare di sopra significava superare la famiglia e voleva restare da sola. Niente più domande. Niente più lacrime.

"Posso portarle qualcosa? Una cioccolata calda? Una coperta?"

Adrianna alzò la testa e vide il barista della sera prima. Scosse la testa.

Lui fece per andarsene ma poi si girò e tornò indietro. "Ho sentito che sta cercando di trovare Claire Rivers?"

Lei si alzò in piedi. "Sì."

"Potrebbe non essere importante, ma una donna di nome Adrianna mi ha dato un messaggio per lei..."

"Adrianna?"

"Sì, la conosce?"

Adrianna sbatté gli occhi, senza sapere cosa rispondere. "Che aspetto aveva?"

"Oh, non so, tra i trenta e i quaranta, capelli biondi, vestita in modo un po' sportivo per un matrimonio."

"Dov'era?" Chiese Adrianna.

"Vicino alla vecchia cantina dei vini."

"Dove si trova?"

Adrianna si mosse mentre lui le dava le indicazioni. Finalmente il suo cuore batteva per una storia diversa. Si chinò, strappò il vestito dalla cucitura, appallottolò la stoffa e corse, scalciando via dai piedi le scarpe con il tacco. Adrianna corse come non aveva mai fatto prima, evitando il personale e gli ospiti vaganti. Le gambe lavoravano, i polmoni lavoravano. Rallentò solo quando vide il segnale di sicurezza. Strappò il nastro e afferrò la maniglia della porta.

"Claire!" Urlò.

La porta non si mosse. Vi si gettò contro con la spalla ma restò fissa. "Merda!" La percosse con i pugni per la frustrazione. C'era solo una cosa da fare, tornare indietro e farsi dare la chiave da Colleen. Minuti preziosi andati persi.

Ritornò sui suoi passi, con il sudore che le scendeva dalle tempie. Quando vide un cameriere lo afferrò per il gomito. "Dov'è Colleen?"

"Nel suo ufficio, penso."

Adrianna mormorò un "grazie!" senza fiato, continuando verso l'ingresso. Qualcuno la chiamò per nome, forse la madre di Claire, ma lei ignorò il richiamo, si precipitò oltre la reception e bussò con forza all'ufficio di Colleen. I suoi pensieri correvano. *Apri, apri, apri.*

"Adrianna, va tutto bene?" Colleen aprì con gli occhi sbarrati per la sorpresa.

"Claire è in cantina. Qualcuno l'ha convinta ad andare a un appuntamento in cantina e penso che l'abbiano portata lì dentro."

"Non è possibile, è chiusa a chiave. E io ho guardato dentro, prima, ma non c'era nessuno."

"No..." vacillò. "No... non è... lei è lì dentro..."

"Rallenta," disse Colleen. "Fai un bel respiro. Possiamo controllare di nuovo se vuoi. Andiamo."

Adrianna annuì. La sua sicurezza cominciava a indebolirsi. E se si fosse sbagliata? E chi era la donna misteriosa? Si odiava. Si odiava per non aver fatto di più per tenere Claire al sicuro. Avrebbe dovuto annullare il matrimonio. Avevano voluto andare avanti perché ci avevano speso tanti soldi, ma avrebbero dovuto aspettare che la faccenda fosse chiarita.

Colleen fece una pausa dietro la reception facendo scorrere le dita lungo le numerose chiavi appese al muro. Si accigliò.

"Non c'è," disse. "Com'è possibile?"

"Cosa non c'è?" Chiese Adrianna.

"La chiave della cantina. Ne ho una anch'io," disse sollevando il suo portachiavi. "Ma ne teniamo comunque una qui sul muro. Dovremo guardare le riprese della TV a circuito chiuso."

"Non abbiamo tempo," scattò Adrianna. "Dobbiamo trovare Claire."

Guardò la wedding planner fermarsi e si rese conto che aveva paura. Ma lei non aveva tempo per la paura. Doveva agire.

"Se non vuoi venire, dammi la chiave e ci vado da sola," disse Adrianna.

"Vengo io con te."

Adrianna si girò e vide Peter, il testimone del matrimonio Rodriguez, in piedi dietro di lei. Si era tolto la giacca del completo e arrotolato le maniche della camicia fino al gomito.

"Sei sicuro?" Chiese lei.

Lui fece di sì con la testa. "Non posso lasciarti andare da sola."

"Andremo tutti," disse Colleen. "Forza." Si chinò sotto il bancone della reception e ne emerse con tre torce. "Avremo bisogno di queste."

Adrianna prese la sua e le rispose con un breve "grazie".

Questa volta, mentre tornavano indietro, Adrianna si sentì le gambe molli. Fece un paio di respiri profondi per tranquillizzarsi.

"Tutto a posto?" Chiese Peter.

Lei annuì, ma era una bugia.

"Dovremmo aspettare la polizia," disse Colleen, esitando davanti alla porta della cantina. "Non sappiamo cosa sta succedendo lì giù."

"Non c'è tempo," le ricordò Adrianna.

Colleen aprì la porta e accese la torcia. "Il pavimento qui non è sicuro."

Peter toccò il gomito di Colleen. "Dovresti aspettare qui, al sicuro."

La donna lasciò andare un sospiro di sollievo. "Forse hai ragione. Meno peso c'è sul pavimento meno si rischia." Si girò verso Adrianna. "Attenzione a quel buco. Abbiamo messo dei segnali per isolarlo, non è sicuro. Vi prego state attenti."

Adrianna strinse le dita intorno alla torcia e fece un timido passo in avanti. Aveva Peter alla sua sinistra, che procedeva lentamente.

"Dove porta il buco?" Chiese lei, puntando la torcia in quella direzione.

"Al tunnel sotto la casa," disse Colleen.

"Claire?" Chiamò Adrianna. "Sei lì?"

Non rispose nessuno, ma se Claire era tenuta in ostaggio da qualcuno, non sarebbe stata in grado di rispondere.

"Sembra che non sia stato spostato niente," notò Peter.

Adrianna sospirò. "Deve essere qui. Altrimenti perché mancherebbe la chiave?" Avanzò piano piano e si sporse sul buco, puntando la torcia nel tunnel più sotto. "Oh, mio Dio. Cosa c'è?" La luce aveva illuminato un sacco a pelo appallottolato. Qualcuno aveva dormito lì. Il pensiero le strinse lo stomaco. "Peter, guarda."

"Cazzo," disse lui sporgendosi sul buco. "Ma cosa diavolo succede?"

"Cos'è?" Gridò Colleen dalla porta.

Adrianna si girò verso la wedding planner. "Qualcuno ha dormito nel tunnel la notte scorsa. Gesù. Devo scendere lì a cercare Claire."

"No, è troppo pericoloso," la avvisò Colleen.

Ma Adrianna aveva già appoggiato la torcia sul pavimento, pronta a saltare.

"Aspetta," disse Peter. "Saltò giù prima io e poi ti aiuto a scendere." Sembrò che non facesse alcuno sforzo, appoggiando una mano sulle pietre smosse e lasciando scendere il suo peso. Atterrò con le ginocchia piegate, facendo un passo indietro per non cadere, ma tutto sommato con facilità. "Passami la tua torcia."

Adrianna la lasciò cadere e Peter la appoggiò sul pavimento, facendo luce verso l'alto.

"È strano qui sotto," disse. "Qualcuno ha attaccato una serie di fotografie sul muro."

Adrianna si infilò nel buco nel pavimento di pietra sgretolata. Sotto le dita sentì polvere e frammenti di calce L'aria puzzava. Peter si allungò, intrecciando le braccia intorno alle sue gambe.

"Piano," disse.

Prima che potesse lasciarsi scendere lentamente, la pietra

cedette e lei cadde. Peter in qualche modo riuscì a tenerla, attutendo la sua caduta. Lei atterrò praticamente su di lui ed entrambi rotolarono all'indietro. Un pezzo di pietra crollò pesantemente a terra vicino al braccio di Adrianna. Lei si rimise rapidamente in piedi e aiutò Peter a tirarsi su, mentre la polvere continuava a cadere addosso a entrambi. Si allontanarono dal buco tossendo.

"Tutto bene?" Chiese lei.

Peter si strofinò la parte posteriore della testa ma annuì.

Quando Adrianna raccolse la torcia da terra, scoprì di cosa stava parlando Peter. Le foto ritraevano i volti di una famiglia felice. Kevin Botham le sorrideva dalle pareti umide. Era in piedi vicino a una donna bionda. Poteva essere la donna che aveva indotto Claire ad allontanarsi? Intorno a loro c'erano quattro bambini. Notò che uno dei bambini appariva diverse volte, ad età diverse. Cosa diavolo significava tutto quello?"

"Per te ha senso?" Chiese Peter.

"Sì e no," disse lei. Puntò la torcia verso il basso e notò la pila di vestiti e di carte di cibo. Poi la puntò verso Kevin Botham. "Claire ha collaborato alla sua condanna, faceva parte della giuria." Fissò i voti sorridenti. Sembrava quasi incredibile che un uomo così devoto alla famiglia potesse essere uno stupratore e un assassino. Poi ebbe un'illuminazione: non avevano pensato alla moglie di Kevin Botham.

LUCY

Ancora tremante, lasciò cadere l'abito da sposa e si mise un maglione di lana, jeans e calze spesse. Appese il vestito alla gruccia speciale che aveva comprato, su cui era stampato *Signora*. Non provava niente per quell'oggetto. Un vestito che una volta sembrava così perfetto, simbolo di amore e felicità e di un futuro luminoso, era ridotto a tessuto e cuciture. Non era niente. E per lei era finita. Il suo cuore non provava niente.

Dal lato opposto della stanza, Beth sospirava pesantemente.

"Oh, mamma," disse Lucy, avvicinandosi per abbracciarla. "Non piangere. Andrà tutto bene. La polizia arriverà presto."

"Ancora una volta non ti ho ascoltata," disse. "Avrei dovuto starti a sentire. Se fossimo andate via questa mattina o ieri sera, sarebbe tutto a posto e tu saresti al sicuro. Sapevo che non volevi farlo questo matrimonio, ma io mi sono chiusa anche questa volta. Pensavo fosse un peccato lasciar perdere tutto quello che avevi pianificato per un ripensamento. Ma avrei dovuto ascoltare, proprio come quando cercavi di lasciare Rafael la prima volta."

Gli occhi di Lucy si riempirono di lacrime. Le si strinse la gola. Si allontanò dalla mamma e si sedette sul letto. "È tutto risolto, mamma. Non torniamoci sopra."

"Hai ragione." Beth si asciugò gli occhi e si diresse alla finestra. "Non so dov'è Henry comunque. Tu lo sai?"

Lucy scosse la testa e un brivido di paura le percorse la schiena. "No e non immagino nemmeno dove possa essere. La sua auto non è nel parcheggio. L'ho vista scendere lungo la strada, troppo veloce con questo tempo. Poi ho visto Jacob che la seguiva con il fucile. È tutto così strano."

"Forse ti sta cercando," disse Beth.

Il pensiero le diede la nausea. E se Jacob avesse ucciso Henry? Lei non voleva più sposarlo, ma il pensiero che gli facessero del male...

Cercò di rimettere insieme i pensieri, ripercorrendo tutto quello che era successo. Sunil avrebbe voluto accompagnarla e stare con lei e la madre, insistendo che avrebbe potuto aiutarle se ce ne fosse stato bisogno. Ma lei non lo voleva avere intorno più del necessario. Probabilmente vagava nei dintorni dell'hotel. Si strofinò gli occhi. Lucy era rimasta con lui in auto per troppo tempo: in quel momento si era sentita straordinariamente stanca e sconfitta. Le sembrava che i dieci minuti per riscaldarsi fossero diventati più lunghi di un'ora. Non si era addormentata ma era rimasta tra il sonno e la veglia finché era riuscita a riprendersi.

Non si fidava per niente di Sunil, ma almeno l'aveva tenuta al sicuro. L'ossessione di quell'uomo, iniziata con la fidanzata, si era trasformata in qualche strana fissazione con tutto quello che riguardava Henry, qualcosa di simile al desiderio di avere tutto quello che aveva lui. Il pensiero di quei tre uomini la fece rabbrividire. Sunil, Henry e Jacob. Tutti bacati e amareggiati in modo diverso.

Bussarono alla porta e Lucy si portò subito la mano alla gola. Tre colpi. Si diresse alla porta e guardò nello spioncino.

"Abbiamo portato cioccolata calda e coperte se le volete," disse una voce allegra.

Lei aprì la porta del minimo indispensabile, prese quanto le veniva offerto, ringraziò la ragazza e richiuse subito a chiave. Rabbrividì e aveva il respiro tremante.

"Tieni mamma," disse passandole una tazza.

"Voglio che questa giornata finisca." Beth tornò di nuovo alla finestra.

"Mamma, forse è meglio che stiamo lontane dalla finestra."

"Oh, Dio. Hai ragione. Non ci avevo proprio pensato. Pensi che ci dovremmo sedere sul pavimento?"

Lucy attraversò la stanza e chiuse le tende. L'ultima occhiata che diede al paesaggio le mostrò la neve bianco candido e il cielo azzurro luminoso. Un panorama da cartolina natalizia. Eppure, quel panorama la riempì di terrore. Jacob era lì fuori da qualche parte e la voleva morta.

MILA

C'era la possibilità che Mila avesse ambizioni troppo elevate. Quel giorno si era trattato di afferrare le opportunità nel momento in cui si presentavano. Prima, Dolores era sparita e di conseguenza si era trovata da sola con Rafael che la insultava per il suo passato. Aveva trasformato quell'opportunità nella vendetta a cui aspirava fin dalla morte di Carrie. Poi aveva scoperto l'uomo armato che l'aveva scambiata per Lucy e aveva colto *quella* opportunità per fare qualcosa che stava meditando da un tempo ancora più lungo.

Forse quel ragazzo non voleva solo uccidere la matrigna, magari voleva uccidere chiunque e qualunque cosa attraversasse la sua strada in quel giorno. Poteva essere stato lui a sparare al vecchio Paddy Crawley semplicemente perché si trovava lì, pronto per essere colpito: lei doveva solo coprire le sue tracce per non venire coinvolta.

Doveva pulire il fucile, eliminare il suo DNA in modo metodico. Poi avrebbe aggiunto le impronte del ragazzo, anche se, per poterlo fare, lui probabilmente avrebbe dovuto essere morto. Era un caso sfortunato, ma era un'esigenza. Oltretutto, non era esattamente una brava persona. Non era come Carrie. Lo stronzetto aveva rubato un fucile, inviato messaggi minacciosi alla fidanzata del padre e percorso la campagna con l'intenzione di ucciderla.

L'ultima cosa che restava da fare era liberarsi dei telefoni di Henry e di Paddy. Lei aveva chiamato il padre e quella traccia era su entrambi i telefoni. In quel momento li aveva in tasca e doveva distruggerli prima dell'arrivo della polizia. Ma come?

Mila discese la collina verso il casotto. Con la neve che copriva tutto era difficile trovare delle pietre con cui poteva rompere le schede SIM. Sapeva che la polizia avrebbe setacciato l'area dopo aver trovato i corpi. Se avesse usato il calcio del fucile, sarebbero potuti rimanere dei residui di plastica? Seppellirli era fuori questione, perché il terreno era troppo duro con quel clima. Non c'era un fiume nelle vicinanze e il lago era troppo lontano. Si sentì persa. Non poteva rischiare di avere con sé i telefoni all'arrivo della polizia.

Diede un'occhiata all'interno del casotto per controllare che il ragazzo fosse ancora legato. Poi rimase a riflettere un momento per escogitare il piano nei dettagli.

La polizia avrebbe scoperto che lei aveva usato il telefono di Henry per chiamare il servizio di emergenza dopo l'incidente. Doveva inventare una storia sul fatto che le era caduto ed era accidentalmente andato in pezzi. O qualcosa riguardo il ragazzino, che poteva aver rotto il telefono e la SIM per coprire le *sue* tracce. Ma il telefono di Paddy?

Si allontanò dal casotto, in cerca di un posto dove poterlo nascondere per recuperarlo in un secondo momento o dove lanciarlo via, come giù da una rupe o in un ruscello. Le bruciavano le cosce mentre tornava a salire la collina. Doveva esserci un posto adatto.

Alla fine, notò qualcosa di simile a una protuberanza nel terreno. Forse una roccia? Mila corse in quella direzione e spazzolò via rapidamente la neve. Vide il bordo duro e scheggiato di una grande roccia che sporgeva dalla terra. Frugò in tasca per prendere il telefono del padre, picchiò lo schermo e poi il guscio sul sasso e continuò fino a romperlo tutto. Poi raccolse tutti i pezzi, facendo attenzione a recuperare la scheda SIM, che spezzò in due. A fatica, con le dita che perdevano sensibilità, ricoprì la pietra con la neve e poi si allontanò di corsa. *In alto*, pensò. Doveva andare in alto. Era l'unico modo per trovare un posto. Ma il percorso era difficile. Le scarpe scivolavano e non facevano presa. Il fucile era ingombrante. Non ce l'avrebbe fatta ad andare molto più avanti. Era il momento. Ora o mai più.

Mila arrivò a un albero capovolto. Grattò via un po' di neve e sotto trovò uno strato di sottobosco molliccio. Cacciò le mani in tasca e mise tutti i pezzi del telefono tra le foglie, strofinandoli con forza, cercando di eliminare le sue impronte. Fece lo stesso con le cartucce usate. Poi schiacciò tutto nella fanghiglia, coprì con altre foglie morte, sassi e piante, appiattendo bene e ricoprendo il tutto con la neve.

C'erano le impronte delle scarpe.

"Cazzo!" Gridò.

Aveva i nervi tesissimi. Stava andando in pezzi. Ripercorse i suoi passi, strofinando la neve con la giacca per confondere le tracce che conducevano all'albero. Se la temperatura si fosse alzata, la neve si sarebbe sciolta, cancellando del tutto le impronte. Ma questo dipendeva da quando la polizia avrebbe trovato suo padre. La soluzione migliore poteva essere di mettere al ragazzo gli stivali che indossava lei e sperare di trovare nel casotto qualcos'altro da usare. Aveva senso che il giovane avesse sostituito le scarpe eleganti con gli stivali Wellington. Se gli andavano bene. Fece una pausa, riprendendo fiato. Era troppo. Aveva fatto troppi errori. Ed era tutta colpa sua.

Carrie sarebbe stata così arrabbiata con lei. Anche se Mila aveva dodici anni più della sorellina, era Carrie che la teneva sotto controllo: le diceva che faceva sempre un passo di troppo. E l'aveva fatto di nuovo. Se non avesse detto al padre di andare al casotto, non sarebbe stata nei casini.

Un passo, strofina, un passo, strofina.

Quando fu vicina al casotto, smise di preoccuparsi. Ma poi un rumore attirò la sua attenzione. Il rombo di un motore. Un raschio. Neve spostata.

Uno spazzaneve stava pulendo la strada.

HENRY

Sentì il rombo dello spazzaneve ma non riusciva a vederlo. Era salito più in alto che poteva, sperando di scorgere il casotto. Non sapeva cosa fare dopo aver sentito lo sparo. Cosa significava? C'era qualcuno ferito? Aveva visto diverse fattorie lungo la strada. Forse un contadino aveva sparato a un topo o messo fine alla vita di un animale ferito. Ma, di nuovo, la giornata era stata così fuori dall'ordinario, che non poteva evitare di tenere in considerazione che ci fosse un pazzo in giro. Dopo tutto, il suo primo istinto all'udire lo sparo era stato di fuggire. Ma dove?

Il raschio dello spazzaneve diventava più forte. Si sporse e lo vide avvicinarsi alla sua auto distrutta. Sarebbe dovuto scendere? Lo spazzaneve si fermò e ne uscirono due uomini con giubbotti ad alta visibilità. A cosa poteva servire la sua presenza? Trovare Lucy continuava a essere la sua priorità.

Si girò di novanta gradi e si allontanò. Dall'altra parte di un gruppo di alberi notò qualcosa che sbucava dal paesaggio innevato. Un cottage. No, il casotto. Aumentò il passo. Poi sentì un rumore. Come un colpo dall'interno dell'edificio. Poi una voce, seguita da acqua corrente. Corse sul davanti e spalancò la porta.

"Jacob!" Gridò.

Il figlio emise un grido soffocato dal bavaglio. Henry corse verso il ragazzo, confuso e arrabbiato. Perché suo figlio era legato e imbavagliato? Perché aveva del sangue che colava dal lato della testa?

Ma prima che potesse avvicinarsi a Jacob, una donna si girò per affrontarlo. Brandiva un coltello. Il suo aspetto era cambiato drasticamente dall'ultima volta che l'aveva vista: ora indossava una giacca incerata troppo grande e stivali. I capelli erano sciolti e in disordine e il mascara sbavato negli incavi degli occhi. Ma lui comunque la riconobbe subito.

"Merda," borbottò Mila.

Prima che Henry potesse valutare la scena, lei si lanciò verso di lui fendendo l'aria con il coltello. Lui barcollò all'indietro, cercando con la mano la porta e costringendosi a uscire. Lei gli puntò la lama, il volto esprimeva dura determinazione. La porta si aprì con un cigolio e lui rotolò fuori, atterrando nella neve con il sedere.

Una fitta di dolore gli percorse la schiena. Non si era mai sentito così impotente, indifeso contro una donna così esile. Ma era spietata, quasi selvaggia.

Mila si gettò su di lui. Lui la prese per il polso appena in tempo per evitare che il pugnale gli trafiggesse il petto. Un gemito terrificante di frustrazione giunse dalla gola della donna, mentre premeva con tutto il peso sul coltello. La punta gli toccò lo sterno. Lui andò in panico, alzò il ginocchio e la colpì all'inguine.

Lei sussultò, rotolando con il corpo sulla destra. Mentre Henry si rimetteva in piedi, si accorse di un movimento alla sua sinistra. Suo figlio stava uscendo dalla porta e imbracciava un fucile. Henry aprì la bocca per gridare "no" quando Jacob sollevò l'arma, prese la mira e tirò il grilletto. Mila urlò.

Poi niente. Nessuno scoppio. Nessuna pallottola dalla canna del fucile. Mila, con gli occhi spalancati come un cervo, si girò e corse via. Jacob sollevò di nuovo il fucile, ma questa volta Henry afferrò la canna e la spinse in basso, in modo che puntasse al terreno.

"Cosa stai facendo?" Chiese Henry. "Da dove viene questo?"

"La... donna lo aveva. Lei... lei, mmm..."

Henry prese il fucile dalle mani del figlio e lo aprì a metà con uno scatto. Lo tenne sopra il braccio come aveva fatto al tiro al piattello. Poi sospirò, stanco. "Stai mentendo, figliolo."

"Io... no."

"Sì, invece."

Jacob lasciò cadere la testa tra le mani, ingobbì le spalle e cominciò a piangere. "Ho fatto casino, papà. Ho fatto casino. Non volevo ucciderlo. Pensavo solo di metterlo k.o. per un pochino. Non volevo."

Henry fece un passo indietro. Sentì come un pugno nello stomaco. "Chi? Di cosa stai parlando?"

"Ho rubato il fucile. E ho... ho colpito l'uomo... Bill. Il tipo del tiro al piattello. L'ho colpito con un martello che ho trovato nel capanno degli attrezzi e... lui è caduto a terra e..."

Henry sentì le sirene che si avvicinavano. Sedette nella neve appoggiando il fucile al suo fianco. Jacob lo imitò, con lo sguardo fisso nel nulla. A Henry sembrò che il tempo rallentasse. Forse avrebbe desiderato che rallentasse, perché dentro di sé sapeva che non sarebbe rimasto solo con il figlio in quel modo ancora per molto.

"È per quello che la donna ti ha legato?" Chiese Henry alla fine.

"Sì, l'ho vista da lontano e pensavo che fosse Lucy. Così l'ho seguita," disse Jacob. "Credo che si sia cambiata i vestiti nel casotto. Ho visto il vestito da sposa sul pavimento e..." Alzò le spalle. "Pensavo che fosse di Lucy."

Henry si girò verso il figlio. "Perché hai rubato il fucile?"

"Per uccidere Lucy," disse Jacob. "E poi me stesso."

Henry non era sicuro di cosa gli facesse più impressione, le parole o il modo piatto in cui le aveva dette. Il modo in cui il figlio sembrava così rassegnato alla sua missione. E improvvisamente, per la prima volta dalla morte di Sue, capì di nuovo suo figlio. Vide quanto si era guastato. Vide quanto il dolore di Jacob si era trasformato in turpitudine, nella fede in una causa che non avrebbe dovuto esistere. Lucy aveva avvisato Henry, ovviamente. Gli aveva mostrato le prove. Ma lui non aveva ascoltato. Non aveva voluto vedere. Era rimasto in uno stato di negazione volontaria. Forse perché vedeva molto di sé in Jacob. La verità scomoda aveva alzato la sua brutta testa. L'amarezza di Jacob veniva da lui. Indipendentemente da quello che Henry credeva, non era riuscito a scacciare la rabbia, per quanto ci avesse provato.

Una vita con la testa nella sabbia, pensò. La rivelazione lo colpì rapidamente, come una pallottola nel cuore. Attenuare i propri sentimenti non è lo stesso di superare un risentimento covato a lungo. È sempre lì e continua a bruciare.

Sospirò. "La polizia arriverà presto. E questa volta gli dobbiamo dire tutto. Tu hai bisogno di più aiuto di quanto te ne possa dare io, figliolo. Mi dispiace di averti deluso." Si tolse gli occhiali e li gettò nella neve. Poi si strofinò gli occhi, arginando le lacrime.

"Va bene, papà."

Quando Henry alzò nuovamente lo sguardo sul figlio, un bambino gli restituì lo sguardo. Un bambino in una piscina per bambini in un caldo giorno estivo, i piedini grassocci che saltano su e giù nell'acqua. Poi uomini in uniforme li circondavano, chiedendo cosa fosse successo e dove fosse il fucile.

CLAIRE

Sentì il sapore di terra salata del palmo della mano di Natasha, spinta sopra la sua bocca. La punta del coltello era sempre puntata alla gola con forza, accentuando la sua concentrazione. Mentre Natasha la spingeva in avanti, seguendo il tunnel, il cuore di Claire perse un battito. Da qualche parte, alle loro spalle, si udì l'eco di una voce. Lei esitò, cercando di rallentare la marcia e la sentì di nuovo.

"Claire!"

Era Ade che la chiamava. Claire gridò nella mano di Natasha ma il suono ne uscì attenuato e debole. I suoi piedi inciamparono nel terreno freddo, ma il coltello di Natasha era pronto a incidere se fosse caduta.

Senza la torcia della donna, il tunnel era completamente buio e procedevano lentamente. Il fiato aspro di Natasha solleticava la nuca di Claire. Sempre più rapido, disperato. Natasha era preoccupata. Il coltello si allentò leggermente. Per forza. Inciampavano continuamente e in qualunque momento Natasha avrebbe potuto tagliare per sbaglio la gola della sua prigioniera. E Claire sapeva che la moglie di Kevin Botham voleva una vendetta più soddisfacente. Ma se Natasha si fosse resa conto che non poteva avere niente di meglio? Se tagliare la gola a Claire fosse diventata il risultato migliore che poteva ottenere?

Quando la voce di Adrianna si fu affievolita, Natasha tolse la mano dalla bocca di Claire.

"Continua a camminare e stai in silenzio."

Ma Claire fece per girarsi e andò a sbattere contro la donna. Gridò con tutto il fiato "Sono qui! Sono qui!"

Claire sentì un forte sibilo e uno spostamento d'aria vicino all'orecchio. Sussultò. Doveva essere il rumore del fendente del coltello. Natasha aveva provato a colpirla e ora bloccava il tunnel.

"Stai *zitta*," disse Natasha con voce bassa e roca.

Claire voleva gridare di nuovo, ma la donna le aveva messo una mano sul braccio e la trascinava vicino a sé. Il primo colpo era andato a vuoto, letteralmente un colpo al buio, ma ora Natasha sapeva dove si trovava il suo bersaglio. Claire si girò lentamente e cominciò a camminare, passetto dopo passetto.

"Vai più veloce."

Una mano spinse Claire in mezzo alla schiena facendola quasi cadere in avanti. Con le manette ai polsi, sarebbe finita a terra facendosi male. Il cuore le batteva forte, lo sentiva nelle orecchie.

Iniziò a parlare, poco più di un sussurro. "Non mi sbagliavo, lo sai. Tutte le prove indicano che Kevin ha stuprato e ucciso quella donna."

"Stai zitta." Natasha spinse la spalla di Claire. Poi aggiunse: "Erano tutte prove circostanziali."

"La spiegazione di Kevin non ha mai avuto senso. E anche se lo avesse avuto, significherebbe che ti ha tradita, Natasha, e non è stato sincero con te."

"Non me ne importa," scattò. "Quel processo ha ucciso il mio bambino."

"Mi dispiace tanto," disse Claire. "Ma è tuo marito che ha fatto le scelte che hanno portato al suicidio di tuo figlio, non io."

Natasha questa volta rimase in silenzio.

"Era violento con te? So che era coinvolto in crimini brutali, era già stato in prigione per aggressione, vero? Frequentava dei poco di buono. Il fratello fa parte del crimine organizzato, no? Ma Kevin era violento anche con te?"

Claire sentì la mano di Natasha stringerle i capelli. Strinse più forte, strappando delle ciocche alla radice. "Ho detto di stare zitta."

Quando la lasciò andare, Claire inciampò. Atterrò dritta sulla faccia, riuscendo a girare la testa in modo che fosse la guancia a sostenere il peso della caduta, evitandole la rottura del naso. Natasha cadde sopra di lei e poi si sentì un tintinnio. Il suono inconfondibile del coltello che colpiva la pietra. Il corpo di Natasha si tese. Per un momento trattennero entrambe il fiato. Veloce, Claire si divincolò da sotto la sua avversaria. Sentì la mano di Natasha afferrarle il vestito, ma Claire tirò fino a strappare la stoffa, che poi scalciò lontano. Perse una scarpa con il tacco, quasi inciampando di nuovo, ma corse sulla punta dei piedi, al buio, una mano che teneva quello che restava del vestito.

Rumore di scarpe sulla pietra alle sue spalle. Natasha si era rialzata. Claire aveva invertito la direzione in modo che ora stavano tornando indietro verso l'albergo, ma non aveva idea di quanta strada mancasse o quanto Natasha si fosse avvicinata. La scarpa rimasta la rallentava, ma fermarsi per toglierla le avrebbe fatto perdere troppo tempo.

"Adrianna?" Gridò. "Dove sei?"

"Claire?"

Il cuore le salì alle stelle. Vide una luce davanti a sé. Poi delle braccia la strinsero, trascinandola giù. Picchiò la testa sul pavimento di pietra. Qualcuno gridò il suo nome. Luci di torcia si muovevano verso di lei e poi divenne tutto buio.

MILA

Il piano messo insieme velocemente era andato in pezzi. La polizia era da qualche parte lì intorno, probabilmente la stava già cercando. Non aveva avuto tempo di fare in modo che il ragazzo sembrasse l'assassino di suo padre. Il padre era arrivato e aveva rovinato tutto. E ora lei era una preda, con in mente nient'altro che la sopravvivenza.

Girare il volante dell'auto per farla andare contro l'albero era una cosa, ma farsi catturare quando poteva essere libera era un'altra. Mila decise che si sarebbe battuta finché non l'avessero messa all'angolo. Inoltre, aveva ancora un'ultima soluzione da provare. Attraversò di corsa il cortile della fattoria, arrivò alla porta e la prese a pugni.

"Denise! Apri!"

L'anziana donna apparve sulla soglia, con la bocca spalancata. "Sei tornata."

"Posso entrare?" Chiese Mila.

"Certo, cara, entra. Mio Dio sei ancora più pallida dell'ultima volta che ti ho vista."

Mila corse per la casa. Lanciò un'occhiata a Barny, il cane, e al fuoco scoppiettante. "Ho bisogno del tuo aiuto, Denise. Mi vuoi aiutare?"

Lei annuì.

Dio, Mila amava la vecchia dolce Denise, qualche panino in meno per un picnic, forse, ma così malleabile e ansiosa di piacere. “Mio marito è un violento e mi ha fatta inseguire dalla polizia. Ha ucciso mio padre e dato la colpa a me.” Mila si tolse gli stivali dai piedi. “Hai una borsa di plastica?”

Denise ne prese una da un cassetto e Mila ci infilò dentro gli stivali. Poi si sfilò pantaloni, cappotto e maglione. Passò a Denise il coltello che aveva preso in prestito e cacciò tutto il resto nella borsa, porgendo anche quella alla donna. Rabbrividì, in biancheria al centro della cucina di Denise. “Ora per favore puoi nascondere la borsa? Trova un bel nascondiglio. E poi, mi spiace, ma dovresti andare di fuori a cancellare le mie impronte nella neve. Potresti prestarmi anche dei vestiti e un paio di forbici?

“Sì,” disse. Denise legò la borsa di plastica e la gettò sotto il lavello. Prese un paio di forbici e le diede a Mila. “Ora vai di sopra, io cancello le impronte.”

Mila corse di sopra, trovò la camera da letto della donna e iniziò a tirare fuori vestiti dall’armadio. Doveva creare un outfit che somigliasse a qualcosa che avrebbe davvero indossato, ma con la scollatura abbastanza alta da coprire i lividi sul petto. Un ematoma violaceo si era formato dove la cintura di sicurezza aveva colpito lo sterno nell’incidente. Scelse un abito colorato a cui poteva aggiungere una cintura. Sarebbe andato bene. Corse in bagno, si strappò le mollette dai capelli e li spazzolò. Prese le forbici e cominciò a tagliarli all’altezza della gola. Il fatto che fossero ricci aiutava. Usò alcuni dei prodotti di Denise per creare un ciuffo di riccioli corti. Raccolse rapidamente i capelli tagliati, li avvolse nella carta igienica e li nascose nel mobiletto del bagno. Poi si lavò la faccia, strofinando via ogni resto di trucco, e mise un po’ di fondotinta, per coprire un graffio sulla guancia, mascara e un rossetto marrone scuro. A una prima occhiata andava bene, ma la polizia avrebbe potuto esaminare il suo aspetto e notare il graffio.

Tornò veloce in camera da letto, prese il maxi-abito a

maniche lunghe e aggiunse una cintura per stringerlo in vita. Si infilò un paio di collant. Si asciugò i capelli umidi di sudore con un diffusore, per gonfiarli e farli sembrare più corti. Uscendo, notò un paio di occhiali da lettura di Denise e indossò anche quelli. Tornata di sotto, riempì il bollitore e si fermò vicino al bancone della cucina. Fece cinque lunghi respiri. Quanto tempo era rimasta di sopra? Quindici, venti minuti? Cercò di aggiungerli al tempo che le era occorso per arrivare a casa dell'anziana donna e valutò il tempo che ci avrebbe messo la polizia ad arrivare. C'erano le deposizioni di Henry e Jacob da raccogliere, un corpo da trovare, perquisire il casotto. Ma avevano le auto. Si chiese quanti agenti si sarebbero messi alla sua ricerca e che elementi avevano per identificarla. Una foto sul telefono di qualcuno? Una descrizione? Istintivamente, Mila fece esplodere un petardo natalizio con le due mani, ne recuperò il cappellino di carta e se lo mise sulla nuova acconciatura corta. In quel momento Denise entrò in cucina, appese il cappotto e sorrise.

"Stai molto meglio," notò.

"Mi chiamo Katy e sono la tua figlioccia," disse Mila. "Dove tieni le tazze da tè?"

Denise indicò la credenza sulla destra.

Mila prese due tazze, le bustine di tè dal contenitore sul bancone e preparò il tè per entrambe. "Latte e zucchero?"

"Latte e due zollette di zucchero," disse Denise.

Mila aprì gli sportelli e memorizzò dove stavano le cose. Prese il latte dal frigorifero e il vaso dello zucchero. "Sono stata via a studiare all'università di Leeds. I miei genitori sono in crociera e io ho trascorso il Natale con te." Riempì il lavandino di acqua con detersivo e ci mise dentro piatti e posate. Poi fece segno a Denise di seguirla in soggiorno.

Quando arrivò la polizia, Denise e Mila stavano sorseggiando il tè accanto al camino, guardando la televisione. Barny sedeva ai piedi di Mila e si godeva una grattatina dietro all'orecchio. Denise andò alla porta mentre Mila restò seduta dov'era, una mano avvolta intorno alla tazza che si stava raffreddando. Ascoltò attentamente la conversazione che si svolgeva in cucina.

"Ci dispiace disturbarla, signora, ma stiamo cercando una donna. Alta uno e settanta, magra, indossa vestiti abbondanti da neve. Capelli lunghi e neri. Ha visto qualcuno che corrisponde alla descrizione?"

"No," disse Denise. "Qui siamo solo io e la mia figlioccia."

"Le dispiace se controlliamo qui intorno?"

"Certo che no, agente," disse Denise. "Fate pure."

Mila trattenne il fiato. Non riusciva a decidere se entrare in cucina o aspettare dov'era. Decise di aspettare. Denise tornò un attimo dopo.

"Stanno guardando all'esterno," disse Denise con impazienza. "Ficcano il naso dove non dovrebbero. Pensi che verranno dentro?"

"Non so." Mila sentì una familiare scossa di adrenalina. Si appoggiò allo schienale della poltrona e sorseggiò il tè. Barny si addormentò sui suoi piedi e cominciò a russare. "Comunque puoi lasciarli entrare." Non avevano motivo di sospettare Denise. Non c'era alcun collegamento con Mila, perché avrebbero dovuto pensare diversamente?

Qualche minuto dopo bussarono alla porta e Denise corse di nuovo in cucina.

"Scusi di nuovo, signora..." Disse una voce profonda.

"Miller," disse Denise.

"Signora Miller, giusto." Continuò l'agente. "Perché ha pulito il vialetto dalla neve oggi?"

"Aspetto una visita di mio figlio più tardi," disse lei.

"E la sua figlioccia com'è arrivata? Dov'è la sua auto?"

Il cuore di Mila si fermò un attimo. L'unica cosa a cui non aveva pensato. Il panico fluì dalle sue estremità, congelando ogni cellula del suo corpo. Ai suoi piedi, il cane girò il muso verso di lei, due grandi occhi marrone che cercavano di capire dalla sua espressione se ci fosse pericolo.

"Nel fienile, vicino alla mia Volvo."

"La Fiat?" Chiese lui.

Mila esalò un silenzioso sospiro di sollievo. Denise aveva due auto. Grazie Dio, Lucifero, Buddha o chiunque altro per quel colpo di fortuna.

"Sì," disse lei.

"La Volvo non è messa molto bene."

"Lo so," rispose Denise. "Non esco molto. Mio figlio le darà un'occhiata."

"Possiamo guardare in casa ora?" Chiese lui.

"Certo, entrate," disse lei.

Entrarono. E quando i due alti agenti si ritrovarono in soggiorno, videro Katy, la figlioccia di Denise, seduta accanto al fuoco con un cane che la amava, un cappellino da festa in testa e una tazza di tè bollente tra le mani. Era sufficiente a imbrogliarli. Quando se ne andarono, dieci minuti dopo, nascose una risatina nervosa che le sorgeva dalla gola. Ce l'aveva fatta. Grattò l'orecchio di Barny e lasciò andare un lungo sospiro soddisfatto.

Per il resto del giorno di Natale, Mila e Denise giocarono a Scarabeo, bevvero porto e brindarono alla propria salute. Restarono a scaldarsi vicino al fuoco e ogni tanto si scambiavano un'occhiata. Mila notò un accenno di malizia nello sguardo di Denise. Non poteva evitare di chiedersi quanti altri avessero sottostimato Denise Miller o, per quel che importava, Millie Crawley.

EPILOGO

Claire sollevò l'ultimo scatolone sui tavoli e ne tolse dei vasi pieni di rose rosa. Si asciugò un velo di sudore dalla fronte e fece una pausa. Entro qualche ora si sarebbe infilata il vestito da sposa e non voleva essere accaldata e preoccupata. Ma all'interno della serra dell'albergo la mattina era calda. Si diresse alla porta-finestra per osservare il resto dell'allestimento.

In fondo a un lungo prato, le sedie erano disposte e pronte per la cerimonia. La ragazza dei fiori avrebbe sparso petali di rosa lungo il passaggio prima dell'arrivo di Claire. All'estremità più lontana c'era un'alta pergola, tutta decorata con rose e peonie. Non era il matrimonio a tema libresco che lei e Ade avevano pensato inizialmente, ma questa volta avevano deciso di restare all'aperto. Claire voleva ammirare il modo in cui la luce del sole illuminava i riflessi dorati della pelle di Adrianna. Desiderava sentire la brezza carezzarle la nuca. Non voleva avere la sensazione che ci fossero quattro mura a rinchiuderla.

Claire si ricordò come si era sentita al risveglio nel letto di ospedale con le file di luci sopra la testa. Un dolore lancinante le trapanava il cranio. Si era svegliata piena di adrenalina, aspettandosi che dita fredde le strappassero ciocche di capelli. Si era aspettata di sentire la punta affilata di un coltello contro la gola. Ma invece aveva udito la più dolce delle voci.

"Claire, sono io. Ade. Stai bene, sei in ospedale. Andrà tutto bene."

La seconda caduta le aveva rotto il naso e l'aveva messa ko. Era dovuta rimanere la notte in ospedale in caso avesse una commozione cerebrale. Ma la buona notizia era che sia Natasha che Simon Botham erano stati trovati e arrestati dalla polizia. L'aveva scoperto nelle ore seguenti, dopo che aveva ripreso conoscenza ed era venuta a sapere che tre sfortunati quel giorno avevano perso la vita. Uno ucciso da un adolescente, un altro da Mila Davidson, la sposa che aveva incontrato al bar. Era rimasta senza parole. E avrebbe voluto più di ogni altra cosa essere intervenuta quando aveva sentito Mila discutere con il padre fuori dall'albergo. Forse avrebbe potuto evitare che gli eventi seguissero quel corso.

Infine, Rafael Rodriguez aveva perso la vita in un tragico incidente d'auto, mentre era fuori a cercare la nonna. Sembrava che l'auto fosse scivolata sul ghiaccio della strada, finendo contro un albero. Rafael era soffocato nel suo stesso sangue. Rabbrividì. Che modo orribile di morire. Avrebbe potuto raggiungere anche lei quei tre, se non fosse stato per Adrianna, che aveva lottato per lei come aveva sempre fatto.

Nei giorni seguenti, l'agente Deol andò a trovarla a casa, scusandosi per non aver seguito gli indizi rapidamente come avrebbe dovuto e raccogliendo la sua dichiarazione. Ci volle un po' per mettere insieme tutti i pezzi, ma dopo averlo fatto si rese conto che Polina non aveva mai raccontato alla polizia del misterioso bouquet. L'agente Deol aveva scoperto che dopo il processo, i Botham l'avevano pagata per raccogliere informazioni su Claire. I Botham erano dietro a tutto. Poi avevano impostato la loro campagna di terrore, inviando le foto della scena del crimine, rubandole i soldi dal conto in banca e inviando accuse false ai datori di lavoro di Ade.

Era stato un duro colpo, ma almeno sapeva di non essere

stata paranoica. C'erano state *realmente* delle forze al lavoro contro di lei. Ma ora era finita. Così sperava. Ed era il momento di cominciare il resto della sua vita. Non importava più niente ora che Simon e Natasha Botham erano in prigione per tentato omicidio. Niente poteva essere rilevante dato che quel giorno avrebbe sposato la donna che amava. Avevano intorno a loro tutti gli amici e i familiari, questa volta anche il padre di Ade. Forse era previsto che andasse tutto così.

* * *

Al suo arrivo, Lucy accettò il bicchiere di champagne. Indossava un vestito estivo rosa pastello, una tonalità che si accordava bene con la sua pelle abbronzata. Tre mesi in Spagna le avevano fatto bene. Sole, sabbia, mare e sorrisi, lontano dalla fredda campagna inglese e dai brutti ricordi.

Ma ora era di ritorno, per poco e per il migliore dei motivi. L'amore.

Dopo l'arresto di Jacob, Lucy aveva scoperto che una delle altre spose era rimasta ferita in circostanze completamente scollegate. Era stata così concentrata su Jacob che non aveva idea di tutto quello che era successo all'hotel. Aveva deciso di fare visita a Claire Rivers in ospedale. Dopo tutto, erano sopravvissute insieme allo stesso giorno tremendo. Era lì che aveva conosciuto davvero Claire e Adrianna.

Anche dopo essere partita per la Spagna, erano rimaste in contatto. Tutte loro si chiedevano cosa fosse successo a Mila Davidson, o Millie Crawley, che scoprirono essere il suo vero nome. Dopo l'incidente in cui era rimasto ucciso Rafael, un uomo per cui Lucy non pianse, per ovvie ragioni, Mila aveva ucciso il padre che l'aveva sempre maltrattata e poi era sparita senza lasciare traccia. La polizia non aveva una pista da seguire. Nessuno sapeva dove fosse andata.

Ogni volta che Lucy pensava a Mila, le tornava in mente la conversazione avuta la sera prima del matrimonio. Aveva ripensato all'insistenza della donna sul fatto che stava seguendo un piano e al suo avvertimento: non parlare, grida. Rifletté su quanto quelle poche parole le avevano dato la forza necessaria a rompere il fidanzamento con Henry.

E si ricordò qualcos'altro che Mila le aveva detto quella sera: che poteva gestire Rafael. Ovviamente si era risaputa la notizia che Rafael, strafatto, aveva investito e ucciso la sorella minore di Mila, Carrie, con la sua Porsche. C'erano stati sospetti che fosse stata Mila a uccidere Rafael, ma lei stessa lo aveva visto guidare in modo pericoloso e l'evidenza mostrava che fossero state le ferite riportate per l'incidente che lo avevano ucciso. Comunque, dentro di lei, Lucy sperava che Mila avesse organizzato tutto. Immaginava che la donna avesse pianificato una sorta di vendetta contro l'uomo che aveva ucciso sua sorella. Altrimenti perché fare la fatica di cambiare nome? A Lucy non importava quello che aveva fatto Mila. Sperava che fosse lì fuori da qualche parte a spassarsela.

"Sembra che la cerimonia stia per iniziare. Ci sediamo?" Chiese Beth.

Lucy aveva deciso di farsi accompagnare al matrimonio da sua madre. Le aveva anche chiesto di trasferirsi in Spagna con lei, ma Beth aveva sempre preferito quello che le era familiare. Trascorrevano insieme tutto il tempo possibile quando Lucy era in Inghilterra.

Lucy finì il suo champagne e seguì la madre verso le sedie. Claire e Adrianna non avrebbero potuto scegliere un posto più incredibile, l'esatto opposto di Wilder House. Fiori rosa si arrampicavano su un pergolato. Nastri si muovevano delicatamente al soffio della brezza. Campi verdi si allungavano tutto intorno, coperti di fiori selvatici appena sbocciati. Lucy sorrise. Dopo quello che era successo a Natale, era sicura che non avrebbe più voluto partecipare a un matrimonio, ma questo era bellissimo.

Un violinista suonò le prime battute di *Love Story* di Taylor Swift. Le poche dozzine di persone in attesa si alzarono e si girarono per guardare Adrianna percorrere il corridoio tra le sedie. I suoi riccioli folti erano lunghi e sciolti e saltavano a ogni passo. Una donna più anziana con un vestito magenta la accompagnava verso l'altare, le braccia intrecciate. Adrianna aveva un piccolo bouquet di rose rosa. Il suo vestito di seta fine trascinava i petali di rosa sparsi sul percorso. All'improvviso, Lucy si sentì particolarmente emozionata e dovette cercare nella borsetta un fazzoletto.

"Mi farai scoppiare," disse la madre con un singhiozzo.

Qualche momento dopo Claire percorse il corridoio tra le sedie con il padre, sorridendo con tutta sé stessa. Gli occhi di Lucy si riempirono di lacrime. La seconda sposa indossava un abito sottoveste con spalline e una corona di fiori. I lunghi capelli castani, naturalmente lisci, le scendevano oltre le spalle. Claire non guardò nessuna delle persone sulle sedie, i suoi occhi erano fissi sulla fidanzata.

Questo è amore, pensò Lucy. E per la prima volta dopo Wilder House, pensò che forse c'era la possibilità di farlo di nuovo, in futuro. Non subito. No, era piuttosto felice di essere single. Ma forse, un giorno... con la persona giusta.

* * *

Una calda sera d'estate, Beatrice Grey sollevò la mano sinistra e guardò la luna scintillare sul diamante sfaccettato. Sorrise.

"Ti sta bene," disse Nico, prima di tirarla vicino a sé.

Lei si strinse a lui. "Sì, vero?"

Beatrice Grey, alias Mila Davidson, alias Millie Crawley, aveva trascorso due giorni con Denise prima di scappare. A quel punto, la neve si era sciolta. Denise gentilmente le aveva prestato la Fiat che stava nel fienile. Da lì, Mila era riuscita a chiamare il fratello, Christopher, che, grazie all'aiuto della fidanzata ricca, aveva messo insieme abbastanza soldi per farla uscire dal Paese.

Così Mila era arrivata in Europa dove aveva lavorato come cameriera in Portogallo per qualche settimana. Poi era andata in Grecia e lì aveva trascorso un po' di tempo passando da un hotel a cinque stelle a un altro in eleganti vestiti (rubati). E alla fine aveva conosciuto Nico, un milionario italiano in viaggio d'affari.

Insieme guardavano l'acqua ondeggiare e ascoltavano il rumore delle onde che si rompevano sul fianco dello yacht. Lei si afferrò alla transenna, sollevò la testa verso il cielo lasciando che il vento le soffiasse tra i capelli. Di nuovo lunghi, ma ora biondi.

Chi poteva dire quanto tempo avrebbe potuto trascorrere con Nico prima che lui scoprisse le sue bugie? Gli aveva fatto credere di non voler tornare in Inghilterra a causa di un ex violento, non perché era ricercata per omicidio. Aveva raccontato di essersi laureata a Oxford. Per lui, lei aveva anche cambiato il suo accento, perdendo quello che era rimasto dei Crawley. Non la preoccupava, anzi, al contrario, desiderava l'ondata di adrenalina. Amava l'intuizione di inventare nuove storie sul suo passato. E qualunque cosa le riservasse il futuro, era determinata a godersi il presente.

Si girò per guardare Nico. Era più vecchio di lei, ma ancora bello. Era un po' sovrappeso e la pelle si raggrinziva quando sorrideva. Ma non aveva nessuna importanza. Gli appoggiò la testa sulla spalla e fece scorrere le dita tra i peli grigi sul suo petto. Chiuse gli occhi, respirando l'aria salata. Nico le schioccò un bacio sulla testa. Lei non si sentiva colpevole per quello che aveva fatto a Wilder House. Immaginava che Ana Maria avesse pianto disperata la morte del figlio. Ma Ana Maria e José, dopo la morte di Carrie, avevano usato i loro soldi insanguinati per evitare che la notizia finisse alla stampa. Avevano attivato i loro contatti per fare in modo che Rafael ricevesse una bacchettata sulla mano come punizione per la vita che aveva strappato. Avevano gettato dei soldi ai suoi genitori per il silenzio su quello che il figlio aveva fatto. Molta della gente che lo conosceva probabilmente si era sentita sollevata alla notizia della sua dipartita, magari senza sapere bene perché. Ma la cosa più importante era che Mila aveva vendicato la morte della sorella. E ora poteva respirare di nuovo. Ora cominciava la sua nuova vita.

L'AUTORE

Sarah A. Denzil è una scrittrice del Derbyshire, autrice di thriller e storie di suspense. Tra i libri pubblicati: IL BAMBINO SILENZIOSO, che ha raggiunto la cima delle classifiche Kindle nel Regno Unito, negli Stati Uniti e in Australia. APRIL È SCOMPARSA e UN PERFETTO COLPEVOLE, entrambi nella classifica dei trenta bestseller di Amazon negli Stati Uniti e nel Regno Unito.

Nel complesso, tra libri pubblicati tramite editore e autopubblicati, più gli audiolibri e le traduzioni in lingua straniera, Sarah ha venduto più di un milione di copie in tutto il mondo.

Sarah vive con il marito nello Yorkshire, dove si gode la campagna e il tempo imprevedibile. Adora scrivere libri con intrighi di impianto psicologico, ricchi di colpi di scena.

L'iscrizione alla mailing list consente di avere aggiornamenti sulle nuove uscite e le offerte speciali.

Printed by Amazon Italia Logistica S.r.l.
Torrazza Piemonte (TO), Italy

62688622R00174